TRAS LAS JOYAS DEL LIBERTADOR
SIMÓN BOLÍVAR

Caracas – Venezuela

TRAS LAS JOYAS DEL LIBERTADOR SIMÓN BOLÍVAR

Portada
Carlos Almenar

Diagramación
Bicky Barela Santana

Corrección
Erika Roosen

Rafael Durán

Nació en Lagunillas, Estado Zulia, en 1946. Es Economista, graduado de la Universidad Santa María en 1972. Obtuvo un Postgrado de Finanzas Públicas en la Universidad de York, Inglaterra. Ejerció su profesión en el Banco Central de Venezuela, entre otros como jefe de Investigaciones Económicas y Cuentas Nacionales y del Departamento de Cambio, Gerente del Área Internacional, Asistente Ejecutivo de la segunda Vicepresidencia y Gerente General de La Casa de la Moneda. Ha ejercido actividades como profesor de pregrado y postgrado en la cátedra Finanzas Públicas en la Universidad Santa María. Actualmente es profesor jubilado de Finanzas Públicas y Presupuesto Nacional en la Universidad Central de Venezuela, y director de la clínica Centro Ortopédico Podológico COP, C.A. Es coautor del libro *Un siglo de finanzas públicas*, y autor de las novelas: *La noche más brillante de todas; Un paso en falso*; *Propósito de enmienda; El tiempo de Dios; Cachicamo y de los cuentos: El chocolate; Los reinos de Maya; Jack el escocés y el Niño bombero.*

Esta novela está dedicada al creador de su portada, *Carlos Almenar*, quien es uno de los más grandes diseñadores de billetes a nivel mundial; forjado en la Casa de la Moneda de Venezuela y galardonado con varios premios internacionales, tales como: Mejor diseño de la familia de billetes para Venezuela, otorgado por la Internacional Association of Currency Affairs (IACA); El billete del futuro, concedido por la International Banknote Designers Association; y otro de la IACA, al segundo mejor Nuevo billete del 2014, por su trabajo en el billete de polímero. El último premio, el Best commemorative Banknote of 2019, 50 Pesos Uruguayos Polymer Banknote. Reconnaissance HSP Latino – America.

Carlos Almenar ha diseñado para numerosos bancos centrales, tales como: Venezuela, Costa Rica, Bolivia, Guatemala, República Dominicana, Nicaragua, Honduras, Paraguay, Perú, Uruguay, Mauritius, Malaysia, Singapore, Philippines, Brunei Darussalam, Namibia y muchos otros más, siendo el de Costa Rica reconocido por el New York Times como uno de los más bellos del mundo.

Índice

Capítulo I
El escape

La cola para entrar al penal de Tocorón era larga y se movía perezosamente. Desde la mañana, la Guardia Nacional Bolivariana había instalado dos tanquetas a las afueras de la cárcel y funcionarios uniformados de verde, portando chalecos antibalas, aparecieron con fusiles frente a los carros de combate. El movimiento de los militares atemorizaba a los visitantes. Se escuchaban comentarios: las requisas, por lo intensas y profundas, eran diferentes a las realizadas en otras oportunidades. Daba la impresión de que esperaban algo ese día. El ambiente era pesado y el sol contribuía a hacerlo más difícil, porque brillaba con intensidad y parecía movido del lugar habitual, acercándose más a la tierra: el calor era insoportable. Muchas de las mujeres en las filas para entrar al centro penitenciario expresaban la incomodidad de manera airada y le echaban la culpa al gobierno por el retardo sufrido para pasar al interior del correccional. En la columna, un hombre alto, blanco, con sombrero panameño, lentes oscuros, camisa de cuadros azules y pantalones bluyines, se diferenciaba del resto de los visitantes. Movía el cuerpo de un lado a otro, como preocupado. No le parecía normal la situación un sábado de visita.

A la una de la tarde, el hombre de lentes oscuros llegó a la entrada del correccional. Se quitó el sombrero y con un pañuelo se secó el sudor que aparecía copiosamente en su frente por el sol y por los nervios producidos por poner los pies por primera vez en un lugar como la cárcel de Tocorón. Ese penal tenía la fama de ser el más peligroso del país y, para muchos conocedores de los sistemas penitenciarios internacionales, también del mundo. El militar que vigilaba la entrada lo hizo pasar y le pidió su identificación, él la sacó de la cartera y la entregó. El guardia lo miró a la cara por unos segundos y detalló las facciones, luego, rodó la vista y la fijó en el documento y lo examinó. El tiempo para el visitante pasaba lento y eso lo ponía más nervioso. El custodio lo volvió a ver y para finalizar el proceso le hizo un cacheo, pero muy superficial. Al terminar, le preguntó:

—Señor Luis Peraza, ¿a qué se dedica usted?

Al visitante le extrañó la pregunta, sin embargo, levantó la cara, miró al guardia a los ojos y le respondió sin titubear:

—Soy comerciante y tengo un concesionario de venta de camionetas en La Yaguara, en Caracas, ahí estamos a su orden si desea comprar un vehículo.

El guardia le echó un último vistazo a la cédula de identidad, se la entregó y le dijo:

—Pase, lo esperan en la puerta.

El hombre se quedó sorprendido por las instrucciones del guardia, pues no había pensado que ese día lo buscarían en la entrada. Vaciló para moverse, sin embargo, se puso el sombrero y buscó el camino hacia el interior del penal. A solo diez metros de la entrada principal lo esperaban dos hombres. Uno de ellos, el más joven, lo llamó por su nombre:

— ¡Luis!

Al escuchar el fuerte llamado, se detuvo pero no volteó de inmediato. La adrenalina le recorrió alocadamente el cuerpo. El joven insistió, pero en esta oportunidad fue más preciso:

— ¡Luis Peraza! Venimos de palte del patrón Fernando Churio.

Lo que sucedía le recordó a Pablo Escobar, el famoso traficante de cocaína colombiano. Se serenó, giró sobre los tacones y se enfrentó al hombre, observándolo. El muchacho cargaba una chupeta en la boca, tenía cara de niño y estaba acompañado por otro recluso. Cada uno sostenía una moto BMW de alta cilindrada. Luis vio, además, a la altura de las cinturas, las cachas de las pistolas. El más joven lo invitó a montarse en la parrilla y salió disparado, solo apoyado en la rueda trasera y escoltado por el compañero, quien hizo la misma figura: ¡un caballito!

No se dirigieron a los edificios donde cumplen condena los presos, y que tienen una población superior a los diez mil reclusos. Tomaron una calle asfaltada que los conducía en otra dirección. En el trayecto, Luis observó muchos quioscos para la venta de diferentes comidas y licores, además, tiendas de suministro de alimentos, gente caminando, niños jugando en un parque infantil, otros bañándose en una piscina, un campo de béisbol y un zoológico. Algunos de los internos caminaban con pistolas en las manos. Tras del recorrido, se detuvieron frente a una casa de dos pisos, con vegetación frondosa al frente. Lo condujeron hasta el interior de la residencia y subieron a la planta alta. En la sala, lo esperaba Fernando Churio con dos presos de guardaespaldas que portaban armas sofisticadas. Este par de sujetos, sumados a los dos que buscaron a Luis Peraza, más el jefe, formaban el grupo de cinco personas. El patrón se adelantó y le estrechó la mano al visitante y se abrazaron. Luego inició la conversación:

—Quería verte y darte las gracias personalmente por el trabajo realizado hasta ahora para nosotros, porque sé que no te gusta exponerte en público.

Luis se veía asombrado e intimidado por la seguridad del patrón y por las comodidades exhibidas en la casa del jefe. Todos esos beneficios, en la cárcel más peligrosa del país, le llamaban la atención: no vivía, como el resto de los internos, en los edificios construidos para los reclusos, sino en una quinta para él y sus hombres. Fernando se percató de que la visita no entendía la seguridad de la reunión y le comentó:

—Este grupo es de mi entera confianza; trabajan conmigo y son los encargados de mi cuidado. Esta cárcel es demasiado peligrosa y de cualquier parte salta un enemigo gratuito y te pega un balazo. Aquí la vida de un preso no vale nada.

Fernando hizo una pausa, miró a los ojos de Luis y continuó:

—Los reclusos deben pagar por todo lo que usan y consumen, desde el colchón y el lugar donde duermen, hasta la comida y el agua para bañarse.

Los compañeros escuchaban al jefe y aprobaban, con un leve movimiento de cabeza, el comentario. Él continuó:

—Yo debo cuidarme al extremo, porque tengo el beneficio de ser protegido por el Pran del penal, al que muchos odian, pues quieren su cargo. Este personaje domina a todos los reclusos con mano de hierro. Dicho en su idioma: los controla a plomo limpio. También cuento con el apoyo incondicional de algunos de los administradores de este infierno, por eso gozo del privilegio de tener esta casa donde hago mi trabajo. Este lujo no le gusta a la mayoría de los internos, pero me lo he ganado por los servicios prestados a cada uno de ellos. Todas las semanas les entrego documentos falsos para apoyar sus negocios ilícitos, y los he puesto a ganar mucho dinero.

Cuando Fernando hablaba de su actividad profesional sentía orgullo del trabajo realizado: por eso era reconocido y respetado en el medio como un gran falsificador y estafador. Luego propuso:

—Antes de entrar en materia, vamos a brindar con whisky por la llegada de Luis Peraza.

Wiliam sacó una botella de Buchanan's De Luxe y seis vasos, y el grupo se unió a la conversación. Eso permitió a Luis relajarse un poco y hablar:

—Desde mi llegada en taxi noté mucho movimiento de guardias nacionales y tanquetas. Eso pone tensión a la calle. Luego vi de todo en el interior del penal, desde la entrada hasta aquí. Ahora un brindis con whisky. Todo esto contrasta con una cárcel de alta seguridad.

Fernando y sus hombres se miraron las caras, les parecía extraño que Luis no conociera nada de la vida de un penal venezolano. La explicación era sencilla, él solo se comunicaba por teléfono con el jefe. Sus palabras revelaron el estado de nerviosismo presentado por el amigo y, para ayudarlo a relajarse un poco y hacerlo sentirse seguro con ellos, Fernando le presentó a cada uno de sus colaboradores:

—Este es Antonio Hernández, alias Cerro Prendido, cracker de profesión y muy bueno. No existe sistema de seguridad electrónica imposible de penetrar por él.

Luego, giró la cara hacia la derecha y señaló a Carlos Millán:

—Conocido en el medio como Rambo. Su fuerte es asaltar blindados y tiene mucha experiencia en el manejo de explosivos. Además, ocupa el cargo de jefe de mi seguridad y es hábil con la pistola.

Cambió de posición y se volteó a la izquierda, ubicando a Gustavo Tovar:

—Lo llaman Cerebrito, todo lo planifica con muchos detalles. Es el hombre encargado de los uniformes a utilizar para dejar la cárcel esta noche, que son idénticos a los usados por la guardia nacional. Es muy importante esta información y debes comunicársela a tu gente, para evitar que se confundan y nos caigan a plomo. Todos llevaremos una bandera de Venezuela con siete estrellas en el pecho, a la altura del corazón, para diferenciarnos de los verdaderos guardias nacionales, porque ellos llevan una con ocho.

Por último, Fernando miró a Wiliam Muñoz:

—Es el más joven del grupo, sicario, conocido como Chupeta; pero por eso no es el menos importante. Todos para mí son indispensables, cada uno tiene su tarea en el grupo. Wiliam es el encargado de quitar del medio a los enemigos, para eso no le tiembla el pulso.

Los muchachos se veían felices, esperando para brindar por la llegada de Luis Peraza, quien los ayudaría a dejar la prisión. Sin embargo, Fernando volvió hablar antes de alzar el vaso de whisky:

—Falta por presentar al visitante, es mi mano derecha afuera del penal y conocido en los bajos fondos como El Galán, porque siempre está elegantemente vestido. Su mayor habilidad es el lavado de dinero. No se involucra en la parte sucia y peligrosa del negocio, y, además, siempre mantiene un perfil bajo. No ha sido detenido y desaparece como el viento, sin dejar rastros. En este trabajo ha sido de gran apoyo. Sus comunicaciones conmigo son discretas y, en este último compromiso, lo ha demostrado.

Fernando levantó el vaso, brindó por la llegada del amigo y por las nuevas tareas a realizar una vez fuera de ese infierno. Cuando pronunció las últimas palabras, el grupo de presidiarios quedó aturdido, pues no sabía a qué se refería el patrón al hablar de «las nuevas tareas»; sin embargo, todos bebieron.

Luis Peraza se relajó un poco escuchando la presentación del grupo, pero no por eso dejaba de estar nervioso, continuaba preocupado y Fernando, para calmarlo, con su habitual tranquilidad, le aclaró:

—Lo visto hoy aquí es el día a día, no es nada nuevo ni extraño. Así se mueve esta prisión. Lo diferente fue cómo te trataron a ti en la entrada y las comodidades que tenemos, diferentes al resto de los presos. Como te comenté, esto lo he ganado con los trabajos realizados al Pran de turno y a los administradores de la cárcel. El resto es normal.

El visitante volvió a ver la expresión en la cara de Fernando. El hombre que conoció años atrás, serio y frío, no mostraba la sonrisa que siempre se le dibujaba en el rostro, así no la sintiera, por la que se había ganado, en el pasado, el apodo de Sonrisa. El jefe continúo hablando:

—Luis, te pedí ayuda para este trabajo porque no apareces en ninguna de las pantallas de las computadoras de los diferentes cuerpos policiales del país. Eso lo revisó Antonio, el encargado de entrar y salir de todos los sistemas de seguridad de la nación. Es nuestro cracker favorito. Ahora te toca a ti hablar y nos dices cómo están el transporte y los equipos solicitados para esta noche, porque los debes tener listos como lo planificamos.

El Galán se quitó el sombrero, los lentes oscuros y se tomó otro trago de whisky. Los nervios lo traicionaron nuevamente. Fernando resintió que el tiempo pasara sin respuesta, Luis mostraba indecisión. Tal vez el grupo lo intimidaba con las armas largas y cortas que cargaban. El jefe le recordó:

—Estas cuatro personas, como sabes, se van conmigo de Tocorón y puedes hablar, estamos deseosos de conocer si tienes todo listo. Ellos trabajaron en el diseño del plan de fuga y tú nos debes proveer los equipos necesarios para llevarla a cabo… pero se te nota con dudas.

Esas palabras motivaron a Luis:

—Vi dos tanquetas y un pelotón de la Guardia Nacional con armas pesadas en la entrada de la prisión, como si esperaran algo hoy. Uno de esos carros de combate lo estacionaron frente a la casa donde están las dos camionetas blindadas en el garaje, necesarias para escapar esta noche.

Fernando entendió de dónde surgían los miedos de Luis y respondió:

—Esos militares estarán ahí hasta la diez de la noche, para evitar desórdenes, pues hoy hay un gran espectáculo en la discoteca de la prisión y vienen artistas nacionales e internacionales. Todos van a estar entretenidos con este show. Debe correr la droga y el alcohol, como si fuera un río; además, estará lleno de mujeres de la vida alegre. Nosotros hemos planificado y a eso de las doce estaremos escapándonos de aquí.

Luis se quedó en silencio, no sabía hasta dónde llegaba la influencia de Fernando, que le permitía hacer todos estos movimientos. Debía tener mucho poder dentro del penal, para conocer detalles del horario de la Guardia Nacional. Dejó entonces de cuestionar, no quería llevarse otra sorpresa, y comenzó a explicar todo el apoyo y la logística incluidos en el plan de fuga:

—Como les dije, las dos camionetas negras blindadas estarán esperándolos en las afuera de la prisión, a una cuadra, al lado izquierdo de la salida del penal, en un garaje. La puerta de entrada tiene pintada la cara del presidente de la República con su típica boina roja. La tocan y, para que les abran, deben dar la contraseña: «somos libres» y ellos les responderán: «por ahora». No deben tener ningún tipo de inconveniente. Están equipadas con teléfonos celulares y les coloqué una laptop. Además, disponen de la ropa que solicitaron y comida suficiente para el viaje. Al frente estacionaron una de las tanquetas de la Guardia Nacional, pero como se van a las diez de la noche, el camino estará despejado. Si no hay problemas, en el tiempo previsto, estimado en una hora y quince minutos, estarán en Puerto Cabello y ahí los espera un yate para llevarlos a la marina de Venatur, en Caraballeda. Este viaje tiene una duración, en promedio, de dos horas cuarenta y cinco minutos. Deben llegar a primera hora de la mañana para evitar sospechas.

El Galán hizo una pausa, se tomó un trago de whisky, y continuó la explicación:

—En caso de cambiar la vía, por algún inconveniente, preparé la segunda ruta, tal como tú solicitaste, Fernando. Tomarán la carretera de Choroní, que es más corta, pero toma su tiempo por lo difícil de la vía. El camino es muy estrecho y de noche peligroso, por lo oscuro. Nadie en su sano juicio va por esa ruta. Contraté un par de buenos choferes conocedores de las dos vías. Ahí los esperaría otro yate y los trasladarían al mismo destino. Luego serán transportados a una quinta en Caraballeda, donde tienen todo lo solicitado: desde celulares inteligentes, computadoras, internet, armamento y ropa, inclusive comida y bebidas. Deben permanecer varios días sin salir, hasta pasar el vaporón, porque los buscarán por tierra, mar y aire.

Uno del grupo preguntó:

— ¿Cuándo tendremos contacto con algunas chamas? No podemos pasar todo el día viendo televisión.

Luis se quedó callado, no tenía previsto eso tan pronto, sin embargo dijo:

—Eso sobra en el Estado Vargas, pero deben evitar estar con personas extrañas que se vayan de lengua y los *sapeen*. Esperen un poco, eso lo tengo previsto, deben tener paciencia. Al pasar las noticias, cuando todo se calme, comenzaremos a pensar en buscar la manera de ponerlos en contacto con el mundo femenino. Recuerden, en Venezuela una reseña en los periódicos no dura mucho pues, por muy importante que sea, es desplazada por otra.

Wiliam levantó la mano y preguntó:

—Luis, no se te olvide llevarme la virgen de los sicarios, bastantes velas y velones. Para mí, eso es muy impoltante, como para Antonio las computadoras.

El Galán miró al chamo y le dijo:

—Esa solicitud ya está en la casa de Caraballeda.

Fernando Churio tenía todo el esquema de la fuga en la mente y preguntó por algo que Luis no había comentado:

— ¿Cómo vamos a salir de la marina?

El Galán lo escuchó, levantó la mano y se tocó la frente, como si se le hubiera olvidado algo y expresó:

—Disculpen, me desvié de mi explicación, cuando preguntaron por las chicas… Ustedes llegarán temprano a la Marina de Venetur, ahí los esperará un hombre de mi confianza y deben estar preparados. Ahora el que tiene la palabra es el patrón, como lo llaman, pues conoce muy bien el tema.

Fernando se levantó y explicó:

—Con las fotos tomadas la semana pasada le confeccioné, a cada uno, un pasaporte de la República Dominicana y una cédula de identidad venezolana falsa. El primer documento nos permite salir de la marina sin preocupación. Utilicé ese país de referencia porque nos gusta el merengue y lo podemos recordar rápidamente, pues ha hecho famosa a esa isla. La persona encargada de recibirnos y hacer los trámites de extranjería se ocupará además del transporte. No debemos tener problemas, el dinero soluciona casi todo, menos la muerte. Además, es importante memorizar los nuevos nombres impresos en las cédulas y el número, para evitar pelones, en caso de necesitarlos en Caraballeda o en cualquier parte del país. Los documentos superan en calidad a los originales.

Luego, Luis Peraza comentó:

—De la marina van a una quinta alquilada en Caraballeda, con las comodidades de un hotel cinco estrellas, que les permitirá estar tranquilos hasta que la situación se calme.

Al terminar de hablar Luis Peraza, se sintió un silencio absoluto y al grupo le apareció una luz de felicidad en la cara, pues pronto serían hombres libres, aunque fuesen unos prófugos de la justicia. Fernando rompió el silencio:

—Luis, has hecho un buen trabajo de apoyo, igual al de los contactos detrás de las cercas que nos rodean, porque la fuga de información es nula. También tengo buenas relaciones fuera de este penal y espero contar con ellos una vez deje este infierno. Las cultivé a través de mi viacrucis por varias prisiones del país, algo que no le deseo a nadie, pues es difícil adaptarse a los grupos dominantes de las cárceles.

Fernando se acercó a Luis Peraza, le estrechó la mano y lo abrazó. Al visitante, las palabras y el gesto le agradaron, pues no esperaba ese reconocimiento, y aprovechó para comentarle:

—Mañana a primera hora salgo del país. Eso permitirá alejarme de todo esto, porque una vez enteradas las autoridades de la fuga, van a salir a buscarme, ya que fui el último contacto que tuvieron y van a querer conocer lo que sé. Espero lo mejor del mundo para ustedes, en esta nueva aventura…

El Galán detuvo la exposición, luego miró a Fernando y le comentó:

—El resto de los contactos siguen intactos y a ninguno de ellos los conoce la policía.

Sonrisa, para calmar a su amigo, le aclaró:

—Para tu tranquilidad, no quedará rastro de la visita y el guardia nunca te vio.

Luis miró a Fernando, con alegría en la cara le agradeció su gesto y comentó:

—Sí eso es así, cuenten conmigo, los veo en Caraballeda un vez instalados en la quinta.

Se despidió de todos con un apretón de mano y salió. Wiliam se levantó para llevarlo hasta la entrada del penal y más atrás iba Carlos Millán, el otro del grupo, que lo había esperado en la puerta.

Al regresar los muchachos, Fernando inició el último repaso al plan de fuga previsto para esa noche.

—A un cuarto para las doce debemos estar cerca de la salida del penal. A media noche, cuando cambie la guardia, nos vamos. Los nuevos vigilantes están controlados por nosotros y no debemos tener problemas, además, estaremos vestidos con el mismo uniforme de ellos. Los saludamos y seguimos como si fuéramos a pernoctar en el pueblo. Sólo los miramos, levantamos la mano a la altura de la visera de la gorra, les hacemos la venia de costumbre y chao.

En ese momento, Wiliam hizo· una pregunta comprometedora:

—Jefe, si no hay cambio de guardia, ¿qué hacemos?

—No te preocupes, eso lo tenemos resuelto. Lo importante ahora es terminar de destruir todos los archivos utilizados para falsificar documentos de seguridad y papeles personales. La casa debe quedar completamente limpia, como si nadie la hubiera habitado, porque para acá no regresaremos. Prefiero quedar muerto afuera que seguir en este infierno.

A las once y media de la noche el grupo estaba listo, uniformado con chalecos antibalas y el arma de reglamento. Afeitados como unos soldados. Fernando se rasuró el bigote y se veía más joven. Todo el mobiliario desapareció como por arte de magia. Se montaron en las motos y a la hora prevista se encontraban cerca de la salida, esperando el cambio de guardia. Sonrisa miró el reloj y las doce apareció en el Cartier exhibido en la muñeca. Por un segundo las tres agujas se confundieron en una sola, pero la manecilla que marca los segundos no se detuvo a la espera de los nuevos vigilantes, siguió girando al ritmo normal. El grupo miró al jefe. Ahora los minutos avanzaban y en la salida del penal ninguno de los uniformados se movía. El silencio se apoderó del ambiente. Las miradas recorrían la salida del penal, buscando y rogando que apareciera el turno de remplazo. Cuando pasaron diez minutos, El Patrón tomó la decisión, miró a Carlos Millán y con el pulgar de la mano derecha hacia arriba, le dio las instrucciones. Millán sacó el celular de uno los bolsillos del pantalón y marcó un número. Se escucharon varias explosiones en los edificios ocupados por los internos y en la discoteca, donde continuaba la fiesta según lo programado. La respuesta fue inmediata: en el área donde viven los presos comenzó la plomazón, porque se sentían atacados por los bandos contrarios y en la discoteca se presentó una estampida originada por las detonaciones. La gente buscaba cómo refugiarse en un lugar seguro. Nadie entendía lo que sucedía, un grupo de presos trataba de calmar a los asistentes a la fiesta pero era imposible.

Fernando le dio la orden a Gustavo Tovar para entrar en acción. Arrancó la moto, se acercó hasta la salida del penal y les gritó a los guardias:

—El jefe les manda a buscar, que se acerquen hasta la discoteca para apoyar a los vigilantes, porque la gente está en pánico. Yo me quedo de guardia.

Los militares no se fijaron en la cara del motorizado, estaban sorprendidos por lo sucedido y pensaron en el comandante del destacamento. Agarraron sus fusiles y salieron disparados hacia el lugar de la discoteca. El grupo de Fernando, cuando vio la salida del penal libre, no perdió el tiempo, se acercó en las motos, dejándolas en la entrada y partiendo como estaba previsto. Caminaron pegados a las paredes hasta la casa donde permanecían las camionetas blindadas. Sin mirar hacia atrás, tocaron la puerta, dieron la contraseña establecida y esperaron por la respuesta. Abordaron los vehículos y el aire de la madrugada le dio al grupo la bienvenida a la libertad.

Fernando se montó con Carlos Millán en la camioneta que salía de primera y los otros tres abordaron la segunda. El patrón, sin titubear, le indicó al chofer que tomara la dirección de Choroní. Al tipo le pareció extraño, por ser la vía más difícil y que les llevaría más tiempo: según las instrucciones de Luis Peraza, esa ruta sólo se usaría en caso de dificultad en la huida. Pero el conductor no dijo nada y siguió las instrucciones.

Capítulo II

La llegada a Caraballeda

A las diez de la mañana, el Yate con bandera de República Dominicana llegó a la Marina de Venetur. El capitán, hombre conocedor de las actividades de ese muelle, tenía previsto un lugar especial para su embarcación, donde lo esperaba Wilmer Escobar, el contacto enviado por Luis Peraza para hacer los trámites de aduana al grupo una vez tocaran puerto.

Wilmer se le presentó a Fernando Churio, el primero en bajar de la embarcación, y luego al resto del grupo, con la mayor normalidad. Todos vestían ropa deportiva, llevaban las gorras clavadas hasta las orejas y usaban lentes de carey, para evitar que les vieran los rostros. Cada uno cargaba un maletín de playa con colores muy tropicales. El contacto retiró los pasaportes y los llevó a la aduana para realizar los trámites correspondientes. Rápidamente, regresó y los guió hasta el estacionamiento donde abordaron, para evitar sospechas, una camioneta con logotipo de una agencia de turismo de la zona.

Ese domingo había más movimiento de lo esperado en el litoral y esto los ayudó a pasar desapercibidos. Todo se realizó con normalidad. Salieron de la marina y pasaron frente al Hotel Macuto Sheraton. Fernando se quedó sorprendido al ver en silencio ese edificio, que gritaba de dolor por lo deteriorado. El monumento había abierto las puertas en 1963 y era un ícono de la hotelería venezolana; además, fue el primero de esa cadena instalado en América Latina. Al cruzar a la derecha vio el Hotel Meliá, convertido en ruinas, contribuyendo a la decadencia de la zona. En una época éste había sido uno de los lugares preferidos de los turistas extranjeros y venezolanos, en especial de los caraqueños, que iban a pasar los fines de semanas. Caraballeda había sido conocida como La Pequeña Miami, porque contaba con un grupo de restaurantes de primera línea y una buena infraestructura hotelera.

En cada cuadra había más sorpresas para Fernando, sumando el deterioro de la gente que iba a pasar el día en la playa. Todos caminaban de un lado a otro, con sus cajas de cervezas al hombro y su comida debajo del brazo. Churio nunca pensó ver tanto caos en un mismo lugar y le vino a la mente la descomposición de las cárceles, que era reflejo de los pocos metros de tierra que había recorrido en el vehículo como hombre libre a la fuerza. El tiempo voló y de pronto llegaron a un galpón frente al mar. Churio no supo cómo había hecho el chofer, pues el camino había sido muy rápido, pero pensaba que quizá el impacto de lo visto al salir de la marina lo había cegado. En ese lugar, bajaron del vehículo y de nuevo cambiaron de ropa, poniéndose los uniformes suministrados por Wilmer de una empresa telefónica. Nadie hablaba, todo lo hacían de manera mecánica, como si lo hubieran ensayado varias veces en prisión. Se embarcaron entonces en dos camionetas blancas, con el logo de la empresa telefónica nacional. Ninguno del grupo preguntó nada, todo lo hacían con mucha rapidez: parecía un comando en acción. En esta última etapa, Fernando Churio conduciría una de las camionetas y lo acompañarían Antonio Hernández y Carlos Millán. La otra, la llevaría el contacto: el joven Wilmer, blanco y de cara inteligente. Junto a él irían Gustavo Tovar y Wiliam Muñoz.

Fernando seguía el vehículo manejado por Wilmer. Regresaron por donde salieron, muy cerca del hotel Meliá. En el semáforo, frente a la bomba de gasolina, se detuvieron porque la luz permanecía en rojo. Ahora Churio conducía y podía ver con mayor detalle todo. Nunca se imaginó lo fuerte que había sido el deslave en el Estado Vargas; pero a doce años de ese fenómeno natural aún era muy poco lo reconstruido para recuperar la infraestructura, quizá por negligencia habían dejado todo en ruinas, tal como había quedado después del fenómeno natural. Al respecto, muchas personas comentaban: «el Estado no hizo nada, porque plata había y mucha, pues los precios del petróleo subieron hasta las nubes. Fue la mejor coyuntura económica que tuvo la Nación, en toda la vida como productora de hidrocarburos». La única obra nueva que Churio divisó fue la avenida La Playa.

El semáforo cambió de luz y apareció la verde. Cruzaron a la derecha, hacia la entrada de los campos de golf de Caraballeda. El joven siguió por la avenida principal hacia la parte alta de la urbanización, cerca de la montaña. Luego, giró a la derecha y al final de la calle abrió un portón blanco a control remoto. Ambas camionetas entraron y se estacionaron al frente de una quinta colonial. Fernando Churio observó a dos hombres armados con ametralladoras en el interior del lugar y a otro, en una garita, al lado de la puerta de entrada. Se bajó, al igual que el resto del grupo, y se alegró al ver a su amigo y socio de muchos años, Luis Peraza, quien lo esperaba. Avanzó, subió cuatro escalones de la entrada de la casa y se saludaron.

El resto del grupo hizo lo mismo: llegó a donde estaba el jefe y estrechó la mano de El Galán. Todos continuaron hasta el interior de la quinta a una sala amplia. Wilmer aprovechó para ocuparse de acomodar a cada uno en las diferentes habitaciones, con la ayuda del personal de servicio de la residencia. En cambio, Fernando y Luis caminaron por el corredor del lado izquierdo de la casa colonial, que contaba con dos, cada uno de una longitud de treinta metros de largo hasta el final. Luego de recorrerlo, apareció una piscina grande, con agua azul, haciendo contraste con la grama verde bien cuidada y rodeada de chaguaramos. El ambiente era acogedor. El primero en tomar la palabra fue Luis Peraza:

—Congelé hasta nuevo aviso mi viaje por tu llegada a Caraballeda, estaba pendiente del desplazamiento hasta aquí. Gracias a Dios todo salió bien. Además, contigo en la calle me convertiré en un soldado. Te traje información de los negocios con los colombianos: todo va bien, en especial la impresión de los billetes americanos falsos.

Fernando le agradeció enormemente a El Galán su colaboración. El plan se había cumplido de acuerdo a lo previsto. Su rostro se veía maltratado, producto del trasnocho, pues no había pegado un ojo en todo el viaje. Luis aprovechó para hacerle unas preguntas:

— ¿Qué pasó en la salida de la cárcel de Tocorón, por qué hubo varias explosiones y disparos? Yo pensaba que habías arreglado todo con los guardias de turno.

Fernando se quedó pensativo, como recordando los acontecimientos de ese instante, porque no esperaba esa pregunta y luego respondió:

—Nada en especial, el cambio de los vigilantes no se dio de acuerdo a lo planificado y, para moverlos, procedí con un plan B: detonamos varias bombas alrededor del penal para sacar a los de turno y poder salir sin problemas. Esta situación fue mucho mejor, porque así los sobornados no tuvieron que dar ninguna explicación.

Luis movió la cabeza afirmativamente aprobando el procedimiento y volvió a preguntar:

— ¿Por qué tomaste el camino más escabroso, que era el de Choroní?

—Eso fue un cambio de última hora, se me ocurrió cuando me monté en la camioneta, porque hicimos tanto ruido para salir de Tocorón que no quise ponérselo fácil. Así que nos lanzamos por esa vía, es jodida, difícil y de noche es peor aún, pero ya estamos aquí. Vamos a descansar el resto del día.

Miraron hacia la piscina y vieron venir a un joven con una bandeja con un servicio de whisky Buchanan's De Luxe, la bebida preferida de Fernando. El barman sirvió un par de escoceses y los pasó a cada uno de los visitantes. Ellos aprovecharon para brindar por el éxito de la fuga. Luis invitó al jefe del grupo a caminar hasta el final del terreno de la quinta, donde había una pequeña casa oculta entre los grandes árboles que formaban un bosque. Abrió la puerta y entraron. Fue una sorpresa para Fernando, pues no se esperaba eso y comentó:

—Esto está fuera del plan. No pensé encontrarme esta casa de montaña con un par de camionetas blindadas.

Luis vio dibujada en la cara del amigo una enorme sorpresa y comentó:

—Este es un plan B, si vienen por ti y el grupo. Pueden tomar varias vías desde aquí. Además, el personal que te cuidará y servirá es de mi entera confianza. No te faltará nada y cualquiera de ellos los puede sacar sin problemas. Igualmente, hay otros lugares donde sería fácil esconderte con tu gente y difícil que los encuentren. Debes descansar, mañana será otro día y seguro estarán en la prensa a nivel nacional.

A Fernando le pareció estupenda la idea de Luis Peraza y dijo:

—Esta iniciativa tuya es valiosa y te felicito. Alquila una residencia en Caracas desde ahora, porque en cualquier momento nos tocará mudarnos a la capital y debemos tener todo preparado, de la misma forma como planificamos esta estadía.

A Luis le agradaron las palabras del jefe y comentó:

—Cuente con eso, encontraré algo parecido a esta casa en un buen lugar en el centro de la ciudad.

Ambos salieron del garaje y caminaron de regreso hasta la piscina. Fernando se quedó mirando la casa de campo con sus tejas rojas, los largos corredores y pensó que sólo le faltaba el fogón de leña para sentir que disfrutaba una vivienda de los páramos andinos, porque el cerro lo tenía, por estar al lado de la cordillera de la costa. Luego, miró a su amigo y le comentó:

—Lástima que pienso quedarme por muy poco tiempo. Esta casa de campo es una belleza, tiene todo lo necesario para pasarse una buena temporada. Con una montaña de fondo y un mar al frente. Esto es sencillamente una maravilla. Vamos a ver cómo está el resto del equipo, pero antes nos sirven otro trago, sabe mejor en este lugar que en la cárcel.

El joven encargado del bar les dio dos whiskys más. Fernando lo saboreó, caminó en dirección a la quinta a buscar al grupo y preguntó:

—Luis, ¿dónde colocaron los equipos de computación?

El Galán caminaba al lado de Fernando y al escuchar lo miró:

—Están en la primera habitación, al lado de la sala, en el inicio del pasillo de la izquierda, por ser la más grande y tener entrada de luz natural. En el otro corredor están los dormitorios de ustedes y en el último salón puse la virgen de los sicarios, con todos los velones y velas, como lo pidió Wiliam. Los teléfonos y el aba fueron instalados por la compañía del Estado. Espero que estén funcionando, porque los servicios públicos han desmejorado mucho. Los técnicos vinieron varias veces para verificar los equipos y asegurar que funcionen como debe ser. Con la entrada y salida de los funcionarios de la empresa se me prendió el bombillo y pensé, antes de llegar aquí, que ustedes se pusieran unos trajes parecidos a los usados por los empleados de esa empresa y llegaran en camionetas similares a las de ellos. Eso evitaba la sospecha de los mirones de ventanas, que no se vieran tentados a tomar fotografías o grabar los movimientos de la gente entrando y saliendo de la casa, con los teléfonos inteligentes de hoy en día. Adentro es diferente, todos son de confianza.

Ambos llegaron a la habitación y encontraron a Antonio Hernández chequeando los equipos de computación con Wilmer Escobar, porque este último también conocía de instalación. Había tres aparatos de última generación con las impresoras; además, en la pared colocaron una pantalla grande donde se podía ver con facilidad lo mostrado en los monitores, dividiéndola en cuadrantes, para observar diferentes imágenes simultáneamente. Parecía una sala situacional de control y monitoreo.

Fernando se quedó con Luis en la puerta observando el salón: parecía tener todo lo solicitado. Cerro Prendido, cuando vio al jefe en la entrada, se levantó, se acercó y comentó:

—Tenemos lo requerido, con esto es suficiente para nuestros planes.

Fernando también se veía satisfecho, sin embargo, comentó:

—No veo los celulares.

El cracker le indicó:

—Sí, todos están aquí; además, las lámparas de luz, los teléfonos inalámbricos y la batería para cada equipo. Espero que funcione el internet, porque Wilmer me está informando de las muchas fallas en el Estado Vargas; pero eso no es nuevo, es una enfermedad del país, desde la nacionalización de la empresa, porque se han olvidado de hacer inversiones en la infraestructura, por eso la velocidad de navegación es la peor de Sudamérica. Estamos por debajo de Bolivia y Paraguay. Eso es insólito.

Fernando terminó de tomarse el whisky y con un movimiento ligero de la cabeza aprobó la compra de los equipos. Salieron de la habitación y volvió a preguntar:

— ¿Dónde está el armamento?

Luis, atento a las solicitudes de Fernando, señaló con la mano el final de pasillo y comentó:

—Vamos de nuevo al lado de la piscina, es el lugar donde está el parque de armas, me parece el sitio más apropiado para este tipo de equipo; además, allí están los explosivos.

Caminaron juntos hasta donde mantenían el armamento. Ya había llegado Carlos Millán con uno de los hombres de Luis Peraza y ambos chequeaban lo solicitado. Las armas reposaban en un mueble diseñado para ese tipo de almacenamiento y, al lado, habían ubicado los explosivos.

Fernando no estuvo de acuerdo y comentó:

—Luis, me gustaría tener el parque de armas localizado en un lugar más cercano a nosotros, y dejar sólo los explosivos en este lugar. Las razones son muchas y no vale la pena hacer una discusión por esto. Si te parece, ubícalas al lado de los dormitorios, al inicio del pasillo de la derecha.

Luis le dio las instrucciones al hombre que revisaba el armamento con Carlos Millán para realizar la mudanza.

Ambos salieron del lugar y caminaron en dirección a la sala principal de la quinta. A Fernando le pareció magnífico el jardín que se formaba entre los dos pasillos de la casa colonial. Se detuvo y miró fijamente el color verde intenso de la grama, era como una alfombra natural que rodeaba una fuente ubicada en todo el centro, acompañada de rosas de diferentes colores. Luego, retomó el camino. Luis Peraza observaba al jefe y pensó que el cansancio hacía su trabajo de modo que ya necesitaba ir a la cama.

En la sala, Fernando encontró a todo el grupo con el que se había fugado de la cárcel de Tocorón. Antonio habló:

—Ya aparecimos en la noticia de los periódicos publicados por internet. La policía y los cuerpos de seguridad están barriendo todos los estados Aragua y Carabobo. En una de las informaciones señalan al grupo viajando a Curazao y pusieron una alerta roja en la isla. Nos esperan para que conozcamos las cárceles de ese lugar.

Todos se quedaron en silencio. Luis Peraza preguntó:

—Antonio, ¿mostraron las fotos de ustedes en los periódicos?

Todo el grupo miró hacia el cracker, pendientes de la respuesta:

—No. Espero que no aparezcan por un tiempo, porque borré todas las fotos existentes de nosotros en los archivos electrónicos policiales y en la cárcel de Tocorón. De haberlas, son en físico, en algún expediente; pero, por el desorden, posiblemente les costará encontrarlas. Ellos son especialistas en acabar con todo.

El grupo se alegró y el más expresivo fue Wiliam, el sicario, que comentó:

—Viva mi cracker. Te la comite pana. Vamos a brindar por esa. Te la debemos.

Chupeta se levantó, se acercó al bar, buscó una botella de whisky y seis vasos. Por su parte, Gustavo también se paró a buscar una bolsa de hielo y una jarra de agua, y ayudó a servir. Cuando todos tenían sus tragos en la mano, brindaron por encontrarse libres y con salud, lo más importante. Además, Wiliam le dio las gracias a Luis por traerle la virgen de los sicarios. La botella duró poco, porque hicieron otra ronda y la dejaron lista para el basurero. Fernando, que se había mantenido callado, tomó la palabra:

—Bueno, ya estamos en la prensa. Nos buscan, era lo menos que podían hacer. Ahora debemos estar muy despiertos y atentos a cualquier cosa, en especial las visitas a esta casa: nadie puede venir aquí si no se anuncia antes, pues lo recibimos con plomo…

Hizo una pausa y miró a su fiel amigo Carlos Millán, sentado a su lado, y le preguntó:

—Tú, siendo el hombre que me has cuidado las espaldas por largo tiempo, dime: ¿cómo está la seguridad en este lugar?

Carlos, conociendo al jefe, le respondió:

—Bien, muy bien. Los hombres encargados de cuidar el perímetro de la casa son profesionales y mantengo comunicación con ellos. Además, hay un buen circuito de cámaras, tanto externas como internas. El personal de servicio pernoctará en las instalaciones por una semana. El relevo viene el próximo domingo. No deben salir por un tiempo y nosotros permaneceremos aquí hasta que desaparezcan estas noticias de la prensa. No debe ser por mucho tiempo, porque las crónicas policiales vuelan muy rápido: en un país como éste, en el que los muertos se cuentan por millar, no hay espacio suficiente en la prensa para mantener el mismo caso en cartelera todos los días.

Fernando miró a Antonio y le comentó:

—Me informas lo que salga en internet y tenga relación con nosotros. No pierdas ningún detalle, todo es importante.

Luego se dirigió al grupo:

—Les agradezco no hacer llamadas telefónicas innecesarias, porque estamos en la mira de todos los cuerpos de seguridad, en especial en los servicios inteligencia, y nos pueden detectar por cualquier imprudencia. Recuerden, a Pablo Escobar lo mataron por una llamada telefónica.

El salón permanecía en silencio, sólo se escuchaban las guacamayas que mantenían su coro inconfundible en los árboles del bosque formado al pie de la montaña. Fernando, antes de finalizar, miró a su amigo y le comentó:

—Luis, antes de salir, quiero darte las gracias de parte del grupo por la colaboración con nosotros. Además, agradezco que te mantengas alerta y me informes cualquier cosa que oigas y veas, porque estamos libres de la cárcel de Tocorón, pero seguimos confinados en estas cuatro paredes, mejores a las que teníamos allá, pero sin dejar de estar presos, por ahora, hasta que termine todo este rollo. Te repito, mantén funcionando las orejas, como dos antenas, algo pueden captar y me lo informas rápidamente.

Fernando se levantó, le estrechó la mano a Luis, le dio un abrazo y le comentó:

—Te dejo, porque me estoy muriendo de sueño.

Capítulo III

Visita al Banco Central

El asesor de seguridad del Instituto Emisor se acercó el lunes muy temprano a la oficina de la presidencia para hablar con el titular del despacho. Saludó a la secretaria y ella, con mucha amabilidad, le respondió con cortesía, explicándole que el jefe atendía una visita y pidiéndole que pasara a la sala de espera mientras finalizaba la reunión. El hombre era alto, con una figura atlética, blanco, de pelo castaño, de unos cincuenta y cuatro años. Vestía de paltó azul oscuro, pantalón gris y corbata de rallas finas combinada con la chaqueta. Se dirigió hasta el salón y se sentó en un sofá. El silencio era su única compañía. Sacó un periódico de circulación nacional del día, del portafolio de cuero negro, y revisó la página de sucesos. Volvió a leer la noticia, pues quería estar seguro de lo que había visto inicialmente, motivando su visita inesperada esa mañana. La reseña tuvo de nuevo el mismo impacto. Se trataba de la fuga de cinco reos de alta peligrosidad de la cárcel de Tocorón.

Un mesonero entró al salón y lo interrumpió para ofrecerle algo de tomar. Dobló las páginas del periódico y las colocó dentro del portafolio, sin mucho apuro. Miró al joven que esperaba por su respuesta con una libreta y un lapicero en las manos. Se decidió por un café negro fuerte. El tiempo pasaba lento, sin embargo, la bebida llegó rápidamente. El hombre pensó que le hacía falta un poco de cafeína para mantenerse tan alerta como la crónica lo exigía. En dos sorbos desapareció el tinto de la taza y la ubicó sobre una mesita a su lado. Se levantó y caminó dentro del recinto espacioso. Miró el reloj y notó que no había pasado mucho tiempo: la ansiedad lo mantenía inquieto y no le permitía regresar al asiento. Se paseaba por la habitación viendo la exposición de cuadros colgados en las paredes. ¡Toda una colección de lujo, de pintores venezolanos con reconocimiento nacional! Incluso algunos, como Armando Reverón, quien salió de las fronteras venezolanas y fue invitado de honor del museo de Arte Moderno de New York, conocido como MoMA. Ese recorrido por la pequeña galería le permitió distraerse un poco. La secretaria lo llamó:

—Coronel Temístocles, el presidente lo espera.

El asesor de seguridad recogió su portafolio y caminó en dirección al despacho, pero un desfile de mujeres bellas lo detuvo en la entrada de la presidencia. Espero unos minutos hasta que la última de las jóvenes salió. No las contó, pero era un grupo grande de muchachas lindas y esbeltas. Entró a la amplia oficina donde lo esperaban. Su sorpresa fue encontrar al presidente con otra chica, alta, de pelo castaño que le llegaba casi a cintura, y unos ojos negros muy expresivos que hablaban por ella. El presidente de inmediato los presentó. El visitante estiró la mano derecha:

—Coronel Temístocles Caballero. Mucho gusto en conocerla.

Ella, con un toque femenino y una mirada que la hacía ver más bella, le indicó:

—María del Carmen. El gusto es mío.

El presidente, carraspeaba la garganta y comentó:

—Es la candidata a miss Venezuela por el Estado Vargas. Es muy bella, paisana mía y tiene mucho chance de ser una de las finalistas del certamen. No quise comentarlo con el grupo, porque van a pensar que estoy parcializado.

El coronel no opinó, porque el motivo de la visita inesperada a la presidencia de la Institución tenía acaparada su atención, sin embargo, para apoyar las expectativas del jefe comentó:

—Estoy de acuerdo con usted.

La joven miró al coronel y con un leve movimiento de cabeza, y una sonrisa, le agradeció su apoyo. Luego, el presidente aclaró:

—Vinieron hacerme una visita de cortesía, porque hoy el grupo de chicas que participan en el certamen de miss Venezuela tiene una invitación al Banco Central.

María del Carmen se despidió con un beso en la mejilla de cada uno, porque a las once de la mañana iniciaban el recorrido por las instalaciones del Instituto, que incluía varios lugares: comenzaba por las bóvedas para ver el oro de las reservas internacionales, traído de Londres; luego, el museo de numismática, donde está la exhibición de una colección de monedas de oro y las joyas del Libertador adquiridas por la República de Venezuela; y además recorrerían otros lugares emblemáticos del Instituto. Al finalizar, tendrían un almuerzo.

El presidente se veía relajado y satisfecho por haber recibido al grupo de hermosas mujeres venezolanas e invitó al coronel a que tomara asiento en un sofá de cuero, integrante del mobiliario de la oficina. Una vez ubicados, quiso escuchar al asesor de seguridad:

— ¿Cuál es el motivo de esta visita inesperada? Por lo general nos vemos el día miércoles, al final de la tarde, y eso cuando tienes algo importante que comentarme.

El coronel sacó el periódico y le mostró la noticia que reseñaba la fuga de los reos de la cárcel de Tocorón al presidente. Éste la vio, pero no le dio mayor importancia. Era otra de las tantas que aparecían a diario en la prensa. Sin embargo, Temístocles le aclaró:

—Para cualquier persona fuera de este medio, esta noticia no es relevante; pero, para mí, como su asesor de seguridad y especialista en inteligencia, es muy grave, porque de acuerdo a fuentes de la cárcel de Tocorón, uno de los fugados es el famoso Fernando Churio, conocido en los bajos fondos como Sonrisa. Es un falsificador y estafador de cuidado y escapó con la pandilla formada en prisión, todos son peligrosos.

El presidente movió la cara de un lado a otro y comentó:

—No lo conozco ni sé quién es ese sujeto. Es la primera vez que oigo ese nombre…

El presidente se quedó pensativo y luego pronunció en voz alta el nombre del delincuente:

— ¡Fernando Churio! … Lo conocerán en su casa, pero yo no.

El coronel esperaba esa respuesta, sin embargo, sabía que el asunto era grave y comentó:

—Este hombre, escapado de la cárcel de Tocorón, fue detenido en 1994, por el gerente de seguridad de este Instituto para esa época. Le puso los ganchos y lo colocó tras las rejas. Al resto del grupo de estafadores que trabajaban con Fernando Churio los mataron cuando ellos quisieron defraudar al Banco Central con una emisión de bonos cero cupón falsa.

El presidente del Banco escuchaba la explicación del asesor de seguridad sin encontrar cual era el punto central y se lo hizo saber:

— ¿Qué tengo yo que ver con todo esto? El problema es de los organismos de seguridad del Estado, deben detenerlo y regresarlo a la cárcel de Tocorón o a otra más segura, para evitar se fugue de nuevo. Esos malandros siempre están planificando cómo escapar. Ese es un juego de nunca acabar.

El coronel dobló el periódico y lo colocó dentro del portafolio. Decidió contarle toda la historia al presidente, para que entendiera el significado de esa fuga:

—La situación es grave. Según mis fuentes, Fernando Churio comentó que planificó su fuga para vengarse de las autoridades del Banco Central y desacreditar a la Institución, porque al meterlo preso, manipularon a la justicia venezolana para no dejarlo salir de prisión por la estafa cometida a particulares, pues con el Banco Central no pudo. Por ese delito no deberían haberle dado más de cuatro años de cárcel, como mucho, pero ya llevaba catorce preso. Además, lo han tenido por diferentes penales del país y ha sido un calvario que él nunca perdonará.

El presidente, al escuchar al asesor, arrugó la cara, pegó su cuerpo al respaldar de la silla, se acomodó y expresó:

—Yo, como te comenté, no conozco a ese tipo. Nunca he oído hablar de ese caso y ahora tengo un enemigo gratuito que, además, ha jurado joderme a mí y al Banco. Debería buscar al que desempeñaba este cargo cuando lo metieron preso.

El coronel entendió que finalmente el presidente había sentido el peso de las palabras de Fernando Churio y el peligro que representaba tener a ese hombre suelto. No hablaron por unos segundos, pensando cómo resolverían el problema. El jefe miró el reloj y vio que marcaba el mediodía. Llamó a la secretaria y le pidió dos tazas de café negro, porque necesitaban algo para estabilizarse. El mesonero voló y en cuestión de minutos entró con el pedido. Ambos se tomaron un sorbo y regresaron a la misma línea de pensamiento. Temístocles le sugirió:

—Presidente, le recomiendo contratar al gerente de seguridad que arrestó a Fernando Churio y lo mandó a la cárcel. Yo lo conozco. Es un hombre con mucha intuición y muy hábil para batallar con estos delincuentes inteligentes, escurridizos y peligrosos.

El presidente no esperaba esa sugerencia, se quedó pensativo y le preguntó:

— ¿Por qué no utilizamos al personal de la gerencia de Seguridad del Banco?

El coronel Temístocles sabía que ésa era la vía institucional para hacerle frente a este caso y que él podía ser candidato, pues formaba parte del cuerpo de seguridad del presidente. De eso no tenía duda.

Sin embargo, hizo un razonamiento intuitivo, como hombre de inteligencia que era:

—Este personaje que le estoy sugiriendo sabe de Fernando Churio desde hace muchos años. Le puedo decir, sin equivocarme, que lo conoce incluso desde antes de que aquél intentara defraudar al Banco Central. Sabe cuáles son sus puntos débiles: por eso pudo deshacer todo su plan y atraparlo. Si colocamos a los hombres nuestros, de la gerencia de seguridad, van a tener que enfocarse en este caso las veinticuatro horas del día, porque no les va a dar respiro y descuidarían las múltiples tareas en el Instituto. En estos días de la llegada del oro del exterior, que han hecho pública con el eslogan: ¡El oro es nuestro!, y a sabiendas de que todo está en las bóvedas del Banco, debemos tener mucha vigilancia, pues de cualquier parte salta la liebre, como dice el refrán popular. El peligro está latente afuera y adentro de este recinto. Al último le tengo más miedo, porque nuestro personal conoce mucho de los protocolos de seguridad. Además, recuerde, el oro no monetario viene al Banco cuando lo traen de las minas de Guayana y sale al exterior para que se le ponga el sello de Good Delibere, que certifique su pureza. Todo esto requiere de mayor atención de nuestro personal.

Al presidente le cambió la cara. Los bigotes gruesos y negros, que eran parte de su personalidad, dándole un aire de charro, se esponjaron, como si quisieran decir algo, y jocosamente comentó:

— ¿Quién es ese tipo? Tiene aire de James Bond.

El coronel entendió que el presidente se había relajado un poco y recuperado la parte jocosa. Aprovechó para aclararle:

—Ese tipo es lo más opuesto al típico personaje del agente 007, del periodista y novelista Ian Fleming, porque es pequeño, bien alimentado, con entradas profundas y tiene cabello y bigote blancos.

El presidente lo escuchó y quedó impresionado por la descripción que hizo Temístocles y comentó:

—Ese personaje se parece tanto a mí.

El asesor de seguridad, al escuchar al presidente, recordó al cantante mejicano Juan Gabriel y le provocó reírse, pero lo evitó para continuar la conversación con la seriedad que venía teniendo y aprovechó para darle el currículum:

—Se llama José Quilarque y trabajó para esta institución por más de veinte años como gerente de seguridad. Está jubilado, actualmente vive en el norte y realiza tareas como asesor para el Servicio Secreto de los Estados Unidos, porque es especialista en falsificación de billetes americanos, con mucho prestigio a nivel internacional. Lo más importante, se mantiene en forma, pues eso de perseguir estafadores y todo bicho malo adentro y fuera de EE UU no es una tarea fácil.

Con la explicación del coronel, el presidente se quedó impresionado y le respondió:

—Según esa hoja de servicio, es el hombre que necesitamos para este trabajo. Te encargarás de localizarlo, convencerlo y firmar el contrato.

El coronel quedó satisfecho por la confianza que le tenía el presidente al apoyarlo y aprobarle la contratación de José Quilarque. Ahora tenía otra tarea y se la comentó al presidente:

—Esta misma semana salgo para el norte a buscar al personaje. Sé que está en el Estado de California, cerca de San Francisco.

El presidente dio por terminada la reunión y lo único que le dijo fue:

—Suerte en tu nueva misión.

Capítulo IV

Malas noticias

Fernando Churio no había terminado de instalarse con el grupo en la quinta de Caraballeda cuando el martes, muy temprano, acompañado con los primeros rayos de sol apareció Luis Peraza, en una camioneta negra blindada con chofer. Se paró frente al portón blanco y el vigilante, que monitoreaba la entrada, hizo un zoom para detallar a los ocupantes del vehículo, reconociendo al personaje de copiloto. Accionó el switche, e hizo que la puerta se deslizara lentamente por el peso de la lámina de metal y la entrada quedara libre para los visitantes. El conductor se estacionó frente a la casa y El Galán se bajó del vehículo. Vestía como siempre, muy elegante, con un traje color crema claro y un sombrero panameño, del mismo color del terno. Cuando levantó la vista, en dirección a la entrada de la residencia, vio al jefe con el grupo. Carlos Millán y Gustavo Tovar cargaban armas largas, mientras que Wiliam tenía una pistola en la mano. Parecía que esperaban algo.

Luis subió los escalones, se paró al frente de Fernando, quien tenía una cara seria, y lo saludó con un apretón de mano. Pero en esta oportunidad no lo acompañó de un abrazo. No entendía: algo los había molestado. Carlos Millán, el jefe de seguridad, lo mandó a pasar a la sala, se sentaron en el juego de muebles colonial, y le preguntó:

— ¿A qué se debe tu presencia?

Luis se sentía incómodo. No esperaba un recibimiento tan helado como éste, tal vez la llegada inesperada los había puesto nerviosos a todos. No recordó que Fernando había solicitado que llamara por teléfono antes de presentarse en la casa. Sin embargo, había una razón para llegar ese día y a horas tan tempranas, sin avisar. Miró al jefe y fue al grano:

— ¡Traigo malas noticias...!

Fernando se quedó en silencio, la cara se le puso más tensa. Miraba fijamente al visitante, no parpadeaba. Las palabras de Luis lo dejaron pensativo.

El Galán continuó:

—Supe, por uno de mis informantes, que el asesor de seguridad del presidente del Banco Central le comentó de tu huida y, además, de tus planes en contra de él y la Institución.

Fernando rompió el silencio:

— ¿Quién es ese tipo?

Luis, que se había contagiado con la seriedad del grupo, tenía, también, la cara templada y habló:

—Es el coronel Temístocles Caballero, especialista en inteligencia militar del ejército. Un hombre bien informado. Le recomendó al presidente contratar a José Quilarque, que te conoce muy bien y está fuera de Venezuela, para regresarte al lugar de donde, para ellos, no deberías haber salido nunca.

Fernando, cuando escuchó el nombre de José Quilarque y las palabras del coronel Temístocles, se estremeció y endureció aún más su rostro. Pensó por un momento y luego comentó:

—Me levanté con un mal presentimiento, intuí algo. Pero nunca pensé que tendría que escuchar de nuevo ese nombre. A ese tipo lo quiero desaparecer, así sea lo último que haga. Por él he pagado casi quince años de cárcel, algo que no le deseo ni a mi peor enemigo…

Fernando hizo una pausa, se frotó las manos y miró a Luis para preguntarle:

— ¿Cuándo llega?

El Galán, tenía las facciones descompuestas y había perdido el brillo de la cara por la incomodidad del momento. Ahora entendía las diferentes razones que alteraban al grupo: una era el presentimiento de Fernando y la otra, que él hubiese llegado de sopetón a visitarlos sin anunciarse. Se acomodó en la silla y respondió:

— ¡No sé! Temístocles sale este viernes para San Francisco a buscarlo, contratarlo y encargarlo de tu caso para regresarte a prisión. Pero no tiene la dirección exacta del exgerente de seguridad del Banco. El único dato con que cuenta es que José Quilarque asiste a un polígono de tiro al sur de la ciudad y, además, colabora, actualmente, como asesor para el Servicio Secreto de los Estados Unidos de Norte América, en casos de falsificación de billetes americanos fuera y dentro de ese país. Para evitar las dudas y convencerlo de que tome este trabajo, piensan hacerle una oferta en dólares difícil de rechazar.

Fernando se levantó de la silla y caminó en la sala, de un lado a otro. Los hombres lo miraban y entendían: al jefe lo había alterado conocer la futura llegada de su enemigo, el tipo que lo había puesto tras rejas. Se detuvo y comentó:

—Hay varias cosas que en estos quince años de prisión alimentaron mi deseo de permanecer con vida y una de ellas es vengarme de José Quilarque. Ese personaje no se me ha borrado de la mente y son múltiples las formas que imagino en mi cerebro para despacharlo al otro mundo. Soy el único con vida del grupo que intentó desfalcar al Banco Central...

Fernando hizo una pausa, pero nadie lo interrumpió y continuó:

—Ha llegado la hora de poder hacer lo que siempre he deseado.

Volteó la cara hacia donde estaba Antonio y le preguntó:

— ¿Cómo podemos localizar a este tipo, para conocer en qué línea aérea viene a Venezuela y cuándo llega?

Antonio, un cracker con mucha experiencia, atrevido y para quien nada era difícil, le prometió:

—No se preocupe, jefe. Ahora mismo uso la computadora para buscar el número del Social Security que le asignó la Administración de Seguridad Social a José Quilarque. Este documento es para ellos como la cédula de identidad nuestra y puedo rastrearlo. Eso permitirá controlar sus movimientos y buscar la información personal de su enemigo, además, entre otras cosas, sabremos la línea aérea por donde piensa venir y cuándo tocará tierra venezolana.

La respuesta de Antonio le gustó a Fernando, pues era una gran ayuda que recibía. Luego, miró a Luis Peraza, en esta oportunidad más relajada, y le comentó:

— ¿Entiendes?, sin tu ayuda el trabajo se haría más difícil. Te agradezco que me sigas informando de todo lo que escuches. Ese personaje, José Quilarque, no es un hombre fácil. Es muy astuto, sagaz e inteligente y con los años debe tener la ventaja de la experiencia. Para muestra un botón: actualmente debe estar llegando a la tercera edad y ha sido contratado por El Servicio Secreto de los EEUU. Eso sencillamente es increíble, si no me lo cuentas, no lo creo. En esa organización trabaja la élite de la policía americana y no es fácil entrar a ese cuerpo, que tiene como función principal cuidar la seguridad del Presidente de los Estados Unidos.

La sala escuchaba con cuidado a Fernando Churio. Antes de volver a tomar la palabra, regresó a la silla, se acomodó y pidió café para todos. En cuestión de minutos entraron dos muchachas bellas, con seis tazas grandes y el aroma anunció la calidad de la bebida. La más joven, que no superaba los veintiséis años, cruzó una mirada muy fugaz con Antonio. Cada quien le puso azúcar y lo degustó. La tensión se dispersó un poco y las caras comenzaron a relajarse. Luego, el jefe comentó:

—Espero que todos hayan entendido mi hambre de venganza. Quiero acabar con José Quilarque. Pero es un hombre duro, difícil y se ha mantenido en entrenamiento permanentemente, muy diferente a nosotros, que hemos pasado años en las cárceles venezolanas envejeciéndonos; pero eso no me impedirá buscarlo donde esté y sacarlo de circulación.

La reunión terminó. Todos se levantaron y Luis Peraza se despidió del jefe. Vio que la cara le había cambiado y con ella su humor. Le estrechó la mano y lo abrazó. Fernando aprovechó el momento para aconsejarle:

—La próxima vez que pienses venir avisa, porque pones en tensión a todo el mundo. Hoy nadie te esperaba y, recuerda, estamos sensibles a la llegada de cualquier persona porque nos buscan.

Luis Peraza se montó en la camioneta y salió de la quinta. Fernando regresó al interior de la casa y se dirigió al salón donde Antonio continuaba con el grupo de computadoras, todas encendidas. Parecía un centro de control de la NASA. No lo quiso interrumpir, y permaneció de pie en la puerta mientras Cerro Prendido trabajaba concentrado en uno de los terminales. Sonrisa no había visto el teclado de los ordenadores, que era blanco, pequeño y muy fino. Le pareció interesante. Además, en la pantalla gigante se reproducían bloques de números girando a alta velocidad, imposibles de ver y entender. Dio tres pasos y se detuvo al lado del cracker, quien sintió a alguien y se desconectó del trabajo, retiró los audífonos de los oídos, los colocó sobre la mesa y dejó la silla. No esperó por la pregunta y le comentó:

—Estoy tratando de entrar en varios sistemas americanos. Entre ellos, La Administración de Seguridad Social, para buscar el número de Social Security de José Quilarque, requisito importante para trabajar en los Estados Unidos. También estoy investigando la información en los bancos, las telefónicas y hasta en el Servicio Secreto donde el hombre es asesor. Debo poder violentar los accesos a los servidores informáticos de uno de ellos, por más protegidos que se encuentren.

A Fernando le pareció temeraria y difícil la tarea de irrumpir en la seguridad de esas instituciones. Antonio debía tener un nivel muy alto de conocimiento de tecnología, pues como él existían muchos cracker tratando de entrar. Se quedó pensativo y por unos minutos no dijo nada. Luego le comentó:

—Es un esfuerzo titánico, pero si no puedes ingresar, ¿tienes algún plan B?

El entusiasmo de la cara de Antonio desapareció, él daba por hecho que eso sería fácil y para calmar al jefe le explicó:

—En el supuesto negado de no penetrar en algunos de estos sistemas, donde estoy trabajando, tengo dos vías adicionales…

Antonio se quedó pensando, tratando de ordenar las ideas y continuó:

—Primero, puedo buscar el teléfono del Coronel Temístocles Caballero en diferentes sitios. Se me ocurre en el Banco Central, porque es asesor de seguridad del presidente de ese Instituto, o en algún banco comercial donde tenga sus cuentas y tarjetas de crédito. Los sistemas de esas instituciones no son difíciles, pues entré y salí varias veces de ellas antes de pasar a vivir en el infierno de la cárcel de Tocorón. La otra alternativa que tengo para rastrear a José Quilarque son los sistemas computarizados de las galerías de tiro ubicadas al sur de San Francisco, que no deben ser muy sofisticados.

Fernando se quedó en silencio, pues no tenía nada que agregar y le preguntó:

—¿Cuándo podemos disponer de esa información?

Antonio miró a su jefe, pensó unos segundos, y le ofreció:

—Antes de que el coronel Temístocles Caballero aterrice en San Francisco.

A Fernando le parecía difícil que el cracker pudiera penetrar los sistemas de las agencias más sofisticadas del mundo y su rostro lo delataba. Cerro Prendido entendió y le comentó:

—Jefe, un muchacho penetró los sistemas de la NASA y un carajito, de quince años, se metió en un banco mexicano y transfirió dólares a su cuenta. Hoy en día nada es difícil, los robos no se hacen atracando bancos, como en la época de John Dillinger, el famoso asaltante americano, el más buscado en la década de los años treinta. Hoy en día, los grandes robos son vía electrónica, y yo sólo quiero el número del Social Security o cualquier dato de José Quilarque, su enemigo. Delo por hecho, voy a conseguirlo.

Fernando miró al muchacho impresionado por todo lo que iba a hacer para buscar el número del Social Security de José Quilarque. Pero en su mente continuaba sin comprender cómo un joven se podía infiltrar en los sistemas electrónicos de las agencias de inteligencia más sofisticadas de los EEUU. Antonio observaba al jefe, quien veía los monitores llenos de números. El cracker se acercó y trató de explicarle:

—Tengo varias formas de entrar en los sistemas y una es usando fuerza bruta, es decir, probando todas las combinaciones posibles de contraseñas hasta que encuentre el camino de acceso, pero esto me podría tomar mucho tiempo, por eso prefiero el método del "Caballo de Troya", una especie de virus que permite obtener el control del sistema y de la información que esté disponible.

Fernando Churio, después de escuchar la explicación técnica de Antonio, se quedó pensativo, el nombre de Troya le recordó la mitología griega y preguntó:

— ¿Por qué utilizan el nombre de Troya en los virus que manipulan para violentar los sistemas?

Cerro Prendido pensó la respuesta y dijo:

—De esto se ha escrito mucho y voy a comentarle lo que hace tiempo leí en un artículo: el "Caballo de Troya" viene del libro de La Odisea de Homero. Los griegos dejaron frente a la puerta de Troya un caballo gigante de madera y los troyanos, pensando que era un regalo, lo ingresaron a la ciudad y celebraron la victoria, creyendo que los griegos se habían retirado, sin embargo, esa noche unos cuantos héroes, escondidos dentro de la estatua, salieron y abrieron las puertas de la ciudad, permitiendo al ejército tomar el control. Así funcionan los virus informáticos.

Fernando no quiso insistir y salió de la habitación: lo de él era la falsificación de billetes americanos y de documentos. Lo importante eran los resultados. En el pasillo se cruzó con la joven que le había llevado el café por la mañana. En esa oportunidad, no había notado la belleza y el cuerpo de la muchacha, porque su mente estaba concentrada en otros asuntos. Sin embargo, esa chica podía moverle el pensamiento a cualquiera de los hombres del grupo que venían de permanecer por años presos en una cárcel, donde ver una nena bella, fresca y de poca edad era muy difícil. La joven cargaba en la bandeja una jarra con agua de papelón con limón. La siguió con la vista y observó, de nuevo, el cuerpo y sus movimientos hasta que entró a la habitación donde Antonio trabajaba con las computadoras, buscando la información ofrecida al jefe.

Cerro Prendido, como lo llamaban sus amigos, se encontraba concentrado tecleando y viendo la pantalla de la computadora con los audífonos puestos, por eso no se enteró de la llegada de la joven con el pedido solicitado. La muchacha, para hacerse notar, puso bruscamente la bandeja sobre la mesa, al lado de la computadora. En ese instante, por el ruido, se enteró de su presencia. Pero el movimiento al levantarse fue torpe, como si se hubiera asustado. Se quitó los audífonos y quedó frente a ella, quien lo miró y le comentó:

— ¡Vaya!, parece que hubieras visto al diablo.

El cracker, con cara de muchacho travieso y aparentando tener menos edad de la que realmente cargaba sobre los hombros, le disparó una sonrisa, cautivando a la joven y haciendo que sus ojos se pusieran de un marrón más intenso. Antonio aprovechó para continuar con la seducción:

—No, por la concentración en el trabajo y la música que escuchaba, no sentí cuando llegaste, pero no tienes cara de diabla. Yo diría, más bien, que de ángel, con cuerpo de diosa.

Las palabras de Antonio removieron las estructuras de la muchacha. Él aprovechó el momento y la miró a los ojos, luego bajó la vista hasta los senos, donde el primer botón de la blusa dejaba al descubierto parte de los pechos y la línea divisoria recreaba la imaginación, permitiendo pensar que eran grandes y firmes y que finalizaban en unos pezones finos que estiraban al máximo la tela de licra empleada para confeccionar la franela.

Ambos sintieron un calor intenso en el cuerpo y un deseo de estar juntos. Antonio siguió mirando los senos y los veía danzando al vaivén del corazón, porque el ritmo cardíaco se le había acelerado a la joven. El cracker, con la presencia, olvidó por completo las obligaciones con el jefe. Se acercó más a la chica, que era realmente hermosa. Su cabellera alrededor de la cara y sus ojos marrones claros la hacían ver más bella y sus atributos físicos le daban un toque especial. En la aproximación a la joven, sintió nubarrones en la mente y unos movimientos en el estómago, y recordó no sentirlos hacía varios años. La muchacha olvidó servirle el agua de papelón con limón. Ella flotaba en otro mundo, en uno de esos lugares parecidos al paraíso, de donde no quería regresar. El muchacho se interesó más en Julay, la abrazó y buscó desesperadamente sus labios. De pronto, en el pasillo se escuchó el nombre de la joven. Eso la congeló e hizo que lo dejara de inmediato. Se recogió el cabello, se abotonó la camisa y salió de la oficina. Sólo se percató de llevarse la bandeja debajo del brazo. Él cayó en la silla y se sirvió un vaso de la bebida con hielo, que le ayudó a enfriar los deseos. Creía haber vivido un sueño y regresó a la computadora a buscar el número del Social Security de José Quilarque.

En el pasillo, la amiga de Julay la agarró por el brazo y la llevó hasta la cocina, sin hacer ningún espectáculo, cerró la puerta y le dijo:

—Hicimos un acuerdo con el señor Luis Peraza y él nos advirtió del tipo de personas que atendemos. Además, insistió en que no confundiéramos el servicio con la putería. Recuerda, son unos reclusos y acaban de fugarse de la prisión o ¿no ves televisión? Eso significa que están ávidos de mujeres y no vamos a ser nosotras las que prestemos ese servicio. La razón de estar aquí es porque pagan muy bien y, además, nos darán una bonificación por el silencio. Pero debo ser cruda contigo: si te vas de lengua eres mujer muerta. Eso dalo por seguro. Ellos no perdonan. ¿Viste esta mañana el armamento? ¡Meten miedo! Además, no olvides: te recomendé para este compromiso porque trabajamos juntas por varios años en el banco y tu situación era económicamente difícil. No me hagas quedar mal.

Julay veía a su amiga molesta. Sin embargo, quiso decir algo:

—Antonio se ve diferente, Dilcia. Parece una buena persona…

La amiga no la dejó terminar de hablar y la corrigió:

—Ninguno de esos tipos es de fiar. Todos pagaban condena por algo que hicieron. Te agradezco mantenerte retirada de ellos. Además, este trabajo es por poco tiempo. No olvides, nos despidieron del banco por reducción de personal y en la calle no vamos a encontrar algo ni parecido a esto, porque las empresas están cerrando por la mala situación económica y no se esperan años mejores con la revolución bonita, como la han llamado los nuevos líderes de la Quinta República. Tampoco tengo el alma de bachaquera. Eso de vender en las calles no va conmigo.

Capítulo V

El número del Social Security

El viernes en la tarde, en la quinta de Caraballeda se rompió el silencio. Un grito salió del corazón de Antonio Hernández, retumbó en el salón de las computadoras y se escuchó en toda la casa, donde él había permanecido menos de una semana con sus compañeros. Fernando y el grupo se acercaron al lugar y consiguieron al cracker observando la pantalla grande, ubicada en la pared, en la que se podía ver, como siempre, conjunto de números y letras que giraban tan rápido que resultaban imposibles de retener en la memoria ni de entender. Cerro Prendido, quien tenía días y algunas noches trabajando, se volteó al jefe y comentó:

—No hay nada imposible en este mundo. Acabo de entrar en el sistema de uno de los bancos más grandes del estado de California y conseguí el número del Social Security de José Quilarque. Ahora tenemos la ficha con toda la información. Vamos a ver cuáles son sus próximos movimientos después de la reunión con el coronel Temístocles Caballero.

Fernando se veía satisfecho. Movía su cara lentamente de arriba a abajo, mostrando una sonrisa irónica que delataba la venganza que tanto esperó, y que llegaba lentamente. La tarea ahora era más fácil, sólo le tocaba esperar por José Quilarque, la persona a ser contratada para venir por él. Miró a Antonio y le dijo:

—Has hecho un gran trabajo, nunca pensé en tener toda la información de mi enemigo en las manos. Pero más puede la perseverancia que la inteligencia. He visto a muchos tipos brillantes, que por no tener esa tenacidad nunca llegan a nada. A ti te sale por los poros. Con razón los intelectuales dicen: para escribir una novela el noventa por ciento es quemarse el trasero. Ven con nosotros a tomarte un trago, para celebrar y descansar un poco de estar sentado frente a las computadoras tantos días.

El grupo caminó hasta el área de la piscina y tomó asiento alrededor de una mesa. Wiliam se incorporó unos minutos más tarde, porque buscaba al barman, que trajo un litro de Buchanan's de Luxe, apropiado para celebrar. Sirvió y bridaron chocando los vasos por el éxito del cracker. El primer trago pasó rápido y de inmediato apareció el otro. Después de felicitar a Antonio, el jefe salió a caminar alrededor de la piscina, como para organizar las ideas. Más tarde llamó al grupo, recorrieron el camino hasta llegar frente al bosque, ubicado cerca de la montaña. Los muchachos vieron una casa y el jefe los invitó a pasar. La sorpresa fue grande cuando observaron dos camionetas negras blindadas, y Fernando les contó:

—A este lugar Luis Peraza me trajo el primer día para explicarme un plan B para poder escapar en caso de tener visita de algún cuerpo policial. Desde hoy las llaves estarán en la armería, guindadas al lado de la puerta. Ahora que José Quilarque comienza aparecer en la pantalla, es importante conocer esta alternativa porque vamos a empezar a salir de este encierro y a hacer lo esperado por mí desde hace años.

Carlos Millán preguntó:

— ¿Adónde nos lleva esta vía de escape?

Fernando miró a Antonio y le pidió:

—Tú dispones de las computadoras, debe existir el mapa de esta zona, prepara un plano con todas las vías de escape posibles y saca una copia para cada uno. Además, Luis Peraza me habló de varios escondites disponibles, difíciles para las autoridades encontrarnos, pero no me los dio.

Fernando se volteó, miró a Carlos Millán y le pidió:

—Recuérdame preguntarle a Luis dónde están ubicados y Antonio los pondrá en el mapa.

Luego, el patrón miró al sicario y le dijo:

—Ahora es tu turno. Cuando Antonio nos informe, con la ayuda de los aparaticos electrónicos, la llegada de José Quilarque al país, tú y yo vamos a buscarlo, te lo enseño, y después te lo dejo, porque eres el indicado para matarlo. Es importante tomar todas las precauciones para no fallar. Si las cosas salen como pienso, lograría mi venganza más deseada por dos razones: una, los amigos muertos hace más de catorce años, y la otra, por mí, porque permanecí ese mismo tiempo encerrado y pudriéndome en una cárcel.

La cara de Fernando cambió, el rostro relajado desapareció por completo. El hombre se quedó mirando las camionetas sin verlas, porque el pensamiento lo tenía fijo en el enemigo. Al lado continuaba el grupo callado. Sin embargo, Wiliam quería hablar y esperaba por el patrón para solicitarle varias cosas. Luego de unos minutos, el jefe retornó a la normalidad y Chupeta aprovechó para decir lo que tenía en mente:

—Patrón, dé eso pol hecho, polque yo a ese abuelito lo quiebro; pero necesito una moto y un pana para manejarla. En el Valle tengo muchos amigos y se lanzan conmigo por poca muna.

Fernando escuchó a Wiliam y le pareció correcto su pedido. Sin embargo, algo le hizo ruido en su mente y fue al grano:

—No me gustan cabos sueltos, al contratar a otro sicario, éste podría irse de lengua y dejamos testigo.

Wiliam le dio la solución:

—Si ese el problemita, lo desapalecemos y el pana correrá la misma suelte que José Quilarque.

A Fernando le pareció bien y lo aprobó con un movimiento leve de cabeza, pero con la firmeza de un verdugo. Antes de cerrar la conversación con el muchacho le comentó:

—Mañana me recuerdas el tipo de moto que quieres para hacer el trabajo y solicitársela a Luis Peraza. Además, necesitamos un vehículo para ir al lugar donde se quedará José Quilarque y enseñártelo. Soy el único que lo puede identificar. Sin embargo, debo confesar: tengo catorce años sin verlo. Me lo imagino más viejo, pero fuerte, con calvicie pronunciada y los bigotes finos y blancos. Este reconocimiento es importante hacerlo antes de dar la vueltecita, como decía el finado Pablo Escobar.

Finalizada la intervención de Fernando, el cerebrito del grupo, Gustavo Fernández, pidió la palabra:

—Jefe, para ese recorrido por Caracas deben utilizar una camioneta y un uniforme igual o parecido a la estrategia empleada para llegar a esta residencia, porque la policía nos está buscando. Además, si quieren montarle vigilancia a la residencia donde llegue José Quilarque, lo puede hacer desde lo alto de un poste de electricidad o desde una alcantarilla levantada, donde están las instalaciones telefónicas. Eso le permitiría ubicarse sin mayores problemas para enseñarle la futura víctima a Wiliam. Además, si desean entrar al edificio o la casa donde él llegue, dicen que deben pasar a revisar las instalaciones sin dificultad… recuerde, siempre están en la planta baja.

El grupo oía con atención la estrategia planteada por Gustavo Tovar. Fernando, después de escucharla, habló:

—Tu plan me parece muy sensato, pero se necesita un apoyo logístico grande y complicado para llevarlo adelante, porque para subir a lo alto del poste de electricidad debes disponer de los equipos necesarios y, además, contar con la experiencia. Para mí no es fácil, tengo mis años y nunca me he caracterizado por ser acróbata. En el caso de utilizar una alcantarilla es lo mismo, se deben tener todas las herramientas para levantar la tapa, porque pesa muchos kilos, y luego, el simulacro de reparar los teléfonos implica manipular esa maraña de cables, que son muchos. No, lo mejor es buscar otra forma más sencilla. Recuerden, en cualquiera de los casos debo estar en el medio, porque soy el único que conoce al personaje.

El grupo hizo silencio y, para animarlo, Fernando lo invitó a regresar a la mesa, porque con otro trago de whisky volverían a fluir las ideas. Wiliam salió a buscar al barman. Cuando llegaron a la mesa se encontraban servidos los vasos de escocés. La tarde despedía al sol y, desde la altura donde construyeron la quinta, el mar se encontraba al frente y se veía una esfera blanca resplandeciente con un color amarillo a su alrededor. La irradiación de la luz del sol había teñido de tono anaranjado el cielo, con trazos de un azul tímido, por donde se deslizaba el astro hacia las profundidades de las aguas Caribeñas, para su partida final. Atrás de la residencia, se percibían los cerros de la cordillera de la costa, las nubes blancas cubrían sus picos como bufandas de seda. Los hombres se sentaron y cada uno procedió a tomar la bebida. Al rato, Antonio se dejó escuchar:

—Jefe, he pensado cómo podemos solucionar este problema de ver a José Quilarque sin levantar sospechas. El proceso es fácil: cuando esté en Venezuela y llegue a la capital, puedo ubicarlo, porque podríamos averiguar el número del teléfono que utilice cuando llame al Coronel: a ése sí lo tengo monitoreado. A partir de este punto, ya podemos seguir al visitante. Eso le permitirá a usted ir con Wiliam y enseñárselo. Si el hombre se mueve en cualquier vehículo, lo tengo localizado en la pantalla grande de las computadoras y en mi celular. Lo importante es que Chupeta esté seguro del personaje cuando lo vaya a liquidar.

A Fernando le pareció mejor este plan, en el que no hacía nada en especial ni necesitaba equipos, por lo sencillo. Todo el peso recaía en el sistema GPS de los celulares y las computadoras manejadas por Antonio. Además, el cracker le hizo otra sugerencia:

—Jefe, estoy de acuerdo con Gustavo en usar la camioneta y el uniforme de la empresa de comunicaciones. Eso le permite moverse con el perfil de empleado público y, también, salir y entrar a esta casa.

Fernando se quedó pensativo y comentó:

—La idea me parece buena y me comprometo a hacer rápidamente las identificaciones que nos habiliten a pasar como empleados de la compañía telefónica.

Gustavo aprovechó y habló:

—Jefe, esa sugerencia parece insignificante. Pero con la credencial puede chapear en caso de que algún policía lo quiera molestar. Ellos respetan cuando se les muestra el carnet de alguna empresa del Estado, por ser del mismo sector público.

Fernando miró a Carlos Millán, el encargado de su seguridad, y le comentó:

—Prepárate, porque tú serás el chofer en esta primera salida para la Capital. Tendrás un carnet.

Luego, se dirigió Gustavo:

—Tú te quedas con Antonio, siguiendo todos nuestros movimientos en Caracas.

Fernando se levantó, dio unos pasos en dirección a la sala principal de la quinta, se detuvo y llamó a Wiliam:

—Ve a la cocina y le pides a la señora Dilcia, por favor, que me traiga una taza de café negro a la sala.

Wiliam salió disparado en dirección a la cocina y entró mirando a Julay de arriba abajo. Ella hizo lo mismo y le brindó una sonrisa. El muchacho luego dirigió la vista a la amiga de la chica. Pero la respuesta no fue la misma, la mujer ni se inmutó. Aprovechó y le pasó la solicitud enviada por Fernando:

—Dilcia, el patrón te mandó a decil que le lleve café negro y rápido a la sala, que no sea pa´ mañana.

La amiga de Julay escuchó al muchacho y respondió:

—Diga al señor Fernando que ya lo preparo y lo llevo.

Wiliam salió de la cocina y Dilcia volteó y comenzó los preparativos. Colocó café en el filtro, lo acomodó en el recipiente de la cafetera y agregó agua al dispensador. Mientras esperaba, miró a su amiga y le advirtió:

—Ese tiene cara de niño, pero no te equivoques dándole entrada con tu sonrisa acaramelada. Es un sicario y tiene más muertos encima que años de vida. Es el matón del grupo. El señor Luis Peraza me comentó que resuelve rápido los problemas del patrón. Cuando puedas, dale un vistazo al último salón del pasillo de la derecha, donde están los dormitorios: ahí tiene la virgen de los sicarios, acompañada de varios velones encendidos en un altar.

Julay quedó en silencio. No se movió del borde de la cocina, desde donde escuchaba a la amiga. Pero siguió sin hacerle caso a las recomendaciones.

El café comenzó a descender del recipiente y llenó la jarra de vidrio, Dilcia lo trasladó a una taza y salió rápido. No quería hacerse esperar. Cuando llegó, el jefe la mando a pasar y la siguió con la mirada hasta que colocó la taza en una mesa. Por primera vez ella vio la cara del señor relajada, aparentaba menos edad, además era bien parecido y tenía aire de hombre inteligente. Él, por su parte, aprovechó para detallarla. Tenía una edad muy cercana a los cuarenta años, con unos atractivos naturales a la vista. Era de piel blanca y unos ojos de color verde esmeralda. Usaba un blueyean ajustado que le permitía mostrar el buen cuerpo. Además, una blusa azul ceñida dejaba ver una cintura estrecha, como si fuera una asidua visitante a los gimnasios. Salió de la sala rápidamente, porque sentía la mirada del jefe taladrando su figura, pero antes de cruzar el umbral de la puerta en dirección al pasillo del lado este, el señor la llamó:

— ¡Dilcia!...

Ella se detuvo, giró sobre los tacones y le dio el frente a Fernando. Se veía nerviosa. El hombre terminó la oración:

—Le agradezco, por favor, tráigame otra taza de café, este le quedó muy bueno.

La forma educada y el tono suave como le solicitó la bebida, la relajaron un poco y le sugirió:

—Señor, si quiere, puedo traer una jarra de porcelana, como las usadas para servirlo en los hoteles por la mañana, aquí tenemos ese envase y permite conservar el café caliente por más tiempo.

A Fernando la idea le pareció apropiada y con un movimiento de cabeza aprobó. Dilcia retomó el camino hacia la cocina. Julay no se había movido y la vio entrar. Se fijó en la cara, había cambiado. Se veía seria, asustada, como si le hubiera pasado algo. No quiso perder tiempo y le preguntó:

—Dilcia ¿qué te pasa? ¿Te sucedió algo o no le gustó el café al señor Fernando?

Dilcia se quedó en silencio, preparando la nueva solicitud del jefe. Ella misma no entendía qué había pasado, pero algo la perturbó y la descontroló. No quiso contestar la pregunta y cambió el tema:

—El señor Fernando quiere ahora una jarra de café, como lo sirven en los hoteles en las mañanas, cuando una pareja pernocta en la habitación.

Julay se quedó pensativa. Una sonrisa le vino a la cara y comentó:

—Ahora el patrón se puso romántico. Eso es bueno, le cambia un poco el rostro de matón. Si quieres le llevo la jarra con el café y de esa manera evitas verlo nuevamente. Yo lo amanso, porque regresaste muy diferente, pensé que te había regañado o apuntado con una de esas armas largas, colocándotela en los pechos, porque de otra forma no tiene explicación tu comportamiento.

Dilcia miro a Julay, le retorció los ojos y le dijo en un tono duro:

—Cállate, no sabes lo que dices, estás hablando puras boberías.

Tomó la jarra y la llenó de café para llevársela al señor Fernando. En el camino trató de descifrar lo sucedido. No quería creer que en el primer contacto a solas el tipo le había atraído, como si fuera un hechizo. Eso no podía ocurrir, y con estos personajes era imposible. Se dio fortaleza, caminó hasta la sala pero el silencio la aturdía. Miró al jefe, la esperaba con una sonrisa en la cara y ella le brindó otra, pero a medias, pues se sentía cortada, como si le huyera a la realidad. Colocó la jarra sobre la mesa, junto a las nuevas tasas, y recogió la usada. Dio media vuelta y con un movimiento de cabeza se despidió y trató de salir. En ese momento, como en la visita anterior, Sonrisa pronunció su nombre:

— ¡Dilcia!

Se paró en seco y sintió su corazón latir acelerado, los nervios la atropellaban y su mente se nublaba. Giró y se percató de no haber servido el café. Pensó: esa era la razón de la llamada:

—Disculpe señor Fernando, se me olvidó llenar la tasa.

Regresó rápidamente a la mesa, tomó la jarra de café y procedió a servirlo. Fernando la miró sin entender por qué se veía tan nerviosa. Algo le pasaba, pues él la trataba muy bien desde el día que había llegado. Eso lo motivo a preguntarle:

— ¿Dilcia qué pasa? Te veo y siento muy nerviosa ¿Tienes algún problema? ¿Ha pasado algo o has tenido diferencias con mis muchachos?

Ella intentó mejorar su comportamiento, se dio fuerza y le respondió:

—Nada… nada señor Fernando. Es la primera vez que trabajo sirviendo a personas como ustedes y trato de hacer lo mejor posible. Pero me pongo nerviosa al no poder realizar las cosas como les gustaría. Además, Wiliam dijo que el patrón quería el café rápido y que no era para mañana.

Fernando movió la cabeza de un lado a otro y le comentó:

—Eso son cosas del muchacho, yo no dije nada de eso.

Fernando se quedó pensativo, había algo más de fondo y fue directo:

— ¿Dónde conociste a Luis Peraza?

La amiga de Julay se quedó en silencio por unos segundos que parecieron una eternidad, tratando de buscar las palabras correctas para responder y no caer en contradicciones:

—Yo era la gerente del área internacional de un banco comercial que fue intervenido y me despidieron con todo el personal. Ese trabajo me permitió conoce al señor Luis Peraza y tener muy buenas relaciones con él durante varios años, porque era la ejecutiva de cuenta y manejaba todas las transferencias en dólares realizadas semanalmente a sus empresas, en diferentes bancos, ubicadas en las islas del Caribe.

Dilcia se quedó callada después de explicar de dónde venía la relación con Luis Peraza. Esperaba que la respuesta fuese suficiente para Fernando. Él, por su parte, saboreaba otra taza de café y la miraba sin decir una palabra, confirmando sus sospechas: no trabajaba en un servicio doméstico, por ello su comportamiento era diferente, había sido una ejecutiva. La mujer le había agradado. Pero todavía ocultaba algo. Fernando volvió a preguntar:

— ¿Cómo llegaste aquí?

—Cuando el señor Luis se enteró de que pasaba por una situación difícil y no tenía empleo, me ofreció este trabajo, para mí muy bueno, porque paga bien. La situación actual en el mercado laboral bancario está complicada, y como le comentaba a Julay, uno puede meterse en la economía informal como bachaquera, pero no me agrada. Tampoco puedo aspirar a un cargo en el puerto de La Guaira o en el aeropuerto Simón Bolívar, las empresas más importantes en el Estado Vargas, pues no soy militante del partido del gobierno. Además, esas instituciones no tienen futuro. La administración ha sido muy mala y su actividad ha mermado mucho. Las líneas aéreas se han ido del país y el comercio exterior se ha reducido de forma acelerada.

Fernando quedó satisfecho con las respuestas de Dilcia y se despidió, pero antes le aclaró:

—No te sientas incómoda con nosotros, porque no tenemos nada contra ustedes, sólo les pedimos mantenerse calladas y no hablar nada con terceras personas. El silencio paga. Por último, hágame el favor y dígale a la señora Carmen que sirva la cena más temprano esta noche.

Fernando tomó de nuevo el periódico para continuar con la lectura dando por terminada la conversación. Dilcia se retiró a la cocina. En el camino recordó las palabras de Luis Peraza sobre la bonificación a recibir por mantenerse en silencio. Sin embargo, no le cuadraban las referencias de Fernando, de ser un hombre difícil y duro, porque su comportamiento con ella era diametralmente opuesto a lo comentado. Para ella era un señor educado.

Julay la esperaba en la cocina para averiguar el comportamiento de Fernando:

—Cuéntame, ¿cómo te trató esta vez el señor?

Dilcia la miró con desdén, porque sabía por dónde venía. Caminó lentamente hasta el fregadero a dejar la taza y el plato. No tenía ánimos para discutir con ella, pues siempre andaba buscando a quien coquetearle, sin mirar la edad que tuviera, en esta casa, donde los inquilinos eran puros hombres fugados de la cárcel de Tocorón y pidiendo a grito sexo. Julay iba a aprovechar estas cortas pasantías para recrearse haciendo un turismo erótico.

Capítulo VI

El viaje a San Francisco

El coronel Temístocles Caballero no perdió tiempo. El viernes siguiente aterrizó en el aeropuerto Internacional de San Francisco. Era muy importante ponerse en contacto lo más rápido posible con José Quilarque. Al salir de aduana se dirigió a dos oficinas: la primera, para alquilar un vehículo y, la segunda, para comprar al celular una línea telefónica local. El joven del mostrador hizo el cambio de chip rápidamente. Todo le pareció eficiente, muy distinto a Venezuela, donde las cosas eran lentas y era necesario hacer largas colas para todo, pues las ofertas de servicios habían decaído. Hablaba el idioma inglés fluido, pues lo había aprendido para realizar diferentes cursos de inteligencia en los Estados Unidos e Israel.

Temístocles se dirigió al vehículo, acomodó el pequeño equipaje en la maleta del automóvil, anotó la dirección del hotel en el celular y salió del aeropuerto. La llegada fue rápida y la atención en la recepción de lo mejor, parecía como si lo hubiesen estado esperando y él fuese un asiduo visitante. Caminó a la habitación acompañado del botón, quien ubicó el pequeño equipaje sobre la mesa dispuesta para ello. Luego, el botón encendió el televisor y explicó a Temístocles el uso del control remoto, buscó hielo y, al final, esperó por su propina. Se puso a la orden y se despidió. El coronel se sirvió un whisky y cayó en una silla cómoda para descansar y ver televisión. El viaje había sido largo, desde Venezuela hasta San Francisco, con conexiones en

Miami y Chicago, acompañadas de las respectivas esperas en cada terminal.

El sábado por la mañana, el Coronel se preparó para iniciar la búsqueda de Quilarque. Según datos de inteligencia, había sido visto practicando tiro al blanco con diferentes armamentos en una galería ubicada al sur de la ciudad de San Francisco. Antes de salir, Temístocles buscó en google la dirección y el horario del lugar. Consiguió la información y la anotó en el celular. Además, confirmó que el polígono comenzaba a funcionar a partir de la una de la tarde. Eso le permitía tomar el desayuno con calma, de modo que aprovechó el tiempo para llamar a uno de sus contactos en Venezuela y preguntar sobre el paradero de Fernando Churio y la pandilla. La respuesta no fue alentadora: «no se sabe nada de los evadidos de la cárcel de Tocorón, se sospecha que han salido del país». Eso no le cuadraba al coronel pues, de acuerdo a otras noticias, el hombre quería vengarse del Presidente de la Institución y desprestigiar al Banco Central. Antes de colgar le dio su nuevo número y le dijo: «mantenme al tanto de los acontecimientos». Miró el reloj y salió para la galería.

A las doce y media, Temístocles llegó al lugar, vio el aviso con el nombre del polígono y supo que estaba en el sitio correcto. Dejó pasar el tiempo y vio cómo a la una en punto abrieron las puertas. La gente comenzó a pasar. Temístocles miraba a cada visitante para descubrir si la suerte lo premiaría y podría ubicar a José Quilarque, pero no fue así. Una hora más tarde, dejó el vehículo y se acercó al edificio, al lugar donde funcionaba la venta de armamento. Ahí se podían apreciar cualquier tipo de rifles y equipos de cacería que no había visto antes, ni siquiera siendo oficial del ejército venezolano. La gente paseaba entre los armarios, observando la exhibición. El público tomaba las pistolas, las examinaban con detenimiento y luego las regresaban al lugar de origen. Temístocles se aproximó a una de las personas encargadas de atender a los clientes y se identificó como militar del ejército venezolano, explicando el objetivo de su presencia. El vendedor no quiso responder a la pregunta, porque la política de la galería era no dar información de ese tipo, y lo mandó a hablar con el administrador. Le indicó la dirección de la oficina, en la planta alta del edificio. El coronel caminó y salió de la tienda, luego cruzó una puerta de vidrio, subió y se acercó a la recepcionista, quien le informó que el gerente no se encontraba, pero lo invitó a tomar asiento y esperar la llegada del jefe.

Temístocles se ubicó en una silla al frente de la gerencia, para estar atento a la llegada del encargado, y al lado de una mesa con revistas. Tomó una de ellas y se puso a ojearla. Eran fotos a colores del armamento que vendían. Tenía la última generación de rifles de cacería salidos al mercado, con sus especificaciones técnicas. El coronel miraba con detenimiento cada página. Al rato, la joven lo mandó a pasar a la oficina. Temístocles no había visto entrar al personaje por estar entretenido con las imágenes. Se presentó y fue directo al tema, explicando la importancia de localizar a José Quilarque:

—Es urgente dar con este personaje, pues un grupo de delincuentes se escapó, dirigidos por un hombre muy peligroso de nombre Fernando Churio, quien está dispuesto a asesinar al presidente del Banco Central y atentar contra la Institución para desprestigiarla. José Quilarque es la persona que puede detenerlo nuevamente, pues lo conoce muy bien y fue quien lo capturó hace catorce años.

El gerente también fue franco:

—La política de la galería es no dar información de los miembros. Pero, tratándose de algo tan importante para su país, donde el prestigio del Banco Central y la vida de un alto ejecutivo peligra, voy a hacer una excepción.

Tras escuchar las palabras del gerente, el coronel se sintió reanimado: era un paso directo a Quilarque. El administrador le indicó:

—Ese señor viene periódicamente a la galería y es muy reservado, así como llega se va. Le recomiendo acercarse el próximo martes, es el día de su entrenamiento, porque baja la asistencia del público y él puede practicar tranquillo por largo tiempo. Si tiene suerte, lo encuentra. Es lo que puedo decir.

El coronel Temístocles le dio las gracias, satisfecho por la información recibida. Antes de salir, le entregó una tarjeta con el número de teléfono y la dirección del hotel donde lo podía localizar. Al dejar la oficina, el gerente de la tienda se metió en el computador, buscó la ficha de José Quilarque, anotó el número telefónico y lo llamó:

—Buenos días, soy Pedro, el administrador de la galería de tiro.

A José Quilarque no le extrañó mucho la llamada, porque era uno de sus informantes en San Francisco, desde hacía más de ocho años, cuando inició sus visitas a esa galería.

—Sí, es José, dime, ¿hay algo nuevo?

El hombre le contó sobre la visita del coronel Temístocles y colgó.

José Quilarque se quedó pensativo. Trató de indagar, en su cerebro, la razón de la llegada de Temístocles a San Francisco, una ciudad tan lejana de Caracas. El coronel era un viejo amigo y había realizado varios trabajos de inteligencia con él. Por su mente pasaron diferentes flash: uno, podía venir a buscar datos sobre Fernando Churio, para trabajar en la captura y otro, a contratarlo para regresar al hombre a prisión. ¡Trabajo difícil! Esta llamada de Pedro le trastornaría el fin de semana, lo iba a tener pensando en el caso. Sin embargo, para salir de la incertidumbre, llamó al gerente de la galería:

—Pedro, ¿el coronel te dejó un teléfono o la dirección donde se está alojando?

El administrador contestó:

—Sí, disculpe que no se la di. Aquí dejó la tarjeta. Le paso por un mensajito de texto la información.

Quilarque cerró el celular y sonó el timbre, le llegaron los datos. Los vio y se puso en contacto con el coronel. El hombre se sorprendió cuando escuchó a su amigo, al otro lado del teléfono:

— ¡Qué sorpresa! Te estoy buscando y tú me consigues primero. Como siempre, estás en todo y bien informado. Estoy deseoso de verte, porque tengo algo muy importante que hablar contigo.

José Quilarque pensó en invitarlo almorzar para verse en un lugar público, pues tenían años sin comunicarse y no conocía las intenciones del amigo. Le extrañaba que no hubiese anunciado su llegada a través de otros contactos, que existen en los servicios de inteligencia.

—Nos vemos mañana domingo a la una de la tarde en la entrada del restaurante de mariscos más famoso de San Francisco, queda en la 582 Castro St. Ahora con los GPS es muy fácil llegar. Además es muy conocido. No tienes pérdida. Hasta mañana.

José llamó a Venezuela, a uno de sus contactos, un joven formado por él, para ver si conocía del asunto. El informante le comentó:

—Sí, algo me llegó y, además, noté al presidente del Banco con más escoltas de lo usual. La información viene por el asesor de seguridad: uno de los fugados de la cárcel de Tocorón pretende joder al jefe del Instituto, por el caso de los bonos cero cupón de 1994, donde usted arrestó a uno de los cerebros de la operación y lo mandó a prisión. Además, quieren contratarlo para que lo meta de nuevo bajo rejas. Eso se escucha. Puedo indagar algo más.

Quilarque se quedó pensando unos segundos y su mente viajó hacia otro lado, dejando un vacío en la comunicación telefónica. Su contacto en Venezuela pensó que se había caído la llamada, porque las conexiones por celular se dificultaban cada día más y trató de averiguar:

—Aló, aló… ¿me escuchas?

José Quilarque respondió:

—Sí, sí… estoy aquí. Te agradezco que continúes en el caso de los evadidos de Tocorón. Ese tipo, Fernando Churio, es muy escurridizo y peligroso. No es fácil ubicarlo, pero insiste, cualquier cosa me llamas a este número.

José cerró el celular y se sentó frente a la chimenea, tenía unos trozos de madera de olivo y los encendió para calentar el salón. En el lugar donde vivía, por ser montañoso, las temperaturas siempre eran bajas. Se sirvió un vaso de whisky y observó el fuego, pues la leña crispaba por lo seca y calentó el ambiente. Disfrutaba la soledad, porque su familia estaba de vacaciones en Río de Janeiro. En San Francisco, la noche se había apresurado en llegar, pues el invierno le dejaba poco tiempo libre al sol y lo obligaba a esconderse antes de las tres de la tarde.

De nuevo regresó a su mente el coronel Temístocles. Pero en esta oportunidad se sentía más tranquilo: al verificar las informaciones con su contacto en Venezuela, todo le cuadraba. No le agradaba la idea de ir a su país, porque las cosas con la revolución bolivariana eran muy agitadas. Algunas de sus relaciones ya no ejercían y otras se habían ido, como él. Sin embargo, todavía le quedaba gente, en especial en el Banco Central, donde había formado un equipo de muchachos profesionales en el área de la investigación e inteligencia. Su tierra lo llamaba, además: el calor de los compatriotas era algo agradable y volvería a ver las chicas lindas de Caracas, como las llamaba el grupo Guaco en su canción Las Caraqueñas. También le hacía falta visitar a la familia materna, muy cercana a su entorno familiar. En fin, tenía un dilema, en medio de dos mundos que lo jalaban cada uno de un brazo y lo estiraban como si fuese plastilina. De pronto, quería zafarse del imperio, para volar a su patria, aunque fuese por poco tiempo. Allí, en EEUU, tenía de todo, pero no era cien por ciento feliz. Qué difícil era la vida, nada en ella era completo: ésta era su conclusión.

El domingo, antes de la una de la tarde, José Quilarque llegó al restaurante. Vestía con una chaqueta de cuero negra, bluyines azules y botines oscuros. Tomó asiento en una banqueta fuera del local, al lado de la puerta de entrada, para esperar al coronel. Sacó una novela y comenzó a leerla. Pero de vez en cuando miraba a su alrededor, como buscando al amigo, y viendo a las personas que llegaban al lugar, pues el instinto de policía lo tenía en el ADN. De pronto, observó acercarse un grupo de turistas y reconoció a Temístocles. No había cambiado mucho y vestía como siempre: de combinación. En esta oportunidad, cargaba una bufanda alrededor de la garganta. Al aproximarse se levantó, estrecharon las manos y se dieron un fuerte abrazo, demostrando el nivel de amistad de dos viejos amigos y la alegría de volverse a ver. El visitante le comentó:

—Tú como siempre con un libro en la mano. ¿Qué lees?

Quilarque le enseñó la portada y le comentó:

—Esta es una novela de un escritor venezolano que a mí, en particular, me gusta mucho y se llama *La noche más brillante de todas*. Esto me permite, en momentos de soledad, trasladarme a mi país y recordar esa riqueza petrolera tan inmensa iniciada a principios del siglo pasado, y que ahora está desapareciendo, porque la revolución regala el petróleo y administra muy mal la empresa venezolana encargada de extraerlo del subsuelo. Eso nos puede llevar a perder los dólares percibidos por las exportaciones de los hidrocarburos y pasaríamos a ser un país de pobres, donde la gente se las verá negras para hacer las tres comidas. Cuidado si no pueden hacer dos. Vamos hacia una república de zombis, flacos, con cara de hambre y personas buscando comida en los basureros frente a todo el mundo.

Al coronel no le gustó mucho el comentario. Le parecía muy dramático, pues ninguna persona en su sano juicio podía pensar que sucediera algo parecido a eso en Venezuela. El amigo describía una situación similar a la de los países pobres del África negra, del continente perdido. Quilarque aprovechó para invitar al amigo a pasar al restaurante, pues tenía una mesa reservada para la una de la tarde. Al ubicarse, el coronel habló:

—Antes de iniciar la conversación, quiero ser enfático contigo. Yo invito el almuerzo, porque tenía en mente esta reunión, pero te adelantaste.

Quilarque no se esperaba esa introducción. Se quedó en silencio y luego habló:

—Bueno, no vamos a empezar una discusión por esto. Muchas gracias por tu invitación. Pero, recuerda, inicialmente te pedí almorzar, por tanto yo pago. Cerramos esta parte y vamos al grano: ¿a qué se debe esta visita?

El coronel tomó la carta y, en ese instante llegó el mesonero. Miró a su amigo y le comentó:

—Por los viejos tiempos, ¿por qué no iniciamos con un vaso de whisky?

Quilarque lo miró y le comentó:

—No has perdido las viejas costumbres y yo tampoco. Cuando viene un paisano esa es la bebida para iniciar las reuniones. Pero aquí hay que pedir un escocés, de lo contrario te traen un whisky americano. Te acompaño con un Old Parr.

El coronel ordenó dos de la marca seleccionada por José y comenzó a ver la carta. Quilarque también hacía lo mismo y recomendó:

—Cualquier plato de marisco no te va a defraudar, porque es la especialidad de la casa. Yo en particular te recomiendo los langostinos y las almejas.

El visitante pidió almejas y Quilarque langostinos, y decidieron acompañar el almuerzo con una botella de vino blanco californiano.

El mesonero trajo los escoceses y tomó el pedido. Ellos brindaron por el reencuentro. Se hizo un silencio, era la antesala, luego Temístocles explicó cuál era el motivo del viaje a San Francisco: la fuga de la cárcel de Tocorón, la información de la prensa hasta el día de su viaje y la conversación sostenida con el presidente del Banco.

El silencio regresó a la mesa. Temístocles miraba a Quilarque que se quedó pensativo, como tratando de hacer una relación de los pro y los contra de tomar esa nueva misión, porque el panorama del país había cambiado mucho. La Venezuela de la década de los noventa había quedado en el pasado. Existía otra, con nuevos actores y un mundo muy diferente al vivido por él. Según sus contactos en el país, las pandillas eran ahora más numerosas y usaban armamento pesado, como el AK-47, M-12 y granadas de mano. Además, superaban en brutalidad a las de generaciones anteriores. Sin embargo, una fuerza interna lo arrastraba a decidirse por un sí, aunque fuese contradictorio.

El coronel veía pensativo a su amigo. No pronunciaba palabra. Pero sabía que meditaba la decisión a tomar. El silencio se adueñó del buen rato compartido y Temístocles quiso espantarlo. Tomó la palabra:

—Por dinero no te detengas, hay carta blanca y el pago se haría en dólares, la mitad por adelantado, y tendrías todo el apoyo de la institución.

Las palabras de Temístocles sacaron a Quilarque del silencio:

—No es cuestión de dinero, si fuera eso sería más fácil la decisión. Recuerda, tengo familia y toda vive aquí, y no estarían muy de acuerdo con mi viaje a Venezuela. Además, firmé un contrato como asesor del Servicio Secreto de los EEUU, y necesitaría un permiso para ausentarme por un tiempo.

En ese instante llegó el pedido y obligó a Quilarque a cambiar la conversación:

—Los platos se ven de lo mejor, espero que te guste. Están de fotografía para llévatela de recuerdo.

El mesonero abrió la botella de vino y sirvió una copa a cada uno. La mesa quedó a su disposición, en espera de que ambos comenzaran a disfrutar la comida. Pero el coronel quería ayudar al colega a buscarle la vuelta a los dos problemas planteados, ya que la plata, según escuchó, no era ningún inconveniente:

—José, el único problema es la familia, porque al Servicio Secreto solo le participas que te tomarías unas vacaciones que mereces. Lo más difícil es tu esposa, y uno como agente de inteligencia no la inmiscuye en este tipo de misiones, porque no se sentiría bien… ¡ni dormiría! Uno siempre le cuenta algo diferente, algo bonito, para ausentarse, como un seminario en Hawái por dos semanas, con la esperanza de que no quieran ir contigo: eso sí dificultaría las cosas.

A Quilarque le parecían simpáticas las palabras del amigo. Y tenía razón: una misión de esta naturaleza siempre es secreta y si alguien la conocía perdía su esencia, por eso no podía involucrar a un tercero y mucho menos a su mujer. Quilarque sentía con su corazón un deseo irreprimible de realizar una visita a Venezuela, a pesar de los pronósticos de la situación. Pensó entonces que conseguiría una excusa piadosa para informar de su viaje a su entorno familiar sin mortificarlo.

El coronel vio una luz en la cara de Quilarque sintió un buen pálpito, como si supiera que su amigo había cambiado de idea. Esperó con más ánimos por la decisión:

—Temístocles, estoy contigo, voy aceptar el contrato, no me preguntes por qué cambié de opinión. Algo en mi corazón inclinó la balanza por Venezuela. Me hace falta visitar la tierra donde nací y espero hacer algo por la institución donde desarrollé toda mi carrera.

El visitante lo escuchó y se sintió feliz por la decisión del amigo. Pero antes de finalizar quiso saber cómo iba a negociar con el Servicio Secreto de los Estados Unidos:

— ¿Cómo vas a tratar el caso con tu jefe, para ausentarte por un tiempo de tus obligaciones?

José Quilarque le comentó:

—Tengo mucho tiempo conociendo a Robert Johnson y existe una buena relación personal con el jefe. Debo ser claro, porque entre cielo y tierra no hay nada oculto, como dice el adagio popular, y debemos respetarnos. En esta oportunidad puedo necesitar su apoyo técnico y el contacto con el jefe de seguridad de la embajada americana en Venezuela, porque siempre es de una gran ayuda y, además, tengo tiempo fuera del país y no conozco al que actualmente se desempeña en ese cargo. No debemos olvidar que Fernando Churio es un falsificador del billete americano y esto es un delito en los Estados Unidos por el que son perseguidos los falsificadores en cualquier lugar del mundo.

A Temístocles le pareció correcta la explicación que le dio su amigo. Tomó la copa de vino, la levantó para brindar y comentó:

—Me alegro por tu decisión de tomar esta misión. Eres el hombre indicado para detener a este rufián, pues es muy sagaz, con una mente muy retorcida, y solo tú la puedes descifrar.

Quilarque lo escuchaba y lo invitó continuar con el almuerzo:

—Vamos a disfrutar este momento. Con el arte culinario de esta gente todo se ve delicioso...

El coronel lo interrumpió para hacer solo una aclaratoria:

—Tú me dirás cuándo piensas volar a Venezuela, para esperarte en aeropuerto.

Quilarque lo miró, luego cambió la dirección y enfocó el plato de comida para pinchar un langostino, se lo llevó a la boca, lo degustó, lo pasó con un poco de vino del valle de California y luego le comentó:

—No te preocupes, yo te llamó cuando esté en Caracas, el próximo viernes.

El coronel entendió: ya su amigo se había metido en el personaje que interpretaría de ahí en adelante.

Capítulo VII

La visita de Luis Peraza

El lunes, Churio se levantó con el alba y salió de su habitación a caminar por el jardín de la quinta. Quería ejercitarse para despejar un poco su mente, pues había tenido una mala noche y durmió muy poco. Algo le preocupaba. Después de una hora y media, se detuvo cerca de la piscina, levantó la cara, dirigió la mirada hacia la cordillera de la costa y le llamó la atención que, por primera vez en una semana, el conjunto de montañas amanecía despejado, pues ni una sola nube se encontraba alrededor. Se podía ver la línea que dibujaba las figuras de los cerros en el cielo azul y los luceros traviesos moviéndose a gran velocidad, despidiendo la noche tras dejar sólo un destello para anunciar la llegada del niño Dios. La luz de la mañana era clara y la temperatura fresca. Churio pensó, siguiendo su temperamento, que la montaña era un espectáculo digno de un boceto, pues desde joven la pintura había sido una de sus inclinaciones naturales.

Wiliam se acercó a Churio y lo regresó a la realidad:

—Patrón, buenos días.

Fernando, concentrado en la montaña, giró de una manera brusca, le dio el frente al muchacho y respondió:

—Buenos días, Wiliam. Me asusté por tu llegada inesperada. Desde muy temprano estoy aquí, caminando y contemplando este don de la naturaleza.

No le habló de la mala noche. Aprovechó para darle unas instrucciones precisas al joven y evitar problemas:

—Dile a Dilcia que, por favor, traiga el desayuno para los dos a la piscina, tú me acompañarás. No se te olvide usar la expresión: «por favor», eso le agrada a las mujeres.

A Wiliam se le dibujo una sonrisa en la cara y comentó:

—No se pleocupe patrón, el «por favol» se lo digo.

Salió corriendo hacia la cocina y se encontró a Dilcia y a la señora Carmen. Sin dar los buenos días, se dirigió a la amiga de Julay:

—Dilcia, que lleves dos desayunos a la piscina y te pongo por delante el «por favol».

La exbanquera entendió el mensaje. Fernando le había reclamado al sicario su comportamiento, pero era imposible que éste comprendiera algo tan sencillo, que forma parte de los buenos modales.

Carmen también había escuchado el pedido del señor Fernández y procedió a la preparación mientras que Dilcia iniciaba la elaboración del café con leche y salía a buscar las naranjas para el jugo del desayuno. Todo tenía que ser atendido con rapidez, pues al jefe no le gustaba esperar. Esta había sido una recomendación precisa de Luis Peraza al momento de contratarlas.

En el jardín, mientras Fernando esperaba el desayuno, le preguntó a Wiliam:

— ¿Sabes si Luis viene hoy, como acordamos?

El muchacho contestó.

—Sí, patrón, vine a mediodía, polque tenemos varias cositas pendientes.

Fernando se quedó mirando los cerros de la cordillera de la costa y a la mente le regresó el sueño que lo había maltratado toda la noche. En eso se presentaron Dilcia y Julay con los desayunos, que lucían abundantes y apetitosos. Los comensales miraron y se quedaron sorprendidos. Rueda de mero, tomate, aguacate, arepa de maíz pilado amarillo, queso blanco de Santa Bárbara, nata, café con leche y jugo de naranja. Suficiente para comenzar la semana. Fernando, antes de comer, felicitó a las muchachas:

—Muchas gracias por este desayuno, se ve delicioso. Hagan extensivas estas palabras a la señora Carmen, que tiene unas manos increíbles.

Las dos mujeres esperaban para retirarse y Dilcia miraba a su amiga para evitar que saliera con una de las suyas. Sin embargo, Wiliam no la dejaba de ver y para atraer su atención le solicitó:

—Julay, por favol, tráeme un vaso con agua fría.

Fernando lo miró con el rabo del ojo y dejó salir una sonrisa, sin mayor espectacularidad. Julay lo vio a la cara y le respondió:

—Sí, ya voy por el pedido.

Julay regresó sola, con una bandeja donde traía una jarra con agua, hielo y varios vasos. La muchacha era otra, con una sonrisa a flor de labios que la hacía ver más bella, y que repartió entre los dos huéspedes. Al colocar el pedido sobre la mesa, Wiliam le dio las gracias, la miró y la joven no lo rehuyó, y luego se despidió de Fernando, del mismo modo.

Ambos consumieron todo lo servido y permanecieron en la mesa sin hablar. Luego, Antonio llegó a la piscina, dio los buenos días con una cara que lo delataba: se veía alegre, traía buenas noticias al jefe. Fernando lo miró y le preguntó:

— ¿A qué se debe tanta alegría, Antonio?

El cracker sirvió una taza de café con leche, se acomodó en la silla y le explicó a Fernando la razón de la alegría:

—Esta madrugada entré en el sistema de una línea aérea americana internacional, que vuela de San Francisco a Miami, y me encontré con una gran sorpresa…

Antonio se detuvo, sirvió otra taza de café con leche y tomó un sorbo. Los dos amigos habían quedado a la expectativa de escuchar lo encontrado. Fernando imaginó que se trataba de algo relacionado con el viaje de su enemigo, pero no quiso adelantarse, por no arruinar la primicia del cracker, quien expuso:

—Quilarque compró un pasaje desde San Francisco a Miami y de ahí vuela el viernes a Aruba. Eso significa que el hombre viene y nosotros lo vamos a esperar. Falta conocer cómo va a viajar desde la Isla al aeropuerto Simón Bolívar, porque no aparece en pantalla. Sin embargo, está más cerca, es cuestión de días.

Fernando se quedó pensativo, su malestar comenzó a disiparse. El alma le volvió al cuerpo, como dice el refrán, pues había soñado que José Quilarque no había querido firmar el contrato para venir a Venezuela. Había sido esta pesadilla la que le hizo pasar mala noche, pues en ella había visto a su enemigo burlándose de él. El jefe salió de su estado de abstracción y tomó la palabra:

—Me parece estupendo que ya lo tengas en las pantallas de las computadoras. Pero me extrañaría si finaliza el viaje en el aeropuerto Simón Bolívar. Conociendo al personaje, ésa es la jugada. Con él uno nunca está seguro de cuál será el próximo paso, debemos ir descifrando su mente. Puede entrar por Margarita en un yate o por la península de Paraguaná en un ferri o por Trinidad y Tobago, para alcanzar las costa del estado Sucre en un peñero. Antonio, debes estar alerta. Desde ahora, ése es tu trabajo y va a ser duro, no puedes levantar los ojos de las pantallas.

Para Fernando, la mañana dio un giro inesperado, todos los malos presagios pasaron a un segundo plano por la intervención de Antonio. Miró al cracker y le preguntó si había visto a Carlos y Gustavo, y él le informó:

—Desayunamos juntos y se levantaron de la mesa, tenían cosas por hacer. Le escuché a Carlos que iba a revisar a los nuevos vigilantes por el cambio de guardia de ayer, porque ya se cumplió una semana desde nuestra llegada. El Cerebrito está preparando todo para la visita de Luis Peraza, quien no debe tardar para la reunión.

Fernando miró su reloj y se enteró de la hora, la mañana había pasado como el viento, ¡rápidamente! Tal vez las buenas noticias ayudaron acelerar el tiempo. El jefe se levantó de la mesa y, ante de de salir, volteó y le pidió a Wiliam:

—Llámame cuando llegue Luis Peraza, esa reunión es muy importante. Además, di a todos los muchachos que deben estar presentes y particípale a la señora Carmen la necesidad de contar con unos buenos pasapalos para disfrutarlos a la hora de la reunión, porque va a ser larga.

Los tres dejaron la mesa y salieron en diferentes direcciones. Wiliam se acercó a la cocina, trasmitió el mensaje a Carmen y luego caminó hasta el jardín, cortó un ramo grande de flores y se dirigió a su habitación, en cuya entrada tenía a la virgen de los sicarios en un altar, alumbrada con varios velones y velas, y aprovechó para colocarle el ramillete de rosas rojas junto a un recipiente con balas. Una vez organizada la capilla, retomó el camino y se acercó a cada uno de los integrantes del grupo para darles el mensaje del patrón. Por último, llegó al salón donde se encontraba Antonio al frente de las computadoras, viendo la pantalla gigante colgada en la pared. Chupeta no hizo ruido. Sin embargo, Cerro Prendido lo sintió, se levantó y el sicario le comentó:

—Tranquilo panita, sigue buscando al enemigo de mi patrón. No complendo cómo puedes ver dónde está José Quilarque en esos equipos. Eres un mago...

Wiliam no terminó la oración y se quedó observando todos los módulos en el salón. Antonio lo veía, para él era difícil darle una explicación sencilla al sicario y ayudarlo a entender. Chupeta continuó:

—Panita, cada quien a lo suyo, búscalo y dime donde está, yo lo quieblo.

A las doce del día, Luis Peraza, con la tradición inglesa, entraba a la casa de Caraballeda en la camioneta blindada. La estacionó y subió los escalones que lo llevaban a la sala donde el grupo lo esperaba. En esta oportunidad, Fernando tenía la cara relajada, las noticias de la mañana le habían aclarado el panorama. Carlos Millán invitó a todos a pasar hasta el área de la piscina, donde iba a realizarse la reunión. Cada uno se ubicó en el lugar de su preferencia y el visitante comenzó a hablar:

—Tengo buenas noticias Fernando, según mis antenas, como las llamas, el hombre aceptó venir a Venezuela para encargarse del caso. Pero no se sabe qué día llegará ni por dónde. Cuando tenga esa información, serás el primero en conocerla.

Fernando miró Antonio y le pidió informar sobre el hallazgo en la computadora.

—Sí, esta madrugada entré al sistema de una línea aérea americana y apareció en la pantalla el pasaje de José Quilarque que sale el jueves de San Francisco-Miami y luego a Aruba; pero desde ahí hacia Venezuela no existe enlace, por ahora.

El jefe comentó la habilidad del tipo, quien de seguro buscaría la forma de llegar sin ser detectado.

El grupo se quedó en silencio, esperando que alguien tomara la palabra y lo hizo Luis:

—Ustedes tienen más información que yo.

Luego, miró a Antonio y le comentó:

—Es increíble tener el poder de las computadoras, me imagino que entraste a los sistemas de esa línea como Pedro por su casa, sin ningún problema.

El cracker solo respondió:

—Sí, eso fue sencillo.

Fernando se sentía satisfecho con lo hecho por Antonio, ahora su preocupación se mudaba a los siguientes pasos y lo planteó:

—Lo más importante es saber cuándo este tipo pone el pie en el país, porque estoy seguro de que buscará la forma menos esperada por nosotros. Esta mañana comenté los diferentes lugares por donde puede entrar, pero sé que quedan otros.

Cerro Prendido escuchaba a Fernando y aprovechó para intervenir:

—Jefe, por eso no hay problema, ya tengo acceso a los sistemas de las operadoras telefónicas que me permiten rastrear la ubicación de cualquier celular en mis computadoras. Cuando José Quilarque llegue al país seguro va a comunicarse con Temístocles Caballero y ahí lo vamos a pescar. Puede tocar tierra venezolana por donde él se las ingenie, eso para nosotros es secundario: aparecerá y estará en nuestras manos.

A Fernando todo le parecía tan fácil que no lo creía y sentía miedo, porque podía escarparse algo y lo perderían. No dejó de hacerlo saber:

—Antonio, todo se ve muy sencillo, pero puede quedar un cabo suelto si algo falla. Recuerda, la misión de ese sujeto es ponerme los ganchos y regresarme a prisión, y lo he dicho varias veces: prefiero estar muerto que de nuevo en una cárcel en Venezuela. Busquemos la forma de estar varios pasos delante de él.

Luis, atento a toda la explicación del cracker, habló:

—Fernando, he escuchado con detenimiento lo expuesto por Antonio y creo que no debes tener miedo. Esto es lo moderno: el que maneje la tecnología, como lo hace él, con la habilidad de un cracker, tiene el mundo en las manos, yo sigo con los elementos de la inteligencia clásica que tienen su valor. Pero debo reconocer que ellos van a millón. Las mejores antenas las tienes aquí, con este joven. Qué te puedo decir yo, si Cerro Prendido obtiene rápidamente la información con esa maravilla.

Fernando escuchaba las explicaciones de los dos miembros de la reunión y se quedó pensativo. Luego, miró a Luis y le exigió:

—He leído de los cambios tecnológicos que estamos viendo en pleno Siglo XXI, en particular en los sistemas electrónicos que han arropado hasta las artes gráficas, porque cuando me inicié en el diseño de billetes todo se hacía a mano, ahora se utilizan equipos modernos. Pero no podemos subestimar el aporte del grupo de confidentes moviéndose en todas partes, porque es muy valioso para mí. Tu gente está siempre atenta, escuchando los rumores en las calles, en bares, restaurantes y en lugares donde no tiene entrada la informática, y te trasmite información. Te agradezco mantener esa red en funcionamiento.

El jefe miró el reloj y vio la hora, era el momento de abrir el bar y le dio la instrucción a Wiliam, quien salió a buscar el barman. Luego, preguntó:

—Gustavo, ¿tenemos otros asuntos pendientes?

El Cerebrito sacó una libreta y pasó varias páginas. Se detuvo, miró los puntos e indicó:

—Estamos interesados en conocer dónde están los escondites para nosotros, en caso de venir a visitarnos la policía. Esa información se la puedes pasar a Antonio, para incluirla en el mapa donde dibuja las diferentes rutas de escape a usar desde este lugar. Ese plano debe estar en las manos de cada uno de nosotros, pronto.

Luis Peraza sacó de su carpeta un sobre y se lo pasó a Antonio, quien lo abrió, tomó un par de páginas y las miró detenidamente, luego, con un movimiento de la cabeza aprobó el contenido.

Gustavo revisó su libreta y le comentó a Luis:

—Además, tenemos que disponer de una camioneta igual a la que usamos para llegar a esta casa, con el logo de la empresa telefónica del Estado.

La respuesta de El Galán fue inmediata:

—El jueves, a más tardar, la camioneta estará aquí, porque Antonio explicó que José Quilarque sale ese día, en la mañana, desde San Francisco a Miami con conexión a Aruba.

El barman sirvió los whiskys. Fernando tomó un vaso, se levantó y caminó alrededor del grupo. No se sentía incómodo y eso lo aclaró:

—Espero que me tengan paciencia, quiero estirar las piernas por unos minutos, porque he pasado toda la mañana sentado y se me entumecen los músculos.

Luego de dar varias vueltas alrededor de la mesa, regresó a la silla. El tiempo corría pero no tenían apuro. Disponían de toda la tarde. Antes de comenzar con un nuevo tema llegaron los pasapalos. Las bandejas las traían Dilcia y Julay, las colocaron sobre la mesa y se retiraron. Se veían estupendas por el color y la forma en que estaban preparados los tequeños, los pastelitos de queso y de carne molida, y las empanaditas de carne mechada y pollo. El grupo se miró la cara y Wiliam comentó:

—Hay hambre.

Tomó una servilleta y puso en ella una variedad de pasapalos, igual hicieron los compañeros.

Fernando, para no dispersarse de los temas tratados, comentó:

—Luis, tenemos otras solicitudes. En esta parte, Wiliam tiene la palabra.

El sicario se comía un pastelito cuando el patrón le indicó proceder con la solicitud a El Galán. El muchacho levantó la mano pidiendo tiempo, mientras terminaba de comerse el pasapalo. Luego comentó:

—Para mi trabajo, que me oldenó el patrón, necesito una moto Yamaha YT 115, de segunda mano, pero en buenas condiciones. Usted me dice dónde la pasó buscando el mismo día de ir por José Quilarque.

Luis Peraza tomó nota, y preguntó:

—Wiliam, ¿no te sirve otra moto, parecida a esta?

El sicario lo miró y tenía un tequeño en la mano, lo regresó a la servilleta para responderle:

—No, pana, esa es única, porque es rápida, ágil y fácil de manejal. Se mueve como una chica chévele. La usamos los sicarios para hacer las vueltecitas. Pa´tu consumo: róbatela y no paga nada, polque yo después la dejo en cualquiel palte.

Fernando miraba a Wiliam, le hacía gracia su forma de hablar, era todo un personaje. Nació y se crió en el Valle, en uno de los barrios más peligros de Caracas, y era una máquina de matar gente. No había conocido otra cultura, sino la muerte.

Wiliam continuó comiendo los pasapalos preparados para la reunión. Luis anotó en la libreta el pedido del sicario para evitar confundirse con el modelo de la moto. Conocía al personaje, sólo obedecía al patrón, que era tan despiadado como él. Pero con una diferencia: Fernando era un hombre preparado y de buenos modales.

Al atardecer, la reunión había llegado a su fin y antes de levantarse, Fernando preguntó a Luis Peraza:

— ¿Tienes otra información importante que comunicar?

El Galán pensó, luego movió la cabeza de un lado a otro, tratando de informarles que no tenía nada en especial para ellos. Pero de pronto se detuvo. Miró a Fernando y comentó:

—Lo que está en la prensa todos los días es la salud del comandante Chávez. La noticia es muy dispersa. No hay un parte médico para seguir la evolución de la enfermedad. Se comenta de un tumor cancerígeno y eso sí es grave, porque solo un milagro lo salvará.

El grupo se quedó en silencio, por unos minutos. Solo Fernando habló:

—Sí, esa noticia la he seguido por la prensa y lo lamento por el Comandante, porque tengo varios familiares que han tenido la misma enfermedad y no han sobrevivido. Pero la fe es muy importante, porque mueve montañas y se ha escuchado sobre la batalla librada por Chávez aferrado a Cristo.

Wiliam también habló:

—Que le pida mucho al Cristo de La Grita, es muy milagroso y lo puede ayudar.

Luego, Fernando preguntó:

— ¿Qué has oído de nosotros?

—Nada, desde las primeras informaciones que salieron en la prensa, la noticia se esfumó. Tampoco mi gente ha escuchado sobre este caso. Espero no verlos más en las noticias, porque ustedes pronto deben estar en la calle.

Wiliam le comentó:

—Panita, recuéldate de las jebas que prometiste, porque el barco está haciendo agua.

Luis lo miró y le comentó:

—Pronto te verás rodeado de chicas bellas.

Ese mismo lunes en la mañana el coronel Temístocles hablaba por teléfono:

—Presidente, le tengo una buena noticia: José Quilarque aceptó el contrato, pronto sale para Venezuela y se encargará del caso. Pero no se sabe nada de los que se escaparon de la cárcel de Tocorón. Esté alerta, porque esa gente es mala. Hoy mismo tomo el avión para Caracas y mañana, a más tardar, estaré de nuevo en mi oficina.

El presidente nunca había tenido una amenaza de esa naturaleza, la tomó con respeto y, aunque frente al asesor de seguridad hacía gala de valentía, en el fondo sentía miedo. Eso originó el aumento de la vigilancia. Lo peor del caso era no conocer a los enemigos.

—No te preocupes, he mantenido las medidas de seguridad. Ese tipo de chantaje no me intimida. Espero verte el miércoles a la hora convenida en la oficina. Te deseo un buen viaje.

Colgó el teléfono y miró el calendario sobre la mesa. Recordó que una semana atrás Temístocles lo había visitado en el despacho con ese problema y el hombre ya venía de regreso de San Francisco: ¡cómo pasaba el tiempo! El coronel se movió rápido.

La noche llegó a la quinta de Caraballeda y la inmensa mansión permanecía en silencio, solo algunos salones tenían la luz encendida. Julay caminaba por el pasillo donde habían ubicado a los fugitivos de Tocorón, sin hacer ruido, y se acercó hasta el lugar donde habían instalado el altar de la virgen de los sicarios. La muchacha se paró en la puerta y se impresionó al ver la santa, en la antesala de la habitación, rodeada de velones y velas encendidas, con dos ramos de rosas rojas a cada lado. El exceso de luminosidad de los cirios le daba un aspecto misterioso. Pero la sorpresa de la joven fue ver en ese altar la imagen de María Auxiliadora, patrona de las obras de Don Bosco. En ese momento apareció Wiliam, con el torso desnudo, en pantalones cortos y vio a la chica. La miró, no le quitaba la vista de la cara, y la joven se quedó paralizada. Él la invitó:

—Pasa, nena, que la virgencita no muelde. Es la que me ayuda en mis vuelticas.

El sicario era un joven moreno claro bien parecido, con el resplandor de la luz se veía blanco y sus facciones mejoradas. No dejaba de mirar a Julay, quien estaba confundida con todo lo que descubría. Observó al muchacho cambiado, diferente al de todos los días. Mostraba un físico delgado, pero con brazos firmes y abdomen tallado, donde los músculos eran las piezas principales. La joven regresó la vista a la virgen milagrosa de cara angelical. No se explicaba cómo estos matones podían venerar a una de las santas más delicadas y admiradas de la religión cristiana, como era María Auxiliadora.

Wiliam continuaba viendo a Julay. Lucía una cara bella, flanqueada por una cabellera negra y cargaba una blusa de tiras finas cubriendo parte de sus senos, que buscaban desesperadamente escaparse por los lados. Esa primera impresión le tensó los deseos al muchacho, que se aceleraron en el interior del cuerpo y lo empujaron, acercándose aún más a la joven. Dio un par de pasos, la agarró de la mano, la aproximó a su cuerpo. Juntos caminaron hasta colocarse frente a la virgen y él le comentó:

—Ella me da valol para matal y le pido que me afine mi puntería para no fallal. Pero, si caigo en el trabajo, le ruego me muera ahí mismito.

Julay entró entonces en una encrucijada, que enfrentaba todos los valores aprendidos en el mundo cristiano a otros muy distintos. El sicario adoraba a la misma virgen, pero le pedía ayuda para asesinar, a pesar de que los mandamientos lo prohíben a cualquier creyente. En ese caos de contradicciones, de pronto se vio en las manos de Wiliam, quien comenzó a soltarle las tiras de la blusa y ella, sin poner ninguna resistencia, accedió al joven. Los senos grandes y tensos quedaron desnudos frente al altar de la virgen de los sicarios y Chupeta, desesperadamente, la apretó contra su cuerpo, hasta que se convirtieron en una sola persona y se dejaron caer al piso. De pronto, una ráfaga de viento entró por la puerta y apagó las llamas de los velones y las velas, pero no pudo extinguir el fuego de la pareja.

Capítulo VIII

El regreso del coronel Temístocles Caballero

La llegada del coronel era esperada con interés por el presidente del Banco Central. A las cinco de la tarde, el asesor de seguridad se paró frente al escritorio de la secretaria con el portafolio de cuero en la mano. Ella lo hizo pasar a la amplia oficina donde fue recibido con un apretón. Ambos se sentaron en el juego de muebles de cuero y comenzaron la reunión. Temístocles tomó la iniciativa:

—Aquí le traigo el contrato firmado por José Quilarque, el hombre pronto estará en el país. No dio fecha, pero es cuestión de días. Esto nos permite tener a una persona con gran capacidad de investigación al frente de este caso que lo amerita, por lo delicado.

El presidente revisó rápidamente el documento y lo colocó sobre la mesa del juego de muebles. Luego, apoyó su espalda al respaldar y comentó:

—Todo se ha movido muy rápido y espero que José Quilarque pueda dar con ese bandido, pues lo tiene a uno incómodo.

El coronel miró al presidente y, para disiparle un poco los temores, comentó:

—Quería verlo hoy para comunicarle que, según mis confidentes, el foco de Fernando Churio ha cambiado. El gran enemigo ahora es José Quilarque, a quien desea eliminar lo más rápido posible, porque según él, fue el causante de todos sus males. En ningún momento piensa en usted. No sé cómo se enteró de la visita realizada por mí la semana pasada a San Francisco, pero la noticia le llegó. Eso significa que tenemos muy cerca de nosotros a los informantes y debemos tener más cuidado con las conversaciones: son invisibles, pero están en todas partes.

El presidente, al escuchar las palabras del asesor de seguridad, indicando que el objetivo no era él, sintió un gran alivio. Ya había pensado que a muchas personas las habían matado por error y nadie había pagado. Su cara cambió y los bigotes se esponjaron por la respiración profunda. Quiso hacérselo saber al coronel:

—Esa noticia me quita un peso de encima, pues vivir con la información que me diste hace una semana no es fácil, en especial en un país con la cantidad de muertos diarios reseñados en prensa, que le eriza la piel a uno. Es difícil olvidar que la espada colgaba aquí, en la nuca, esperando sólo la orden para bajar.

El presidente aprovechó el momento, llamó a la secretaria por el teléfono interno y le pidió dos tazas de café para festejar noticia. Además, le comentó al coronel:

—Te agradezco que le comuniques a José Quilarque, antes de que llegue a Venezuela, que Fernando Churio lo espera para asesinarlo.

El coronel se quedó mirando al presidente e iba a decir algo cuando entró el barman con el café. Temístocles hizo silencio. Ambos tomaron y brindaron por la buena noticia. El joven salió del despacho y continuó la reunión:

—Presidente, gracias por su preocupación. Sin embargo, José Quilarque no hace un movimiento sin calcular al enemigo. Les lleva varios pasos por delante a sus adversarios y conoce muy bien a Fernando Churio. Ésta es una pelea muy vieja, sólo ellos saben cuándo comenzó y, como ésta, tienen muchas disputas cazadas. Se lo digo yo que trabajé con él y sé que su astucia ha metido a más de uno detrás de las rejas, tanto en Venezuela como en el exterior.

Temístocles tomó la taza y bebió otro sorbo del café que le había agradado. Luego, la regresó a la mesa y continuó con la explicación:

—Nos toca ahora estar atentos a cualquier plan contra la Institución para evitar un fuerte golpe al prestigio del Banco y un fuerte daño en dinero, en caso de un asalto. Recuerde, la reputación es un activo muy importante, ganado a sus setenta y un años de existencia.

El presidente, más relajado, comentó:

—Bueno, para eso están ustedes. Cuando llegue Quilarque preparen un plan de acción y tomen todas las medidas de seguridad que les parezcan pertinentes para evitar cualquier arremetida de estos delincuentes contra el Instituto. Te agradezco mantenerme informado de todos los acontecimientos, como siempre. Esto va a ser un enfrentamiento digno de una novela.

En ningún momento, en la reunión, habló el presidente sobre la fuga de información por la contratación de José Quilarque. Lo positivo de la noticia era haber salido de la mira del prófugo de la cárcel de Tocorón.

José Quilarque, en el rancho donde vivía, en las montañas de San Francisco, le daba los últimos toques a su viaje. Preparó maleta para dos semanas, porque pensaba regresar a pasar el fin de año en familia, como lo había hecho en la última década, en su residencia en los Estados Unidos. Al servicio doméstico, una señora ecuatoriana, le dejó una lista con todas las indicaciones hasta la llegada de su esposa y sus hijas de vacaciones en Brasil. Le recomendó de manera especial a Pope el perrito, que tenía varios años con ellos. Para apaciguar un poco el agite antes de viajar, se sirvió un whisky y miró por una amplia ventana de vidrio hacia el horizonte infinito, tratando de recordar todo lo pendiente antes de dejar la residencia. Pensó en hablar con el comisario Mauricio López, uno de sus agentes en Venezuela, con quien iba a trabajar el caso de Fernando Churio. Miró el reloj y consideró apropiada la hora para llamarlo. El celular repicó varias veces y se cortó. Intentó de nuevo. Al final se escuchó una voz agónica. José respondió:

—Aló... aló, Mauricio, soy yo . . .

Al otro lado:

—Disculpe, jefe, no se escucha bien. Las comunicaciones no funcionan adecuadamente y es difícil poder hablar. Si se cae la llamada, vuelva a insistir.

José Quilarque no quería perder el momento y comentó:

—Te llamo para participarte mi llegada a Venezuela. El jueves te envió un mensaje para indicarte dónde debes buscarme. Llévame un celular y mi armamento de siempre, recuerda la restricción de trasladar la pistola conmigo. Igualmente, investiga la situación actual de Fernando Churio, quien se fugó la semana pasada de la cárcel de Tocorón y es el caso que me lleva a Venezuela.

Mauricio mantenía el celular muy pegado a la oreja y pudo escuchar los requerimientos del jefe, y le ofreció:

—Cuente con eso. Cuando sepa por dónde llegará, ahí estaré esperándolo. Quiero informarle que contrataré un agente, conocido por usted, para trabajar con nosotros este caso. Lo solicitado se lo entrego cuando llegue. Si necesita algo más, no dude en solicitarlo.

José Quilarque sentía la comunicación telefónica difícil, de pronto las palabras se escuchaban entrecortadas y no quiso seguir hablando. Se despidió de Mauricio. Continuó con los arreglos del viaje. Miró la hora y notó que el reloj marcaba las seis de la tarde. Tenía tiempo suficiente para terminar de arreglar el equipaje, tomarse otro escocés, cenar e irse a la cama, porque necesitaba levantarse muy temprano para salir al aeropuerto.

En Caraballeda, Fernando Churio terminaba de cenar con su grupo, tenía inquieta la mente, ocupada por José Quilarque, quien pronto llegaría a Venezuela. El grupo se levantó y se retiró del comedor. El jefe llamó a Chupeta y le pidió ir a la cocina a solicitar a Dilcia que le llevara una jarra de café negro a la habitación.

Wiliam salió y le dio el mensaje a Dilcia. Ella cenaba con la amiga, al lado del mesón de mármol negro de la cocina. Dejó de comer, se levantó para preparar la orden y cumplir rápidamente con el pedido. La compañera, con cara de picardía la miraba y Dilcia con el rabo de ojo la observaba a su vez. Pero sin decir nada: no quiso engancharse en una discusión, pues la retardaría en el cumplimiento del pedido. Colocó todo en una bandeja y partió para el dormitorio. Tocó la puerta, y el jefe, sentado al lado de la mesa de trabajo, la hizo pasar. La muchacha no tenía donde colocar la bandeja y, notándolo, de inmediato buscó Fernando espacio removiendo varios instrumentos de trabajo que ocupaban la parte superior del escritorio, como lupas, reglas, lapiceros, corta papel, pliegos de plástico, broches y carpetas. Todo lo trasladó a la cama. La joven ubicó el pedido al lado de un grupo de novelas y dibujos de los cerros de la cordillera de la costa. Sirvió luego una taza de café y se la entregó en las manos. Esperó por otra sugerencia del señor, quien la miró y le pidió:

—Dilcia, por favor, ¿me puedes traer otra porción de la torta de chocolate que sirvieron hoy en la cena?

Ella lo miró a la cara con una sonrisa más entusiasta que en los encuentros anteriores y le respondió:

—Sí, con mucho gusto, ya regreso.

Salió hacia la cocina y en el trayecto no dejaba de pensar en la sonrisa mostrada a Fernando: había sido inconsciente, el yo interno así lo había querido. Tal vez era la forma tan delicada como el señor le solicitaba las cosas, lo que la había cautivado y no sabía cómo reaccionar. Llegó a la cocina y no miró a

Julay, se fue directo a la nevera y sacó el pedido del jefe. Se movió a buscar un plato y colocó una porción de torta de chocolate, acompañándola con un trozo de helado de mantecado. La amiga la miraba y la veía actuar como una autómata y le comentó:

—Ese tipo te tiene hipnotizada, te mueves como un robot. ¿Qué te ha hecho? Cuando vas atenderlo, regresas como si estuvieras viendo las estrellas. Déjame ir para ver si acaricio el cielo con él.

Dilcia volteó, le echó una mirada que casi le quema el pecho y le refutó:

— ¿Cómo te fue con Wiliam? Los consiguieron desnudos en el piso, como unos perros callejeros, frente al altar de la virgen María Auxiliadora. Además, hace poco te llamé cuando Antonio te tenía lista para hacerte el amor en el piso de la oficina. Muchacha, no sé qué hacer contigo, porque no respetas ni a los santos. Espero que te manden un castigo a ti y a ese malandro. No tienes vergüenza. Ahora te quieres acostar con el señor Fernando. Tres tipos en una semana. Tu familia perdió el dinero invertido en educarte. Vas camino a convertirte en la ramera de estos malandros.

Dilcia dio media vuelta y, antes de salir, fue al baño para retocarse la cara, en especial alrededor de los ojos, aplicándose un color muy tenue para resaltar el verde esmeralda de las pupilas. Se arregló el vestido y se marchó con el pedido en la bandeja. De regreso a la habitación, tenía la mente en blanco, porque no quería pensar: el tipo la atraía ¡y de qué manera! Eso sí sería grave, le estaría pasando el síndrome de Estocolmo. Pero, en este caso, ella no estaba con estos bandidos secuestrada, ni tampoco en contra de su voluntad. Prestaba un servicio muy especial a unos fugitivos y en entre las reglas debía permanecer por un largo tiempo con ellos.

Cerró por completo la mente, pues no quería seguir pensando. Tocó la puerta y escuchó una voz desde el fondo, dándole permiso a pasar. En el interior, las únicas luces encendidas eran las de las lámparas de noche de la habitación, que le daban un toque romántico al lugar. El jefe continuaba ocupando la misma silla. Pero ella notó que, en esta oportunidad, tenía la cara más limpia y estaba bien peinado, como si se hubiera retocado tal y como había hecho ella. No faltaba el perfume, dándole un aroma agradable al ambiente. Dilcia acomodó la bandeja sobre el escritorio, le pasó el plato con la torta y el helado de mantecado a Fernando, quien la miró a la cara y sin quitarle la vista a los ojos, pues esa noche los veía más verde esmeralda y hermosos. Lo malo era no saber cómo abordarla, sin estropear el encuentro, convertido en algo especial. Observó el contenido del plato y le pareció interesante. Le comentó:

—Dilcia, fue una buena idea la torta de chocolate y la porción de mantecado porque hacen una excelente combinación. Recuerdo a mi abuela, de origen napolitano, que siempre en las visitas me regalaba una barquilla con una buena porción de helado preparado por ella. Era el mejor obsequio.

A ella le pareció tierno el recuerdo de la abuela por la iniciativa que había tenido y miró con insistencia a Fernando para ver si se podía marchar, aunque su corazón quería permanecer en el lugar. Era todo un pugilato. El jefe, después de tomar dos porciones del plato, lo colocó en la mesa y levantó la cara hacia donde permanecía Dilcia y le comentó:

—Espera unos minutos, quiero enseñarte algo. Las buenas acciones se pagan con otras similares. Tengo aquí varias novelas que estoy leyendo y deseo obsequiarte un par, para que las puedas ojear en tus hora libres y, si te agradan, disfrutarlas.

Fernando tomó dos libros, uno de un escritor latinoamericano y otro europeo, y se los acercó a Dilcia. Al hacerlo, sintió una energía fuera de lo normal, parecían dos polos atrayéndose. Ella también se aproximó para ver la portada del libro. El primero pertenecía a Mario Vargas Llosa, premio nobel de literatura del 2010, y el título de la novela era *El Sueño del Celta*, publicada ese mismo año. Él volteó la obra para leerle el resumen en el reverso. En ese instante, cuando ambos veían el contenido, las caras se acercaron tanto que el aroma de los dos seres se fusionó en uno solo, se trasformó en un beso intenso del cual ninguno de los dos quería separarse. El mundo se les opacó y dejaron correr las pasiones, viajando en el torbellino de la sangre ardiente, recorriendo ambos cuerpos, explotando como la erupción de un volcán. Fernando se sentía realizado, la abrazaba, la acariciaba y ella respondía con el mismo ardor. Se despojaron de la ropa, se dejaron caer sobre la cama y los útiles de trabajo se espantaron y rodaron al piso. La noche los acompañó en sus deseos infinitos. Ella, luego de pasar un tiempo inolvidable, regresó a la realidad. Se levantó, miró el reloj y vio la hora, eran las ocho de la noche, se arregló, miró el espejo y dijo, para sus adentros, estoy bien. Tomó las dos novelas y salió en dirección a la cocina.

En el camino no entendía cómo sus deseos la habían traicionado. No podía creer que se había involucrado con Fernando Churio. Cometió el mismo error de su amiga, pero no podía descubrirse ante ella. Primero muerta antes de hablar de lo sucedido detrás de esas cuatro paredes. Llegó a la cocina donde Julay la esperaba sentada, disfrutando un helado de mantecado. Miró a su amiga y la notó diferente, pero en esta oportunidad más tranquila, con dos novelas en la mano izquierda y en la otra, la bandeja con los platos y las tazas. Caminó hacia el lavaplatos y colocó la loza sucia en el fregadero. No los lavó enseguida. Julay no pudo tener la lengua tranquila y rompió el silencio:

—Dilcia, ¿cómo te fue? Porque una hora es mucho tiempo para servir una taza de café. No me cuentes una de novela, pues te regalaron dos para recordar los acontecimientos de esta noche.

Ella no quiso responder las estupideces de su amiga. Colocó los libros en una de las repisas de madera de la cocina y vio el título de la segunda novela: *La Caverna*, autor: José Saramago, premio nobel de literatura 1998. La volteó y leyó el resumen de la contraportada. Dio las buenas noches y se retiró a su habitación.

Julay no dio por terminada la conversación y antes de que Dilcia saliera de la cocina le comentó:

—No te hagas la señora buena, porque vi todo tu desenfreno en la habitación de Fernando para que no me salieras con un cuento de camino, pues estamos muy corriditas en este mundo para engañarnos.

Dilcia se detuvo de pronto, dio la media vuelta, encaró a la compañera de trabajo y le contestó:

—No creo que tú hayas llegado a ese nivel tan bajo.

Julay sentía unos celos muy grandes por no ocupar el lugar de Dilcia y le dijo algo para confirmarle que estuvo en el lugar:

—Todo el material de trabajo de Fernando Churio se hallaba en el piso, se deslizó de la cama, ocupada rabiosamente por ustedes, porque el escritorio estaba lleno, con la bandeja, platos, tazas, novelas, libros de pintores venezolanos y unos dibujos de los cerros, vistos desde la piscina.

La información de Julay le nubló la cara a Dilcia, por la furia que le dio. Esperó unos segundos para retomar el control y le dijo con voz firme y desafiante:

—Te agradezco que con el señor Fernando no te metas, porque vas a tener que enfrentarte conmigo.

Dio la media vuelta y retomó el camino hasta su dormitorio.

Fernando se levantó de la cama con una sonrisa en la cara. El tiempo con Dilcia había sido breve pero inolvidable: el mejor momento en muchos años. Ubicó de nuevo en el escritorio el material caído al piso. Luego tomó un sobre y salió de la habitación en dirección a la de Carlos Millán. Tocó la puerta y lo encontró sentado frente a la mesa de noche, limpiando el armamento. Cuando lo vio, se levantó extrañado por la visita de su jefe y le preguntó:

— ¿En qué puedo ayudarle?

El jefe, con la calma habitual y con un movimiento de cara le comentó:

—No. En nada, vengo a traer las credenciales de la compañía telefónica a utilizar cuando viajemos a la capital. Las bragas son las mismas utilizadas cuando llegamos y la camioneta estará aquí a más tardar mañana, porque José Quilarque debe llegar el próximo viernes. Desde esa fecha estaremos alertas y cuando Antonio nos lo precise, debemos ir a identificarlo con Wiliam. Se aproxima la hora esperada por muchos años, eso me tiene un poco inquieto.

Fernando salió de la habitación de Carlos y se acercó hasta la oficina donde Antonio trabajaba con las computadoras. No quería molestarlo, pero tenía que buscarle salida a la impaciencia. El cracker, cuando lo vio, se levantó y le acercó una silla. Fernando aprovechó para preguntarle por varios trabajos pendientes:

—Antonio, sé que estas ocupado con la llegada de José Quilarque. Espero con ansiedad el próximo viernes para recibir una buena noticia, porque después de localizarlo nos toca movernos a nosotros y ya todo está preparado.

Cerro Prendido escuchaba al jefe y le respondía con un movimiento de cabeza afirmativo, pero no dejaba de teclear hasta ponerle punto final al trabajo, entonces comentó:

—Estoy tratando de entrar en los sistemas del Banco Central, como usted me ordenó. Es cuestión de tiempo, porque he conseguido algo de resistencia y el internet está muy errático, de pronto se va y se deben reiniciar los equipos para traerlo de vuelta. Esto ya lo hemos hablado. De continuar así, nos toca mudarnos a la capital, donde el servicio es algo mejor, pues la gente le protesta a la compañía de comunicaciones.

Antonio, haciendo gala de su conocimiento financiero, producto de la actividad como cracker continuó diciendo:

—Jefe, sigo trabajando fuerte y en cualquier momento consigo el camino para entrar a uno de los bancos centrales con las mayores reservas de oro de Latinoamérica.

La información le cambió el rostro a Fernando. Una pequeña sonrisa apareció en su cara. Pero no se sentía del todo satisfecho, pues le había hecho ruido el problema del internet, especialmente pensando en el trabajo pendiente de los siguientes dos días. Se lo hizo saber al cracker:

—Me preocupa la noticia. No quiero perder a José Quilarque, es el objetivo más importante en estos dos días. Recuerda, tu sugerencia de utilizar el GPS fue la más sencilla y rápida, porque nosotros, desde este encierro, ¿cómo vamos a dar con ese personaje tan escurridizo?

Antonio se inquietó por haber puesto nervioso al jefe. Pero quería ser claro con él, pues no podía controlar las caídas del internet y eso era una traba en el funcionamiento del GPS, que era el sistema localizador de José Quilarque. Sin embargo, sentía que para él nada era imposible, y le aclaró:

—Jefe, comenté eso porque debe saber que puede haber interrupciones en el momento de rastrear al tipo. Pero al volver el internet, aparece nuevamente en pantalla. Eso puede darlo por seguro. El problema es del gobierno, por no hacer las inversiones correspondientes en telecomunicaciones, como nos informó Wilmer.

Eso tranquilizó un poco a Fernando y volvió a lo que tenía en mente con el Instituto Emisor:

—Recuerda, quiero ver todo lo atesorado detrás de esas paredes de piedra. Sé que tienen un museo lleno de colecciones de monedas de oro, además, custodian las joyas del Libertador. Igualmente, acumulan una recopilación de arte, formada por cuadros y esculturas. No es cualquier cosa lo que vamos a ver por esos aparaticos tuyos. Pero por ahora la prioridad es José Quilarque.

Fernando se levantó de su silla y salió en dirección al pasillo. Aprovechó para invitar al cracker a caminar para distraerse un poco.

Capítulo IX

José Quilarque llega a Venezuela

El viernes, a las diez de la mañana, aterrizaba en el aeropuerto de Valencia, en un vuelo privado desde Aruba, José Quilarque. El trámite de la aduana fue rápido, porque su amigo, Mauricio López, con la ayuda de la chapa que lo acreditaba como comisario de una agencia de inteligencia del país, lo buscó en la puerta del avión. Se dieron un fuerte abrazo, intercambiaron palabras que se escucharon poco por el ruido de las turbinas de jet. Pasaron por aduana, retiraron la maleta y salieron, pues nadie los revisó. Una vez fuera del aeropuerto, abordaron la camioneta negra que los esperaba, conducida por Alexis Torres. Se saludaron con un apretón de mano y tomaron rumbo a la autopista.

En el camino, una vez dejado el aeropuerto de Valencia, Quilarque habló:

—Mauricio, ¿qué me preguntaste cuándo bajé del avión?

A su amigo se le dibujó una sonrisa en la cara y respondió:

—Nada importante, jefe.

Quilarque insistió:

—Recuerda, Mauricio, en este trabajo todo es importante, cualquier detalle nos puede conducir a resolver un caso.

El comisario, para calmar la inquietud de Quilarque, le comentó:

—Fue sólo curiosidad, pero, si usted insiste, le vuelvo a preguntar de dónde sacó ese jet, que era impresionante. Porque usted siempre ha viajado en las líneas aéreas venezolanas, de Aruba a Maiquetía y, en algunos casos, ha utilizado Ferry para llegar a Paraguaná. Recuerdo que el último vuelo lo realizó desde Trinidad al aeropuerto Simón Bolívar. Es la primera vez que lo veo usando un avión privado.

Quilarque se quedó pensando por la pregunta de Mauricio y le explicó:

—Uno de mis amigos en San Francisco, de la DEA, es el jefe de las operaciones antidrogas en Colombia y, al enterarse, por un agente del Servicio Secreto de los Estados Unidos, de mi viaje a Venezuela, se puso a la orden. Pensé que sería de gran ayuda viajar desde Aruba al aeropuerto de la ciudad de Valencia con ellos, por ser un terminal pequeño y sin mucha gente, que me permitiría moverme rápido y pasar desapercibido.

Al escuchar la explicación del jefe, Mauricio se quedó tranquilo. Sin embargo, nunca había imaginado que tuviera conexiones tan importantes en San Francisco, a pesar de ser uno de los mundos donde el jefe se desenvolvía. Desde hacía años sabía de los contactos con el grupo de la DEA en el país, porque habían trabajado en varios casos juntos. El viaje continuó y Alexis rápidamente se montó en la autopista rumbo a Caracas. José Quilarque volvió hablar:

—Gracias, muchachos, por venirme a buscar. Todo fue rápido, como me gusta, porque los aeropuertos son lugares donde uno se consigue gente inesperada y eso puede no ser bueno. Además, muchos de los choferes de las líneas de taxi son informantes bien pagados por los cuerpos de inteligencia y, también por bandas organizadas. Ellos avisan quién sale y entra al país. Pero ya estoy tranquilo, de nuevo en Venezuela: me hacía falta respirar el aire de nuestra tierra.

José Quilarque tenía una cara relajada y no se veía nada cansado del viaje, aun cuando venía de tan lejos. Al cabo de un tiempo preguntó:

— ¿Qué han oído de la fuga de Fernando Churio?

El comisario Mauricio dijo algo:

—Nada, jefe. Pero no se preocupe, que seguro está aquí, en Venezuela. No se ha ido, como lo publicó, inicialmente, la prensa. En los bajos fondos se comenta que Fernando Churio lo está esperando para cobrarle una cuenta pendiente desde hace catorce años. Esa deuda es bien vieja y debemos tener mucho cuidado, porque lo está buscando y nosotros vamos hacer lo mismo. Se aproxima un choque de trenes con plomo y sangre.

Quilarque se quitó los lentes, se frotó los ojos y limpió los vidrios fuertemente con el pañuelo, como si quisiera reducir el espesor de los cristales, luego se los volvió a poner. Mauricio iba en el puesto de atrás de la camioneta, lo miró y pensó: «el jefe no ha cambiado nada, tiene el tic nervioso de siempre cuando investiga un caso». El comisario habló:

—Fernando debe estar enconchado en un lugar muy seguro del que no se ha movido, porque de lo contrario ya lo hubiera localizado cualquiera de los cuerpos de seguridad que lo buscan. Además, tiene buenos colaboradores fuera de la cárcel, pues la fuga fue algo espectacular, nadie lo vio salir. Desapareció como un fantasma.

José aprovechó para aportar algo de las características de Fernando, porque lo conocía muy bien:

—Es un hombre muy escurridizo y debe andar disfrazado, caminando por las calles de Caracas como si estuviera de vacaciones… Esperando por mí.

José siguió pensando y luego hizo un razonamiento:

—Si tus informantes están en lo cierto y Fernando quiere arreglar cuentas conmigo, cuando se entere de mi llegada va a salir a buscarme. En ese momento es cuando debemos estar muy atentos, para ponerle los ganchos.

Alexis, que iba manejando y escuchaba a José Quilarque, aprovechó para intervenir:

—Demos ir a buscar a ese tipo a donde esté, para sacarlo de la madriguera. Eso presionaría al hombre a cambiar de lugar, y entonces puede ser detenido por alguno de los cuerpos de seguridad nacional o por nosotros.

José analizó las palabras de Alexis y le explicó:

—Debemos aplicar una máxima de la policía en este caso. Tenemos que traerlo al terreno de nosotros y no ir nosotros al suyo. Como comentó el Comisario anteriormente, si él quiere cobrar una deuda, debe venir a buscarla.

Mauricio, que escuchaba la conversación, aprovechó para entregarle a José Quilarque los encargos:

—Jefe, esto se está comenzando a calentar y no hemos llegado todavía a la capital. Aquí le traje la pistola de reglamento, porque según lo que escucho, la va a necesitar pronto y, además, el celular nuevo solicitado.

José lo recibió y comentó:

—El celular es igual al que tengo en el norte. Es de la última generación, inteligente: muy buenos.

Quilarque pensó llamar al coronel Temístocles, quien lo había contratado para el caso. Pero decidió esperar y hacerlo después del almuerzo. Volteó la cara hacia Mauricio y le comentó:

—Vamos entrar a Maracay para saludar a mi familia. Luego, los invito a almorzar en el restaurante Churchill, mi favorito en esta ciudad y después seguimos para Caracas.

En la quinta de Caraballeda, Fernando pasó la mañana en el salón de las computadoras con Antonio, mirando las pantallas. Pero en ninguna aparecía lo esperado con ansiedad: la información de la llegada a Venezuela de José Quilarque. Sonrisa se veía tenso, dejó la silla, caminó hacia la salida, apoyó la espalda en el marco de la puerta y se quedó en silencio. Miró el reloj, marcaba la hora del almuerzo. En ningún momento dejó Wiliam al jefe solo. Sin embargo, la espera lo tenía inquieto. Eso era claro. Luego aparecieron Carlos y Gustavo para informarse del arribo del visitante de San Francisco, pero, al ver las caras de sus compañeros no preguntaron, pues ellas lo decían todo.

Fernando caminó hasta la piscina y el grupo lo siguió. Wiliam, que lo conocía muy bien, buscó al barman para preparar unos tragos y el whisky apareció. El jefe miró a Chupeta, levantó el vaso y una sonrisa se le apareció en la cara mientras comentaba:

—Un buen escocés es una maravilla para calmar los nervios y bajar las tensiones.

Fernando llamó al barman y le solicitó:

—Llévale, por favor, un vaso de whisky a Antonio, que ha permanecido en el salón de las computadoras por mucho tiempo y podría tener que quedarse allá un buen rato más.

Luego, miró al resto del grupo y comentó:

—Si quieren almorzar procedan, porque voy a estar pendiente del trabajo de Antonio. No va a ser fácil y hay que tener mucha paciencia, pues se llevará su tiempo. Estamos por enganchar un pez al que es muy difícil hacerlo morder carnada.

En su oficina del Banco Central, el coronel esperaba la llamada de José Quilarque. Según sus cálculos, debería haber llegado a Venezuela antes del mediodía. Pero el hombre no le había confirmado la hora exacta de arribo. Miró el reloj y marcaba la una de la tarde. Se estaba pasando el tiempo de almorzar, de modo que salió para el restaurante ejecutivo del Instituto y comió un pescado a la plancha y ensalada. Regresó rápidamente para estar pendiente de la llamada. Su despacho quedaba en el piso 23 de la Torre Financiera y era espacioso. Prendió el televisor para distraerse viendo las noticias y que no se le hicieran tan pesadas las horas de la tarde. Se sentía nervioso. No sabía por dónde ni cómo iba a llegar el amigo, y Temístocles comenzaba a sentir angustia, pues por su mente pasaban varios escenarios, uno de los cuales era que Fernando Churio estuviera esperando al visitante y lo pusiera fuera de circulación incluso antes de que comenzara el trabajo.

El coronel se levantó de la silla donde cómodamente veía televisión y salió de la oficina, caminó en dirección al salón de usos múltiples y se paró frente a una amplia ventana. A través del vidrio, miró hacia el cerro Ávila por un buen rato, tratando de despejar un poco su mente. Luego regresó y sintió un sobresalto al darse cuenta de que su teléfono repicaba: no sabía dónde lo había colocado. Cuando dejó de sonar, Temístocles se angustió pensando en que era José Quilarque quien llamaba. Afortunadamente, el teléfono volvió a repicar y esta vez sí pudo conseguirlo. Dio varios pasos, lo atendió, escuchó el saludo de José Quilarque, y respondió:

—Sí, soy yo. Bienvenido a Venezuela. Ya comenzaba a ponerme nervioso, porque no sabía de ti. Esperaba la llamada a las diez de la mañana, pero bien: ya estás aquí.

Del otro lado del teléfono Quilarque comentó:

—Sí, llegué a esa hora. Pero quise pasar saludando a mi familia por Maracay y luego almorzar. Ya voy rumbo a Caracas. A las cinco de la tarde estoy entrando en la capital. Nos vemos mañana. Tú pones el lugar, porque tengo tiempo fuera del país y, posiblemente las cosas han cambiado mucho.

Temístocles le sugirió:

—Si quieres nos vemos en mi oficina, en el piso 23 de la Torre Financiera del Banco Central.

La sugerencia no le agradó a José Quilarque quien no tardó en dar sus motivos:

—Es un lugar seguro, pero no me gusta. Uno tiene que dejar el nombre, la placa del carro y muchas de las personas de la institución me conocen. Esa sería la forma más fácil de que todo el mundo se enterara de mi llegada a Venezuela. Te sugiero, si estás de acuerdo, mejor el restaurante Tarzilandia, que está pegado al Ávila, al final de la avenida San Juan Bosco, con la Décima Trasversal. Es un lugar tranquilo y allí podemos hablar sin problemas. Nos vemos a las doce del mediodía.

El coronel no puso inconveniente y acordó que estaría ahí a la hora indicada. Apagó el celular, lo puso sobre el escritorio y continuó viendo la televisión. Estaba enganchado en un programa. La cara le mejoró: de su mente había desaparecido los nubarrones negros que presagiaban la muerte del amigo.

En la quinta de Caraballeda, Fernando continuaba en la piscina con Wiliam, quien se había convertido en su fiel compañero, pues no lo desamparaba, quedándose en todo momento a su diestra. En la mesa de la piscina quedaban restos de varios platos de pasapalos traídos a Fernando mientras esperaba por la llegada de la noticia de boca de Antonio. Ambos permanecieron más de tres horas sentados sin moverse. En esta oportunidad, el jefe no se levantó para estirar las piernas ni se quejó de sentir algo: toda su energía estaba concentrada en la espera de la ubicación de José Quilarque en la pantalla.

El cracker, desde muy temprano, veía los monitores de las computadoras sin moverse de la silla. De pronto detectó en el celular del coronel Temístocles que alguien quería comunicarse desde el restaurante Churchill en Maracay. Miró la hora y el reloj marcaba la tres y cuarenta y cinco minutos de la tarde. Sospechó que podía ser José Quilarque, buscó el número de origen de la llamada, para lo cual entró en los sistemas de la compañía telefónica que prestaba el servicio e identificó al dueño como Mauricio López. Sin embargo, su curiosidad se había despertado, pues en el historial de llamadas ésta era la primera y única. Antonio prosiguió su investigación y detectó un segundo celular cuyo propietario era el mismo, sólo que esta vez sí encontró un extenso registro de llamadas, entre las cuales destacaba una entrante de un móvil de San Francisco, California, y para su sorpresa, coincidente con la información ya recolectada de José Quilarque. En este momento descubrió la conexión de la llamada del restaurante con el visitante. De inmediato, entendió que Mauricio había comprado un nuevo móvil para José, quien se puso en contacto con el coronel al llegar a Venezuela. Cerro Prendido apretó los puños y levantó las manos. Las movió con fuerza de arriba hacia abajo y luego de abajo hacia arriba. Lo hizo varias veces, de pura alegría. Miró la pantalla y vio al punto que rastreaba desplazarse, buscando la autopista del Centro. Dejó la silla y caminó hacia Fernando, cantando una estrofa de Pedro Navaja, del panameño Rubén Blades:

— «La vida te da sorpresas, sorpresas te da la vida, ¡ay, Dios!»… ¡Lo tengo!

La cara de Fernando se alumbró de alegría. Wiliam se paró como un resorte y abrazó al cracker, como si Antonio hubiese anotado un gol en la final del mundial de futbol. El jefe también se levantó y felicitó a Cerro Prendido por su hallazgo, luego miró al sicario y le comentó:

—Ahora te toca a ti, Wiliam.

El Chupeta estaba contento, no sabía cómo responder y lo único que dijo fue:

—Estoy lito, jefe, para hacer la vueltica. Era lo que más esperaba en esta semana.

Fernando le pidió que llamara al barman y al resto del grupo.

Carlos y Gustavo se incorporaron a la reunión y entendieron que habían dado con el hombre. El cracker lo había resuelto. El barman sirvió los tragos y todos brindaron por el hallazgo. Fernando era otro, su cara reflejaba la satisfacción de saber que el enemigo había pisado tierra venezolana. Aprovechó entonces para dar las últimas instrucciones a Calos Millán:

—Mañana a primera hora salimos para la capital. Faltan pocos días para cumplir con la venganza.

La respuesta de su jefe de seguridad fue de inmediata:

—Sí, todo está preparado, sólo esperamos las indicaciones de Antonio para buscar e identificar a José Quilarque.

Fernando se frotaba las manos y bebió otro trago de Whisky, no podía esconder la alegría experimentada, porque todo había salido como lo había planificado hasta ese momento.

Luego, giró la cara y le dijo a Wiliam:

—Llama a Dilcia.

El muchacho, como siempre, salió corriendo hacia la cocina y regresó rápidamente. Más atrás venía la joven, quien se acercó hasta el jefe, quien le dijo:

—Dilcia, por favor, indíquele a la señora Carmen que prepare una cena ligera, porque voy a comer temprano.

Ella lo escuchó, tomó nota de la orden y se retiró.

Cuando llegó a la cocina le participó a la señora Carmen las instrucciones del señor Fernando. Julay intervino:

— ¿Va a comer solo?

Dilcia la miró y le respondió:

—Recuerda, no almorzó. Esperaba una noticia muy importante y ya la recibió, la cara le cambió. Quiere cenar temprano y algo ligero. El resto de los hombres comerán a la hora de siempre.

Julay, que buscaba discutir con Dilcia, le comentó:

—Me imagino que tú lo vas a atender, porque te llamó a ti para participarte. Espero que cene en el comedor y no en la habitación.

Dilcia se mordió la lengua, como dice el proverbio. No quiso continuar hablando con la amiga, ahora convertida en enemiga por los celos que sentía al no ser la persona a quien el jefe llamaba. Julay se quedó mirándola y en su mente se abría el ala de la maldad mientras pensaba en cómo sacarla del medio.

A las cinco de la tarde, Quilarque y su equipo llegaron a Caracas. Alexis Torres continuaba al frente del volante, y había abandonado la autopista Francisco Fajardo a la altura de Chacao para entrar al casco del municipio. Cruzó a la derecha, diagonal al concesionario de la Honda, luego giró a la izquierda, al lado del representante de la Mitsubishi. El tráfico, por la hora, se ponía pesado: todo el personal salía del trabajo y se formaban unas densas colas, haciendo lento el desplazamiento de la camioneta. Más adelante, en la intersección con la avenida Libertador, pasaron el semáforo en verde para llegar a la altura de la estación del metro de Chacao, en la avenida Francisco de Miranda. Alexis volteó a la derecha, se desplazó hacia el este y se detuvo frente a la otra estación, que está diagonal a Plaza Francia. El semáforo estaba en rojo y frenó. Quilarque miraba todo a alrededor, no salía del asombro y comentó:

—Alexis, tomaste esta vía a propósito, para hacerme ver lo deteriorado y sucio que está Chacao, un municipio que fue admirado por todos los visitantes debido al orden y la limpieza. Los caraqueños se daban el lujo de venir a pasar un buen rato los fines de semana, recorriendo los lugares emblemáticos, pues es un pueblo con muchas tradiciones y tiene la ventaja de que está ubicado en la mitad de la ciudad capital, además de contar con un acceso rápido, tanto del este como del oeste, por estar en la vía del metro.

Alexis no lo había pensado de esa manera y se lo comentó:

—No... no, jefe, consideré que le gustaría ver la ciudad. Pero, dice la pura verdad: Chacao no es ni la sombra del pasado. Eso se debe, en parte, a que muchas de las oficinas del gobierno instaladas en el centro de la capital se han mudado para acá y, además, a que este municipio es el escogido por los partidos políticos para hacer oposición dura al gobierno. En cualquier momento, cuando llaman a una manifestación, se desplazan desde el Parque del Este hasta la Universidad Central de Venezuela y, luego, retornan al distribuidor de Altamira. En consecuencia, la Plaza Francia queda en el centro de este laberinto y es el lugar de los grandes choques con los cuerpos de represión del Estado. Si este lugar hablara, daría material para escribir una novela. La deberían rebautizar con el nombre de la Plaza de la Resistencia, porque en estos años de "la revolución bonita", la lucha ha sido muy dura y ha dejado muchos muertos.

Quilarque se quedó mudo, no comprendía el modo en que se había deteriorado la infraestructura de la ciudad en tan corto tiempo. Alexis volvió hablar:

—Jefe, le recomiendo llenar bastante sus pulmones de aire, porque cuando vaya al centro de la ciudad, donde usted trabajó por muchos años, en la esquina de Carmelitas, verá que el estado de las construcciones es deplorable. Le recordará a la Habana, la capital de Cuba, en su peor época. Ahí va a tener que respirar muy profundo para poder procesar el deterioro tan violento experimentado por el centro de la capital, conocida como La Ciudad de los Techos Rojos. A pesar de haber sido otro de los lugares turísticos de la ciudad, admirado por sus edificios coloniales, ahora da ganas de llorar por lo descuidado que está: no le hacen un cariño. Espero que no le den ganas de salir corriendo para las montañas de San Francisco de donde vino.

Con la conversación, Quilarque no se percató de la llegada a la residencia alquilada para su estadía en la capital. Aparcaron la camioneta en el estacionamiento de fácil acceso, por tener una puerta manipulada a control remoto. Al salir del vehículo, a pocos metros, apareció la entrada del apartamento, ubicado en la planta baja. Los tres caminaron hasta el domicilio y dejaron en la habitación el equipaje, que constaba de una maleta, no muy grande, un laptop y el bolso de mano. El jefe sacó la pistola, la colocó sobre la mesa de noche y regresó a la sala, donde Mauricio había servido tres vasos de whisky, como en los viejos tiempos. Brindaron por el reencuentro y se sentaron. El comisario habló:

—El apartamento es cómodo, ubicado en un lugar céntrico, y tiene muchos restaurantes cerca. Además, está en una calle ciega, con poco tráfico y ruido, de modo que puede descansar por las mañanas. No tiene el disfrute de la tranquilidad de las montañas de San Francisco, pero es algo. Caracas es una ciudad con muchos vehículos en circulación, la gasolina sigue siendo regalada y no hay comparación con los precios del resto del mundo.

Quilarque degustaba su whisky, pensó en relajarse el resto del día para iniciar la faena en la mañana con su amigo Temístocles Caballero, y comentó a los colegas:

—Quiero que me acompañen al almuerzo con el coronel Temístocles Caballero, quien contrató mis servicios para este trabajo. Así aprovecho para presentárselo. Los espero a las once de la mañana, porque debemos estar en Tarzilandia a las doce del día, hora inglesa.

Antes de salir, Alexis le comentó a José Quilarque:

—Jefe, aquí están las llaves de la camioneta, recuerde es blindaje nivel cuatro. Tiene una resistencia al impacto de proyectiles 7.62, disparados por los AK-47, AM-16, y de otros armamentos de ese mismo calibre.

Quilarque, al escuchar el nivel del blindaje de la camioneta, respondió:

—Ustedes me están preparando para algo muy duro, porque ese revestimiento de la camioneta es para soportar armas utilizadas en las guerras.

Mauricio y Alexis se miraron y el comisario explicó:

—Aquí estamos en una guerra no convencional. Con bandas organizadas en las que muchos integrantes usan armas pesadas. Además, cargan granadas como si fuesen fuegos artificiales. Venezuela es otra, de eso usted se dará cuenta en este viaje.

José Quilarque escuchó y se quedó pensativo. Luego aseveró:

—Sí, esa información la conocía, porque ha llegado al norte. Lo lamentable es lo difícil de desmantelar esas organizaciones después de que se forman y echan raíces.

El grupo se quedó en silencio tras oír esa afirmación tan terrible. Luego, José Quilarque preguntó:

—Y ustedes, ¿cómo se van a ir de aquí?

Mauricio indicó:

—Nosotros tenemos nuestros vehículos en el estacionamiento, en los puestos para visitantes.

En la quinta de Caraballeda la noche llegó y el silencio rondaba por las habitaciones. Fernando se recogió temprano para relajarse y leer una de las novelas que tenía sobre la mesa de noche, pues al día siguiente iniciaría la búsqueda de José Quilarque para mostrárselo a Wiliam. Sería su primera visita a la capital después de catorce años de pasantía por las prisiones venezolanas, que le impidieron visitar "La Sucursal de Cielo", como la llamaban los caraqueños, aunque en ese momento nadie recordaba ese nombre, pues se había deteriorado enormemente convirtiéndose en una de las ciudades más peligrosas del planeta, por la cantidad de crímenes registrados en ella cada año.

Fernando Churio, con su vista, recorría las líneas de la contraportada de la novela: El Otoño del Patriarca, de Gabriel García Márquez, premio nobel de literatura de 1982. Su mirada se concentró en dos frases: «la soledad del poder», situación vivida en prisión, acompañada de la «angustia de morir» por las balas de las pistolas de los delincuentes en ese mundo oscuro y criminal.

En el silencio de la noche, Fernando escuchó unos pasos acercándose a su habitación, se levantó y abrió la puerta: era Wiliam, caminando en dirección al altar donde tenía a la virgen de los sicarios. Aprovechó y lo detuvo para solicitarle un favor:

—Ve a la cocina y pide para mí una ración de torta de chocolate con helado de mantecado.

Wiliam salió disparado hacia la cocina. Entró sin mucho protocolo y encontró a Dilcia terminando de limpiar la loza utilizada en la cena y a Julay acomodando los gabinetes de la cocina. Las mujeres, cuando vieron entrar a Chupeta, lo miraron y esperaron por la orden:

—El patrón pide que le lleven tolta de chocolate con helado de mantecado.

El sicario dio la media vuelta y con la misma velocidad que entró, salió. Las dos mujeres se vieron la cara y procedieron a cumplir la orden. Sin embargo, Dilcia miró a Julay y la dejó paralizada en el sitio. No se movió por unos segundos y solo atinó a decir:

—Ahora ustedes hablan en clave, porque cuando Fernando pide torta de chocolate con una bolita de mantecado, eres tú la que debe llevarlo y me imagino que la entrega es en la habitación, porque Wiliam no mencionó lugar. Espero que en esta oportunidad tengan mejor imaginación, porque la vez pasada implantaron un record de rapidez.

Dilcia la escuchaba y no decía nada. Pero le provocaba agarrarla por los cabellos y arrastrarla por todo el pasillo donde quedaban las habitaciones de los prófugos, que tenía treinta metros de longitud.

La exgerente del banco salió con el pedido en una bandeja y moviendo la cabeza de un lado a otro, como reprochándose la equivocación tan grande cometida al recomendar a Julay para que fuese su compañera en estas labores de atender al grupo de expresidiarios. Lo hizo porque sabía que ella no tenía trabajo, al haber sido retirada del banco intervenido. Pero no conocía la calidad de persona de la amiga, pues el comportamiento demostrado era de una mujer difícil. Recordó las palabras de su abuela: «Uno no conoce a las personas hasta no vivir debajo del mismo techo».

Dilcia llegó a la habitación y, antes de tocar la puerta, cambió la expresión que traía en la cara, porque no quería llevar los problemas de la cocina al cuarto del jefe. Fernando esperaba el pedido, sintió a alguien en la entrada y dio instrucciones para hacerla pasar. Cuando ingresó, la cara del jefe se iluminó. Tenía muchas ganas de volver a verla a solas, porque el día había sido muy tenso mientras esperaba por la ubicación de José Quilarque y sabía que una conversación con ella lo relajaría. La exbanquera colocó la bandeja en el mismo lugar de la última vez y le sirvió lo solicitado. Esperó que le autorizara a retirarse. Sin embargo, las instrucciones fueron otras:

—Dilcia, toma asiento, me gustaría conversar un rato contigo. Estos días han estado llenos de tensiones y van a seguir así.

Ella buscó dónde ubicarse y notó que el único lugar disponible era la poltrona del escritorio, una silla muy elegante. Él saboreó el pastel de chocolate y el helado, y le comentó:

—Tenía hambre, porque cené muy temprano y poco, todo por estar esperando una información muy importante para mí y mis negocios.

El jefe notó que Dilcia no pasaba por un buen momento y preguntó:

— ¿Qué te pasa?, te veo contrariada.

Dilcia pensó y trató de esconder los enfrentamientos de los últimos días con Julay. Pero no había podido borrar de su cara los problemas, de modo que le contó al señor Fernando lo sucedido, para evitar malas interpretaciones:

—No es nada importante, mi compañera de servicio, la señorita Julay, se pone sumamente celosa cuando lo atiendo a usted a solas. Eso ha originado fuertes discrepancias entre nosotras que ponen el ambiente de la cocina tenso.

Fernando se quedó intranquilo y luego comentó:

—No te preocupes, eso lo voy arreglar pronto. Pero te recomiendo que cuando suceda algo y te pongas tensa, busques hacer cualquier cosa diferente y relajarte. Cuando a mí me pasa algo parecido, me retiro a la habitación, tomo un block y un creyón, y me pongo a dibujar, porque es mi hobby predilecto desde hace muchos años. Eso me desconecta del problema. Por eso puedes ver en mi escritorio varios bocetos de los cerros vecinos.

Julay se quedó sola en la cocina, preparó un plato con torta de chocolate y helado de mantecado, lo colocó en una bandeja y salió en dirección a la oficina donde trabajaba Antonio. Pasó y se sentó al lado del cracker, quien se hallaba sumergido en el trabajo. Él no se había enterado de la compañía. Ella, para llamar la atención, ubicó la bandeja al lado del teclado. En ese momento, Cerro Prendido salió de la concentración en el mundo de los sistemas electrónicos. Se quitó los audífonos, tomó el plato y se alegró con el presente. Ella lo miró y le comentó:

— ¿No vas a decir nada?

El muchacho comenzó a comerse el pastel, le pidió tiempo con la mano y después de pasar un poco de la torta y helado, le respondió:

—Buenísima esta combinación. Está como tú.

A Julay le agradó la respuesta. Pero no por la torta, sino por la insinuación que le había hecho. Antonio le abrió de nuevo la puerta para entrar. Ella miró la pantalla de la computadora y, de reojo, el reloj colgado al lado. Marcaba las nueve de la noche y pensó: «Todo está en calma y la estúpida de Dilcia viviendo un momento romántico con Fernando». Cambió la cara y le salió una sonrisa lujuriosa, los labios se le humedecieron al rosarlos con la punta de la lengua. Antonio tenía una deuda con la chica desde la última visita a la oficina. Se levantó, la agarró por la cintura, y la joven se acomodó a su cuerpo, buscando acoplar ambas caderas. En cuestión de segundos, los dos quedaron sin ropa en el piso. Ella, más excitada de lo normal, no dejaba de comentar lo que hacían. En ese momento, su enemiga pasó por el frente de la oficina y, como la puerta se encontraba abierta, se asomó. Le llamó la atención las palabras saliendo desde el interior salón y los vio a los dos. No dijo nada y siguió hacia la cocina.

Capítulo X

Identificación de José Quilarque

El sábado, a horas muy tempranas, se sentía el movimiento en la quinta de Caraballeda. El primero en levantarse fue Fernando Churio, quien caminó en dirección a la piscina para esperar al resto del grupo que lo acompañaría a la capital. El primero en llegar fue Carlos Millán y más atrás se incorporó Wiliam Muñoz. Se saludaron, tomaron asiento alrededor de la mesa, y el patrón habló:

—Chupeta, ve a la cocina y avisa que vamos a tomar el desayuno aquí, más temprano de lo normal.

El muchacho salió a trasmitir la orden. Luego, Fernando miró a Carlos y le comentó:

—Quisiera hablar con Luis Peraza.

Su jefe de seguridad sacó el celular y marcó. En cuestión de segundos, El Galán apareció en la línea y Carlos habló:

—Buenos días, Luis, el señor Fernando te quiere hablar.

—Hola, espero que te encuentres bien. Estamos saliendo para Caracas a más tardar a las nueve y media de la mañana, voy a buscar a José Quilarque para mostrárselo a Wiliam. Me gustaría que estés pendiente de nosotros, por si necesitamos ayuda. Recuerda, no he visitado la capital desde hace catorce años.

Luis respondió:

—No se preocupe, jefe, estaremos atentos a todo el movimiento en Caracas, tengo hombres en motos y camionetas negras. Ya me comunicaré con Antonio para mantenerme informado del recorrido por la ciudad.

Fernando hizo otra solicitud:

—Te agradezco que me ayudes a resolver un *impasse* surgido entre Dilcia y Julay. Deben estar incómodas y cansadas, no han salido de aquí desde nuestra llegada a Caraballeda.

La respuesta fue categórica:

—Eso lo resuelvo ya.

Fernando cerró el celular y se lo pasó a Carlos. A la reunión se incorporaron Antonio Hernández y Gustavo Tovar. El grupo entonces estaba completo. El jefe se dirigió al cracker:

—Te va a llamar Luis Peraza, porque quiere estar enterado del recorrido por la ciudad de Caracas y va a prestar apoyo con su gente, en caso de necesitarlo, así que debe estar muy cerca de nosotros.

Antonio contestó:

—Ya lo hizo. Le prometí tenerlo al tanto de todos los movimientos de hoy, para eso cuento con la ayuda de Gustavo, que se ha entrenado con el uso del GPS.

Luego, Fernando miró a Carlos y él no esperó la pregunta, para responderle:

—Todo está listo jefe, cuando usted decida nos vamos.

Carlos vestía con la braga azul de la empresa telefónica y guindado al cuello tenía el portacredenciales rojo. Wiliam también estaba vestido. Solo faltaba Fernando por ponerse el uniforme.

Dilcia y Julay se presentaron con el desayuno y todos comenzaron a comer.

José Quilarque se levantó temprano y descansado, porque tuvo un sueño reparador. Tomó una buena ducha y preparó un desayuno muy americano: dos huevos pasados por agua hervida durante tres minutos, una tostada de pan con mantequilla y mermelada de naranja, y un café con leche. Luego comenzó a prepararse para el encuentro con su amigo Temístocles. Terminado el desayuno, colocó la laptop en la mesa del comedor para ver las noticias del día. En la primera página del El Nacional y en letras grandes leyó: «Hallaron 1,2 millones de litros de leche dañada en La Guaira». En letras pequeñas, más abajo: «En Machiques y Puerto Cabello también encontraron comida descompuesta».

A José, ese primer encuentro con la noticia lo puso a pensar, pues ésta era común en los periódicos venezolanos y tal vez, en un futuro no muy lejano, la comida podría escasear. Luego, miró más abajo y vio la foto de una oficina destruida, convertida en escombros y, al lado, en un recuadro, la reseña en letras blancas con fondo negro: «La violencia no cesa en UCV». En la parte superior de la página, apareció otra información que era inquietante para la población de la tercera edad: «Pensión de la vejez venezolana es inferior a la de los países europeos». Este dato era preocupante, pues estas asignaciones tendían a perder valor real con el tiempo y dejarían a los ancianos desprovistos de ingresos suficientes para la subsistencia, lo que los podría llevar a entrar en un círculo terrible de muerte en soledad, sin amigos ni familiares, por falta de alimentos y medicinas.

Se levantó para servirse un vaso de agua y cuando regresaba de la cocina escuchó sonar el timbre, caminó rápidamente hasta la mesa de noche, tomó la pistola, se acercó a la puerta y vio por el ojo mágico. Eran Mauricio y Alexis. Miró el reloj y vio que marcaba las diez y catorce minutos de la mañana. Abrió, se saludaron con un fuerte apretón de manos, los mandó a entrar y comentó:

—Pasé una buena noche y trataba de leer los periódicos venezolanos, me impresionó la cantidad de comida dañada que reportan.

Mauricio cargaba el periódico en la mano y había visto la misma noticia, y le indicó:

—Eso lo informan todos los días, la cantidad de alimentos perdidos en los puertos. Hace poco encontraron comida descompuesta en contenedores localizados en la Guaira y Puerto Cabello, y se desconoce la cantidad. Eso se ha convertido en un desagüe de dólares y, lo peor, han comprado suministros que ya vienen dañados. Eso es corrupción.

José Quilarque se quedó pensativo, no quiso continuar hablando del tema y pidió permiso para retirarse. Pasó al dormitorio, tomó el celular y lo encendió. Puso la pistola en la funda y la colgó en la cintura.

—Estoy listo. Pero es muy temprano para salir hacia Tarzilandia.

Mauricio miró el reloj. Faltaba un cuarto para las once y comentó:

—Jefe, si quiere nos vamos, porque desde aquí hasta Tarzilandia no es nada lejos y si llegamos antes que el coronel Temístocles lo esperamos en el bar. Una cerveza bien fría nos cae de maravilla.

A las once de la mañana, Fernando se montaba en el distribuidor de Altamira, en dirección a la Plaza Francia. En ese momento recibió una llamada del cracker avisándole que José Quilarque se localizaba en los Palos Grandes y se movía en la avenida San Juan Bosco. De inmediato, le informó a Carlos para seguirlo.

Antonio también llamó a Luis Peraza al celular y le trasmitió la información. El Galán procedió entonces a avisarle al grupo, formado por diez hombres en dos camionetas y tres motos, que debían dirigirse hacia esa dirección, pero con la orden muy precisa de no intervenir en nada si no se les daban instrucciones.

Desde la quinta de Caraballeda, Antonio y Gustavo monitoreaban los vehículos. El lugar se había convertido en la sala situacional de seguimiento. Veían cómo se movía la camioneta de José Quilarque a través del mapa del sistema de GPS. El cracker, muy pendiente, observó cómo cruzaron la avenida Antonio José Istúriz y le informó a Fernando. A los pocos minutos pasaron por la Novena Trasversal y siguieron al norte. Cuando Antonio habló con Luis Peraza, él le respondió enseguida que iban en dirección al restaurante

Tarzilandia. Cerro Prendido se lo comunicó al jefe, quien repitió la dirección en voz alta, para que Carlos escuchara:

—El restaurante Tarzilandia lo conozco, está al final de esta avenida, con la Décima Transversal.

Fernando le preguntó a Carlos:

— ¿Escuchaste Rambo?

Y él aseguró:

—Sí, yo también conozco el lugar.

Fernando le ordenó:

— ¡Acelera! Para llegar antes y estacionar la camioneta cerca del restaurante, en la acera del frente, en dirección hacia el este de la ciudad, así lo veremos de frente cuando se baje del vehículo.

Ni José Quilarque ni su gente notaron la camioneta de la empresa telefónica que los adelantó. En ella iba Fernando Churio con su grupo, quienes tampoco sabían que en el vehículo rebasado se desplazaba el personaje buscado.

Carlos se estacionó y Fernando miraba con cuidado los carros detenidos frente al restaurante y a la gente cuando se bajaba. Movía la cabeza de un lado al otro en señal de que no encontraba a la persona buscada. Ese mediodía la calle estaba concurrida, por ser fin de semana. Los caraqueños aprovechaban para subir a Sabana Nieves a caminar y hacer ejercicios. Otras, para estar en contacto con la naturaleza. El tiempo pasaba y el patrón se comenzó a poner nervioso, pensó en un error. Agarró el celular y llamó al cracker, para preguntar por la camioneta, porque no aparecía y la respuesta fue:

—Jefe, se está estacionando frente al restaurante.

Alexis se aproximó al Tarzilandia y se paró en toda la entrada. Se bajaron José Quilarque y Mauricio y luego él. Fernando se encontraba cerca del lugar y pudo ver muy claro al archienemigo, se lo enseñó a Wiliam y le comentó:

—Míralo muy bien, es el más bajito, de lentes, con poco pelo blanco y con los bigotes finos. No te puedes confundir, es el más viejo de los tres. Además, fíjate en la camioneta negra y la marca, es un Jeep.

Por su parte, Carlos tomó fotos con el celular sin parar, hasta que los tres entraron al restaurante.

Fernando se quedó de una sola pieza. El corazón palpitaba más rápido de lo normal, acelerado por haber visto a José Quilarque. Había pasado mucho tiempo desde su detención en el aeropuerto de la Chinita de Maracaibo en 1994. Lo único que pudo comentar fue:

— ¿Wiliam, lo viste bien?, ¿Te quedaron grabadas en el cerebro la cara de José Quilarque y la camioneta? Ese debe ser el vehículo que le asignaron. No se te ocurra dispararle cuando esté adentro, porque no vas a poder hacerle nada: ese jeep debe tener un blindaje alto.

El sicario fue claro:

—Sí, patrón, esa cara no se me borrará de mi mente nunca. Si quiele voy y lo quiebro ahí mismo.

Fernando le recordó:

—Vamos a continuar con nuestro plan. El lugar está muy concurrido y plagado de policías alrededor, siempre ha sido así, desde que yo venía a comer aquí. Muy cerca se encuentra un destacamento de la Guardia Nacional.

Fernando le dio instrucciones a Carlos:

—Regresemos a Caraballeda, por hoy hemos cumplido con lo planeado y lo más importante es que sabemos que el hombre está en Venezuela y nadie nos puede echar cuentos, lo vi con mis propios ojos.

Fernando tomó el celular y llamó a Antonio:

—Gracias, mi cracker, todo salió de acuerdo a lo calculado. Tómate el resto del día de descanso, ya vamos para la casa.

Luego, le repicó a Luis:

—Gracias a ti y a tu gente por estar con nosotros, esa presencia fue de mucha ayuda y sentí al grupo cuidándome las espaldas. Dale, de mi parte, un buen bono por el trabajo de hoy. Nos vemos mañana a las doce del día en Caraballeda.

Luis, antes de despedirse, le comentó:

—El caso de las chicas se resolvió y le pedí a Julay que se tomara un par de días de descanso, puede estar muy estresada por el encierro. Además, mi gente los va a escoltar hasta que lleguen a la Guaira. Nos vemos mañana. Mis saludos.

En el restaurante, José Quilarque y su grupo esperaban al coronel, pero no en el bar. Quilarque buscó una mesa alejada, detrás del lugar utilizado para hacer las recepciones en Tarzilandia. Pidieron cuatro cervezas bien frías, porque Temístocles no tardaría: sólo faltaban cinco minutos para las doce del mediodía y el hombre era muy puntual. El mesonero se presentó con el pedido y los vasos.

Cuando fue a servir, apareció el invitado. Todos se levantaron y José presentó al coronel a los dos asistentes. No se conocían aunque pertenecían al mismo medio desde hacía años. El más joven era Alexis y fácilmente tenía una década trabajando allí. El invitado habló:

—José, ¿cómo te sientes?

Quilarque respondió:

—Bien…, muy bien. Feliz de regresar a mi país: el sol de navidad me dio la bienvenida. Definitivamente, este clima es diferente al de los otros lugares donde he pasado estas fechas. En San Francisco está haciendo frío. Para vencerlo y mantenerse caliente por dentro se debe tomar whisky y usar la calefacción para mantener el ambiente a una temperatura soportable.

Quilarque realmente lucía como él decía: ¡feliz!

El coronel aprovechó para brindar por la llegada del amigo a Venezuela y su lucha por una causa justa, como era la de regresar a la cárcel al prófugo Fernando Churio. Además, preguntó:

— ¿Cómo ha estado la mañana?

—Muy bien, descansé y rápidamente me ajusté al horario. Aquí estoy, listo para empezar el trabajo, que no es fácil.

Llegó el mesonero con la libreta en la mano para tomar el pedido.

El coronel miró a José para darle la oportunidad de decidir por ser el visitante, además, le recordó lo ofrecido cuando se vieron en el exterior y así se lo hizo saber:

—José, elige, porque tú eres mi invitado hoy.

Quilarque lo miró y entendió que Temístocles quería dejar eso claro desde el inicio del almuerzo. Se inclinó por lo que siempre comía cuando iba a Tarzilandia:

—Para mí, punta trasera. Este corte es maravilloso y difícil de conseguir en el norte.

El coronel esperó por la decisión de Mauricio y Alexis. Mauricio se inclinó por el pedido de su amigo:

—Para nosotros, lo mismo.

Temístocles, pensando igual al grupo añadió:

—Yo me inclino por la punta. Tráela para tres, de ahí comemos los cuatros. Agrega un servicio de chorizos carupaneros y otro de morcillas y chistorras, ambas de la Montserratina, que son muy buenas.

El mesonero le hizo una propuesta:

—Recomiendo la punta argentina, está muy buena.

El coronel no le hizo caso a la sugerencia y comentó:

—No, trae la nuestra, es gustosa.

El mesonero tomaba nota y antes de marcharse preguntó:

—¿Les agradarían unas raciones de yuca, queso de mano, tajadas y nata?

Temístocles contestó:

—Sí, tráete una porción de cada uno y, además, una ensalada de la casa y una botella de vino tinto. Si tienes de Rioja, te lo agradezco.

José Quilarque dejó escapar una sonrisa, que le alumbró la cara y comentó:

—Esto es lo bueno de este país: que no hay hambre. Con esto voy hacer dieta hasta el lunes.

Terminaron de tomarse la cerveza y apareció el mesonero sirviendo el vino, casi acabó con la botella. Miró a Temístocles para ver si pedía otra y él con la mano le indicó que esperara. Brindó otra vez por la amistad y los viejos tiempos como investigadores. Quilarque le hizo una petición al coronel:

—Quiero hacer contacto con alguien de la inteligencia en la embajada de los Estados Unidos en Venezuela. Cuando trabajaba como gerente de seguridad del Banco Central tenía muy buenas relaciones con ellos, pero ahora perdí todos los contactos. Debe haber gente de nuestro campo ahí.

Al coronel la cara le cambió. Se puso serio, arrugó el entrecejo y fue directo:

— ¿Qué quieres tratar con ellos?

Quilarque entendió que el coronel se había ido por el lado político que él no había querido tocar, para no herir sensibilidades, y fue muy claro:

—Recuerda: estamos buscando a un falsificador cuya preferencia son los billetes americanos. Cuando eso pasa, los gringos ponen a funcionar los servicios de inteligencia. Quiero saber si tienen algo en los archivos que nos pueda ayudar a atrapar a Fernando Churio. Sería un buen apoyo para nosotros. Estoy seguro de que conocen de la fuga y la deben estar investigando.

El coronel se relajó un poco cuando escuchó la explicación de Quilarque y fue sincero:

—Nosotros estamos distanciados de los gringos y ellos no tienen embajador en Venezuela. Como soy un empleado al servicio de una entidad del Estado, si hago contactos con ellos se vería muy mal.

El grupo se quedó en silencio, José había tocado una tecla equivocada sin saber lo difícil de la situación con la embajada. Aprovechó para dejar clara su posición:

—Lo lamento, Temístocles, no sabía hasta dónde se había agriado la situación. Pero a título personal voy a solicitar una entrevista con el jefe de seguridad de la embajada. Recuerda que soy asesor para el Servicio Secreto de los Estados Unidos, en el área específica de la falsificación de billetes, y tratándose de un prófugo como Fernando, involucrado en ese delito aquí, es mi obligación, por mi cargo, ponerme en contacto con ellos.

El coronel escuchaba con detenimiento la explicación de Quilarque y le comentó:

—José, estás en todo tu derecho de hacer lo que más te convenga, porque nos beneficiamos todos. Reconozco que la embajada americana ha sido siempre una fuente importante de información para las investigaciones, y en este caso específico, donde tocan sus intereses, deben estar siguiendo la pista a la fuga de Fernando y sus relaciones fuera de la cárcel. Han pasado dos semanas y no se conoce el paradero del hombre. Pero, por razones políticas, tengo que permanecer al margen.

En ese momento, entraron tres mesoneros con la comida del grupo. Todo se veía apetitoso.

Quilarque y Temístocles dejaron de lado la conversación, pero quedó clara la posición de cada uno. Ambos sabían que esta situación era muy común entre los países con ideologías opuestas: existía la colaboración entre los técnicos cuando el enemigo era común.

Quilarque se quedó mirando cómo rebanaban la carne: el desplazamiento del cuchillo parecía actuar sobre una barra de mantequilla, pues se deslizaba con facilidad. Eso daba a entender lo blandita de la pieza. Quilarque esperaba que tuviera el gusto característico de las puntas traseras criollas, muy diferentes a las argentinas, y con un precio mucho más económico.

El almuerzo llegó a su fin y el grupo se retiró del restaurante. Quilarque se despidió de Temístocles con un fuerte abrazo, para ratificarle su amistad. Pero antes de salir, el coronel dio unos pasos al lado con José, alejándose de los asistentes del invitado, y le preguntó:

— ¿Estos hombres son de tu entera confianza?

A Quilarque le extrañó la pregunta y respondió:

—Sí, he trabajo con el comisario en varias oportunidades. Al que no conozco bien es Alexis, pero es de confianza de Mauricio. ¿Por qué me haces esa pregunta?

El Coronel se quedó en silencio y luego le dio su parecer:

—Alexis me da un mal *filin*. Recuerda, he trabajado toda mi carrera en inteligencia. Pero sólo te lo quería comentar. Si no me pones inconvenientes, voy a grabar sus conversaciones telefónicas.

Quilarque se quedó pensativo y luego reaccionó:

—Procede, no tengo ningún problema, espero que esté limpio.

Se montó en la camioneta y antes de que Alexis arrancara, le comentó:

—El lunes te llamo para que hablemos. Mañana domingo voy a descansar.

Alexis tomó la dirección hacia el apartamento donde José se quedaba, en los Palos Grandes, entre La Primera Avenida y Tercera Transversal. Cuando llegaron, entraron al estacionamiento. Quilarque los invitó a pasar y a tomar un licor con él, porque tenía que comentar algo:

—El almuerzo estuvo maravilloso: ¡cómo extraño nuestra comida! Me hacen falta estos momentos en el norte. Pero no los invité para hablar de comida. Cuando ustedes salgan, voy a ponerme en contacto con mi jefe en el norte para buscar una entrevista con algún funcionario de inteligencia de la embajada. Si las cosas salen como lo estoy pensando, vamos el lunes bien temprano con los americanos.

Quilarque había traído un coñac del viaje, abrió la botella, sirvió tres copas pequeñas y bebieron. Tomó la palabra:

—No sabía la situación tan compleja de Venezuela con los americanos. Que los técnicos tampoco se hablen es algo nuevo para mí. Tendré más cuidado en mis conversaciones.

El que intervino fue Mauricio:

—Yo conocía la situación, porque a nosotros también nos han pedido, en el cuerpo donde trabajo, no tener relación con los gringos. Pero no pensé lo mismo con el coronel. De lo contrario, se lo hubiera aclarado. También, puede ser, uno nunca sabe, que Temístocles esté jugando para los dos bandos. En este mundo hay de todo, en especial en los militares de inteligencia, que tienen mucha información encaletada de los jerarcas del gobierno.

Quilarque se quedó pensando: en poco tiempo habían salido varias cosas al tapete, incluyendo lo de Alexis, y comentó:

—No creo lo de Temístocles, más bien puede estar presionado por el sistema, pues lo deben tener vigilado y si lo ven conmigo en la embajada van a pensar que anda buscando cómo llegar a un entendimiento con los gringos para marcharse a los Estados Unidos. En fin, este tema da mucho de qué hablar. Pasen por mí mañana a la diez, quisiera bajar a La Guaira a tomar el sol y comer pescado frito.

Capítulo XI

Visita a la playa

El domingo, a las diez de mañana, en el apartamento de José Quilarque aparecieron los dos asistentes, como habían acordado. Él los esperaba y salieron rumbo a la Guaira. Se montaron en la autopista y no encontraron tráfico. En veinte minutos entraban al estado Vargas. Alexis preguntó:

—Jefe, ¿hacia dónde nos dirigimos?

José Quilarque miró por el vidrio para ver el estado del tiempo y pensó: «es típico de diciembre, un sol brillante, pero que no quema y con poca probabilidad de lluvia», y decidió:

—Vamos al restaurante El Rey del Pescado Frito, queda en la vía hacia Naiguatá. Es uno de mis preferidos y está frente al mar Caribe. Ahí vamos a conseguir cerveza bien fría, vestida como novia de pueblo, una expresión muy popular. Y no hablemos del pargo, que les queda crujiente, acompañado de unos tostones. Eso hace valer el viaje. Además, sobrevivió al deslave de 1.999 y los dueños han mantenido la calidad por el más de medio siglo que tiene de existencia.

Mauricio escuchaba la conversación, e intervino:

—Muchos caraqueños visitan El Rey del Pescado Frito. He traído a mis amigos a este restaurante y, en otras oportunidades, los he llevado al Pobre Juan, donde siempre tienen un Corocoro frito muy bueno, lo único tormentoso son las espinas y uno debe estar atento cuando lo come.

Alexis, que seguía la conversación, aceleró la camioneta en dirección al bulevar de Naiguatá, donde se encontraban los restaurantes y comentó:

—Esta conversación alborotó mi apetito. Espero llegar pronto para disfrutar de una cerveza bien fría y de un pescado como el que describieron.

El paseo para José era magnífico, disfrutaba recorrer la costa del mar Caribe a las once de la mañana y sentía un placer indescriptible, porque veía conjugarse el sol maravilloso de la navidad con una playa de color azul cielo y una montaña que regalaba el verde de la vegetación y se convertía en una alfombra bordada por la naturaleza. El recorrido continuó mientras Quilarque observaba los cambios ofrecidos por el paisaje, hasta que apareció el restaurante. Estacionaron la camioneta, bajaron, caminaron hasta la barra y pidieron tres cervezas bien frías, como lo habían pensado. Se acercaron hasta la playa y se tropezaron con la maravilla del mar estrellándose con fuerza contra los rompeolas que servían de defensa al restaurante y gracias a los cuales el agua salpicaba hasta llegar a los visitantes, para darles la bienvenida. Se sentaron a disfrutar la bebida. El silencio apareció y vieron la inmensidad de la masa de agua y su bravura al expulsar espuma blanca de las entrañas, como un Miura en plena faena en una tarde de toros en la plaza monumental de Las Ventas, en Madrid.

Alexis los sacó de esa tranquilidad, al exclamar:

— ¡Debemos acercarnos al comedor!

Esa palabra avivó a sus compañeros, que permanecían encantados viendo el inmenso mar, perdido en un horizonte infinito donde el agua y el cielo se encontraban y se confundían en un azul suave. Quilarque disfrutaba el momento, miró al colega con cara de felicidad, por el placer proporcionado por el espectáculo y le comentó:

—Alexis, no he venido de tan lejos para tomarme una sola cerveza. Pide otra y luego almorzamos. Pero déjame disfrutar de esta tranquilidad que es difícil encontrar en nuestro trabajo.

El agente entendió las palabras de Quilarque, se acercó de nuevo al bar y solicitó tres cervezas bien frías, como las anteriores.

Una vez finalizada la segunda ronda, se acercaron a la mesa para almorzar y los tres pidieron lo mismo: pargo frito con tostones y ensalada rayada, que era el plato del día. José, al retirarse el mesonero, aprovechó para comentar:

—Hablé anoche con mi jefe en el Norte para visitar la embajada americana y me pusieron en contacto con el encargado de seguridad. Tengo cita mañana a las once. Eso me permitirá hablar del caso de Fernando Churio. Deben tener información en los archivos, porque el hombre está metido en la falsificación de dólares americanos y de otros documentos de valor. El tipo se las trae, no es cuento de camino, es una realidad. Además, es un gran planificador y siempre se queda en la oscuridad para evitar caer preso. Al final de esta investigación, vamos a tener que ir a buscarlo a su escondite si lo queremos detener. Mañana, por favor, pasen por mí a la diez.

El mesonero llegó y el grupo se quedó en silencio. Las miradas se enfocaron en la bandeja donde venía el pedido. Los pescados eran grandes y se salían de los platos. A cada uno le pusieron alrededor los entornos. Todos se dedicaron a saborear el pargo, que venía crujiente, y los tostones, plato muy venezolano, aunque los vecinos colombianos de la costa también los tienen en su menú. Al final, sólo quedaron los espinazos, como recuerdo de un buen almuerzo. Se levantaron y tomaron la vía para regresar a la capital antes de convertirse en esclavos de las colas, formadas a partir de las tres de la tarde por el regreso a Caracas de los visitantes de las playas del litoral.

Ese mismo día, a las doce, llegaba a la quinta de Caraballeda Luis Peraza a reunirse con Fernando Churio, muy cerca de donde se encontraba José Quilarque con su gente pasando un día de playa. El recibimiento de parte del jefe fue agradable. Se veía relajado después de haber vuelto a ver a su enemigo, a quien sólo podía recordar por su último encuentro, cuando le puso las esposas y lo mandó a la cárcel. Había esperado a Luis en el porche de la casa y caminaron juntos hasta la piscina. A la visita se unieron Wiliam y Antonio, quien se había tomado el fin semana libre. El barman se acercó para ofrecerles algo. El que intervino fue Fernando:

—Por favor, tráete una botella de whisky, vasos, hielo y dile a la señora Carmen que nos envíe unos pasapalos con Dilcia.

El barman se retiró y Fernando aprovechó para comenzar la reunión, sin muchos preámbulos, porque tenía una agenda larga:

—El martes es el día. Wiliam va a liquidar a José Quilarque y no debemos esperar para proceder.

Entonces se incorporaron los dos que faltaban: Carlos y Gustavo. El barman se aproximó, sirvió los tragos y se marchó. Fernando continuó con la explicación:

—Carlos llevará a Wiliam en la camioneta hasta el lugar donde tú le entregarás la moto y luego Chupeta recogerá en el Valle al amigo que le va a manejar. Una vez finalizado el trabajo, regresan. Para el mediodía deben estar aquí y de esa forma terminamos con la primera parte de mi plan.

A Luis le parecía que todo iba muy rápido. Pero ése era Fernando: para él, las cosas debían marchar de acuerdo a sus deseos. El Galán se quedó pensando cómo entraba su persona en esta parte del plan y preguntó:

— ¿Wiliam, dónde quieres recibir la moto?

El muchacho le indicó:

—En el centro comelcial del Valle, que está en la avenida Intelcomunal, al lado de la iglesia. Hay mucha gente y eso es bueno, polque pasamos desapelcibidos. A eso de las nueve de la mañana.

Fernando miró al sicario e indagó:

— ¿Ya tienes al conductor de la moto?

Wiliam movió la cara afirmativamente:

—Sí, patrón. Es un panita mío y no me fallalá.

Fernando se quedó pensando cuando escuchó que era muy amigo y le volvió aclarar:

—Recuerda, no quiero testigos en este trabajo.

El sicario mostró una insipiente risa en la cara y comentó:

—No se pleocupe, patrón. Yo le di la palabra y la cumplo. En este negocio no hay amigos.

Luego intervino Carlos:

—Yo llevo a Wiliam al Valle y después lo recojo en el barrio Chapellin, en la Florida, una vez finalizado el trabajo.

Luis Peraza escuchaba toda la planificación del atentado y sugirió:

—Puedo poner un motorizado como el tercer hombre, para que, si necesitan ayuda, cuide la retirada de Wiliam, y lo escolte hasta el barrio Chapellin.

Fernando atendía la sugerencia de El Galán, y habló:

—Gracias, Luis. Pero como dije, no quiero testigos en este trabajo. Carlos debe hacer ese papel: estar cerca del lugar de los acontecimientos y luego, esperarlo en el barrio Chapellin, una vez eliminado José Quilarque.

Luis Peraza movió la cabeza aprobando la decisión del jefe y no dijo más nada. Fernando siguió hablando, era su día:

—Además, Antonio estará siguiendo los acontecimientos por teléfono con Carlos y no perderá detalle del evento. Él se encargará de tenerme informado.

El grupo se quedó en silencio y aprovecharon para tomarse otro trago. Dilcia llegó con una bandeja de pasapalos y la colocó en la mesa. Todos se miraron esperando por Fernando y él estiró los brazos para dar la señal de comenzar a disfrutar lo servido.

El jefe aprovechó y se levantó con intención de caminar alrededor de la piscina y llamó a Luis Peraza. Ambos se alejaron en la dirección hacia donde estaban las camionetas escondidas. Antes de llegar al pequeño bosque, se detuvieron y Fernando comentó:

—Luis, tenemos dos semanas aquí y debemos hablar de nuestros negocios, porque una vez finalizado este plan, me voy a residenciar, por unos meses, en la costa de Colombia, para despistar a la policía venezolana y que no sigan buscándome en el país.

Fernando miró hacia la cordillera y se quedó en silencio. Luego, volvió hablar:

— ¿Cómo va la impresión de los billetes de cincuenta y veinte dólares americanos?

Luis le respondió:

—Bien, muy bien. Pronto llegarán las nuevas remesas. Además, todavía nos quedan de diez y cincuenta. El equipo encargado de la distribución ha comentado que el mercado está tomando todo, porque los venezolanos están ávidos de los billetes verdes, pues tienen proyecciones del deterioro de la economía y quieren cubrir sus ahorros.

A Fernando le pareció bien la respuesta de Luis e intervino:

—Debemos mejorar todo el mecanismo, tanto de impresión como de distribución. Venezuela va de mal en peor. Con el deterioro proyectado de la economía para los próximos años, los dólares del gobierno van a ir disminuyendo en el país y nosotros entraremos con mayor fuerza. No podemos perder tiempo en esta coyuntura negativa, porque no sé hasta cuándo dure.

Luis movía la cabeza lentamente de arriba hacia abajo, aprobando la explicación del patrón, pues sus predicciones eran correctas, y comentó:

—La distribución está en todos los estados, en los aeropuertos y en los centros comerciales. Esto nos ha permitido llegar a todos los niveles.

Fernando aprobó el trabajo del personal encargado de la distribución de los dólares falsos. Sin embargo, quiso ser todavía más ingenioso y comentó:

—No te olvides de eliminar a la competencia a como dé lugar, para ampliar el mercado e imponer el precio del dólar. Además, puedes crear una página Web que anuncie el tipo de cambio y compita con DólarToday. Debemos declararle la guerra. Estamos entrando en otro nivel y tenemos que colocar más billetes.

A Luis le parecía que el jefe pretendía ir muy lejos con el dólar y le comentó:

—Fernando, ¿tienes alguna información diferente a la mía, para proyectar el mercado del dólar falso de esa manera?

Fernando se quedó en silencio y luego de unos segundos de meditar, su respuesta fue:

—Sí el comandante Chávez muere, otro militante del partido va a tomar las riendas de este país y será un fracaso, porque el chorro de dólares petroleros se está acabando y ellos no quieren cambiar el modelo económico utilizado hasta la fecha. Esto los va a llevar por un despeñadero, pues son fieles a los principios del caudillo. Eso va a golpear el bolívar, porque la inflación se va a disparar a niveles nunca vistos en el país y se incrementará el tipo de cambio con respecto al dólar. En una nación con un deterioro monetario, el refugio obligado de la población es la moneda americana y muchos la van a preferir en efectivo. Es ahí donde nosotros tenemos un nicho de crecimiento muy importante, porque a nadie se le ocurrirá chequear la calidad de los verdes y, si es buena, pasará fácil: como dice el refrán, «como Pedro por su casa».

Luis Peraza, después de escuchar al jefe, se quedó en silencio pensando y luego hizo un comentario:

—Si las proyecciones del deterioro económico del país son así de negativas, debemos pensar en cambiar las denominaciones de los billetes, y solicitar la impresión de mayor cantidad de cien dólares, porque eso nos reduciría significativamente el costo de producción.

Fernando escuchaba la explicación y le parecía razonable. Luis continuó:

—Además, abarataría el costo del trasporte, porque es más económico enviar una tonelada de billetes de cien que cinco de veinte, y en valor es lo mismo. Para nosotros es más fácil la distribución. Ese cambio mejoraría nuestras ganancias.

A Fernando esas modificaciones le parecían importantes. Además, contaban con su aprobación y se lo hizo saber:

—Procede con tu idea, eso nos beneficia a todos.

Regresaron a la reunión alrededor de la piscina y Fernando miró el reloj, marcaba las dos y media de la tarde. Aprovechó para solicitar otro whisky y habló:

—Luis, quédate a almorzar con nosotros, vamos a tener una parrilla al aire libre que van a hacer los muchachos. La tarde está de maravilla.

A El Galán le pareció bien y como no tenía compromisos accedió.

Wiliam aprovechó para recordarle:

—Luis, se te han olvidado las jevitas. Hoy es un día estupendo para estal con las chamas en la piscina.

A El Galán le hacía gracia la forma de hablar Wiliam y cómo acompañaba las palabras moviendo las manos y ladeando la cabeza para el lado izquierdo. Aprovechó para comprometerse con él:

—Te lo prometo: la próxima semana la piscina estará adornada de mujeres bellas.

Con tranquilidad llegó la noche a la mansión de Caraballeda. Luis Peraza se marchó y todos se recogieron en sus diferentes habitaciones. Solo una mujer caminaba por los pasillos y era Dilcia. Se dirigía al cuarto de Fernando Churio con una bandeja en la mano. Tocó la puerta y desde adentro escuchó una voz autorizando a pasar. Abrió y encontró al jefe leyendo una novela, que colocó de inmediato sobre la mesa. Ella hizo lo mismo con la bandeja, ubicándola en el escritorio. Él se levantó y recibió de la mano de Dilcia la torta favorita. Dispuso el plato sobre la novela, extendió el brazo para saludarla y aprovechó de traerla hasta su cuerpo, besándola. Ella, sin resistir, aceptó sus caricias, y él le preguntó:

— ¿Cómo te sientes?

Dilcia contestó:

—Bien, he pasado un par de días muy tranquila, sin la presencia de Julay, que se había puesto insoportable.

Fernando se quedó pensativo y quiso conocer más del comportamiento de la amiga y le comentó:

—Luis Peraza me comentó que Julay se encontraba muy estresada, por no haber podido salir de aquí en dos semanas.

Dilcia no coincidía con ese diagnóstico, pensaba diferente y se lo hizo saber a Fernando:

—Julay experimentó algo que yo no conocía, se trasformó cuando vio tantos hombres solos, jóvenes. No se podía contener. Quería tener relación con todos. Eso no lo entiendo y la pelea conmigo era porque deseaba atenderlo directamente a usted, con la única finalidad de atraerlo y tener relaciones, como lo hizo con Antonio y Wiliam.

Fernando se extrañó. Las palabras de Dilcia le hicieron cambiar la cara, pues eran lo menos que esperaba oír. No pensó que él fuese el causante del problema de las mujeres. Se quedó pensativo y quiso conocer más de la personalidad de Julay:

—Tú la recomendaste para este trabajo, por lo tanto deberías haber tenido un buen criterio de esta joven como persona.

Dilcia se quedó en silencio, pensando cómo responder. Esperó unos segundos, pues por ella esa diabla había conseguido el trabajo y en el fondo era su responsabilidad:

—La conocí en el banco y era una buena funcionaria. Es inteligente, tenía un trato excelente con los clientes y todos se expresaban bien con respecto a ella. Siempre llevaba una sonrisa en la cara. Pero la verdad es que yo no tenía idea de su comportamiento fuera de la institución. Esta situación de querer acostarse con cada hombre que se tropieza en los pasillos para mí es nueva. No sé hasta dónde puede llegar. Es la única respuesta que se me ocurre para esta situación.

Fernando se quedó en silencio y luego comentó:

—Espero que, cuando regrese tu amiga, haya cambiado su comportamiento.

Dilcia se quedó pensativa y luego habló:

—Julay no va a cambiar y ha dejado de ser mi amiga. Pero como tengo un compromiso con el señor Luis Peraza y ahora con usted, el trato con esa joven va a ser el exigido por el trabajo.

Fernando miró la cara de Dilcia y vio el cambio. Se notaba contrariada y quiso animarla.

—Los dos hemos tenido un buen día hoy y no lo vamos a echar a perder por cosas pequeñas, siéntate y conversemos, quiero pasar un rato agradable. Mañana ya veremos cómo nos trata el inicio de la semana.

Capítulo XII

Visita a la Embajada Americana

El lunes, a un cuarto para las once de la mañana, José Quilarque llegaba a la embajada ubicada en la Urbanización Valle Arriba. Alexis estacionó la camioneta en la entrada del edificio y José Quilarque le entregó el arma a Mauricio, se bajó, tomó el maletín y dijo:

—Esperen aquí, porque la reunión no debe tardar mucho. Ya regreso.

Caminó en dirección a la entrada del territorio americano, donde encontró una larga cola de personas esperando para sacar por primera vez la visa y otras para renovarla. José se acercó a uno de los facilitadores, encargados de organizar a las personas y se presentó:

—Mi nombre es José Quilarque y soy asesor del Servicio Secreto de los Estados Unidos. Tengo una entrevista con el señor John Smith, jefe de seguridad de la embajada.

El facilitador apuntó:

—Sí, lo están esperando. Sígame, lo voy a conducir hasta la entrada del edificio.

En la puerta, un asistente de John Smith se presentó a José para llevarlo con el jefe. Sin embargo, explicó que primero tenía que proceder con el protocolo de seguridad, el cual consistía en colocar el maletín sobre una banda rodante para deslizarlo a través del equipo de rayos X. Un funcionario veía atento el monitor y observaba el contenido. Luego, a Quilarque lo hicieron pasar por un arco de seguridad, una vez que lo cruzó, fue revisado y continuó hacia la recepción, donde una señorita le dio los buenos días y le pidió su identificación. Allí presentó las credenciales como asesor de Servicio Secreto de los Estados Unidos y el pasaporte. Ella pasó ambos documentos por una lectora electrónica y vio la pantalla. Le regaló una sonrisa, le regresó los documentos y le otorgó un pase de cortesía. El agente que lo acompañaba lo llevó entonces hasta el ascensor. Subieron tres pisos, salieron y caminaron por un pasillo con poco tráfico de personas, hasta llegar a una puerta de seguridad custodiada. Tocó y, una vez autorizado, pasó al interior, donde lo esperaba el jefe de seguridad. Era un funcionario alto, de pelo castaño, bien peinado, con una cara bronceada y los ojos de color azul. Tenía contextura fuerte, de una edad cercana a los cuarenta y cinco años. Lo saludó con un apretón de manos y lo invitó a sentarse en un juego de muebles de cuero marrón. La oficina era amplia y decorada al estilo americano. Se veía al fondo la bandera del país y por la ventana se podía apreciar la majestuosidad del cerro Ávila. Los colores verdes de las montañas cambiaban de acuerdo a la luz del sol recibida. El americano inició la conversación:

—Ayer me llamó, desde San Francisco, el señor Robert Johnson, quien tiene un cargo de alto nivel en el Servicio Secreto de los Estados Unidos, para una cita. Me habló muy bien de usted, lo estima mucho. Eso es importante, porque lo conozco y sé lo exigente que es para recomendar a una persona. Me adelantó su misión en el país y me pidió todo el apoyo logístico posible para lograrla.

A José Quilarque le agradaron las palabras de bienvenida de John. Eso permitía romper el hielo sentido antes de comenzar la reunión y fue directo a lo que venía:

—Conociendo a Robert, fue muy preciso al informarle sobre mi visita a Venezuela. Él me pidió que colaborara con ustedes porque el hombre buscado es un falsificador muy experimentado en los billetes americanos y no ha sido fácil encontrarlo. Debe tener un buen apoyo en la banda que lo ayudó a escapar de la cárcel y que le ha conseguido un escondite a prueba de toda sospecha. Los cuerpos de seguridad nacionales no saben de su paradero.

John se quedó pensativo. Tenía poco que aportar sobre la fuga de Fernando Churio, sin embargo, quiso exponer lo investigado hasta la fecha:

—Estamos tras una banda muy poderosa de falsificación de billetes americanos que tiene al mercado nacional inundado, pues cada vez aparecen más personas vendiendo a nivel de detallista y no hemos podido dar con el cerebro. Sabemos que desde las cárceles venezolanas se manejan muchos negocios turbios y he llegado a pensar que el jefe se encuentra dentro de una de esas prisiones. Como las relaciones se han enfriado entre Venezuela y los Estados Unidos, se hace muy difícil tener el apoyo de los cuerpos policiales y de investigación del país. Sin embargo, tenemos el conocimiento de que un hombre importante puede estar manejando la distribución. Lo apodan El Galán, pero no conocemos su nombre de pila. Ha sido difícil dar con él. Esta información nos la suministró un comisario del Cicpc, quien señaló que puede ser un tipo importante en la organización. El oficial mantiene bajo perfil en las relaciones con nosotros, para evitarse problemas en el cuerpo donde trabaja. Recuerde, este gobierno es muy radical y no quiere nada con nosotros.

José escuchaba la información que John le daba y le comentó:

—Como usted sabe, el hombre buscado por nosotros es Fernando Churio. Escapó del penal de Tocorón hace pocas semanas y no sabemos de su paradero. Tengo buenos contactos con inteligencia del ejército y con personajes de cuerpos de investigación del Estado y ellos también están en blanco. El tipo es hábil y muy escurridizo. Debemos tener paciencia y, cuando cometa un error, ponerle de nuevo los ganchos. John, ¿quién quita que buscamos al mismo delincuente? Tengo la corazonada de que puede ser el jefe de esta banda de falsificadores, pues lo conozco y sé que hace muy bien el trabajo. Además, tiene buenos contactos con los impresores en Colombia y, en el pasado, los utilizaba para adulterar los billetes venezolanos.

John pensó que Quilarque podía formar un equipo con él por las recomendaciones de Robert y los contactos que tenía en Venezuela. Además, notó que contaba con buena experiencia por haber trabajado muchos años en este país. Eso se lo hizo saber:

—José, podríamos estar en contacto para trabajar conjuntamente esta investigación, aunque nada oficial, por las razones expuestas. Sí debemos mantenernos comunicados y hacer algunas operaciones juntos. Tengo a dos hombres en este caso y, además, al comisario del Cicpc que nos ayuda, sin ponerlo al descubierto, porque las consecuencias para él serían terribles. Como puedes ver, el hampa tiene el camino fácil. Pero con tu apoyo podemos causarles problemas.

Así, José Quilarque, que venía solo por información, recibió un mayor espaldarazo de la embajada: le abrieron las puertas y, además, incorporaron a dos hombres para colaborar en el caso. Igualmente, le hablaron del contacto del comisario de Cicpc. Con esa apertura de John, el asesor del Servicio Secreto se sintió en mejores condiciones de pedir asistencia:

—John, me gustaría conocer al comisario para hablar con él, he sido contratado por el Banco Central, organismo rector de la banca venezolana, para este caso y eso evita sospechas de estar triangulando el contacto.

John se quedó pensativo por el pedido de José, pero le pareció bien la solicitud y manifestó:

—Es una buena idea la de reunirte con el comisario lo más rápido posible, para que puedas explicarle el contenido de nuestra conversación.

John, se levantó y se acercó hasta su escritorio, tomó el teléfono y llamó al comisario. Le pidió que recibiera a Quilarque en su oficina. Colgó y regresó a la sala, le entregó una tarjeta con los teléfonos del comisario y le comentó:

—Mañana a las once lo espera Genaro Conté en la oficina de la avenida Urdaneta, a una cuadra del Centro Financiero Latino, en dirección oeste, donde operaba el banco del mismo nombre. No tiene pérdida, porque verás mucho movimiento de gente. Cuéntale todo lo conversado. Si el hombre que buscamos es el mismo, estamos en buen camino.

Cuando escuchó las palabras de John, José Quilarque entendió que manejaba más información de la suministrada y no podía dar detalles. Se debía dosificar. Igual hizo él, al no decir los nombres de sus colaboradores. Aprovechó para solicitarle un favor adicional:

—John, te agradezco si me puedes revisar este celular. Me lo entregaron el día en que llegué al país.

El jefe de seguridad de la embajada lo tomó y se levantó. Tocó un botón y entró un joven a su despacho. Le entregó el celular y le solicitó:

—Por favor chequéalo, no vaya a estar intervenido. Es del señor José Quilarque. Te esperamos.

John aprovechó para solicitar por teléfono, un par de cafés americanos y José arrugó la cara cuando lo escuchó. No le agradaba: prefería el venezolano, no porque fuese mejor, sino porque cada país tiene sus propios gustos. Él, desde niño, en su tierra falconiana, se había iniciado con el tinto, colado en bolsa de tela y servido en vasos de peltre. El mesonero llegó y colocó el pedido en la mesa, ubicada en el medio del juego de muebles. Smith llenó dos tasas. Se notó que el gringo disfrutaba de la bebida y José hacía sus mejores esfuerzos para pasarlo. El silencio reinó hasta la aparición del técnico en comunicaciones, quien entró con el celular y se lo entregó a John, comentando:

—Está bien, no tiene ningún tipo de interferencia.

John se lo pasó a José y le recomendó:

—Ten cuidado con estos celulares, son de la nueva generación, de los que llaman inteligentes, vienen con el software localizador y son fáciles de ubicar con un programa instalado en una computadora o en otro celular. Recuerda, las bandas delictivas de hoy en día son muy sofisticadas y hasta eso usan para seguir a los enemigos. Si te están buscando, peor aún.

Cuando escuchó las palabras del jefe de seguridad de la embajada, José sintió que algo se le movió en el interior del cerebro. Eso lo llevó a revisar desde el momento en que había recibido el celular en Valencia, cuando llegó, y las primeras llamadas realizadas, después de almorzar en el restaurante Churchill, en Maracay, al coronel Temístocles Caballero. Sin embargo, recordó que el teléfono pertenecía a Mauricio López, quien lo había comprado para él mientras durara su visita. Eso lo tranquilizó un poco, pero tomó nota de lo dicho por Smith. Guardó el móvil en el bolsillo de la chaqueta y siguió tomando el café poco a poco, para pasarlo y no hacerle el feo a John, quien amablemente se lo había ofrecido y había sido muy atento con él. La reunión llegó a su fin y José se despidió de Smith, quien le dio una tarjeta y lo mismo hizo él. Además, lo acompaño hasta el ascensor. Luego, bajó y salió de las instalaciones. Alexis lo esperaba en la camioneta con Mauricio. Quilarque miró el reloj y marcaba las dos menos diez minutos. Comentó entonces:

—Lo lamento, el tiempo voló, pasaron casi tres horas y ni me enteré, de lo contrario hubiera cortado la reunión. Bueno, para pagar por la demora, los invito almorzar.

El que preguntó fue Alexis:

— ¿Para dónde vamos?

José se quedó pensando, tratando de recordar el nombre del restaurante y la dirección. La memoria se portó como un buen ron venezolano añejado y lo ayudó a encontrar lo buscado:

—Vamos para Casa Cortés, tiene un cochinillo a la leña fabuloso, muy parecido al preparado en Burgos, en la madre patria. Es un restaurante español muy reconocido en la ciudad y tiene un asador. Queda en la 6ta Avenida, entre 3ra y 5ta Transversal de Altamira.

A Alexis le impresionó la memoria de José, quien había recordado la dirección con facilidad después de haber estado ausente del país por unos cuantos años. No hizo comentario y descendió de la urbanización Valle Arriba para tomar la autopista de Prados del Este. Por la hora había poco tráfico y el recorrido fue rápido. La única cola encontrada fue la del distribuidor Altamira hasta la Plaza Francia, allí tuvieron paciencia. Lo demás fue fácil y de inmediato se encontraban instalados en una mesa, muy cerca del asador, pidiendo lo de siempre: whisky y el plato: ¡cochinillo a la brasa! El ambiente era navideño y se veía mucha gente entrando y saliendo del local. José Quilarque aprovechó y realizo un resumen de lo conversado en la embajada:

—La reunión con el jefe de seguridad fue de lo mejor, pues no sólo me suministró información, sino que se puso a la orden y, además, llegamos a pensar que estamos detrás del mismo hombre: Fernando Churio, jefe de la banda de dólares americanos falsos, quien está inundando el mercado interno.

Llegó el mesonero con los vasos cargados de hielo y sirvió el whisky de la botella frente a los tres. José no perdía de vista cómo el joven los llenaba hasta el borde y no dejaba espacio para el agua. Tenía que hacer lo de siempre, tomar un poco y luego colocarle el agua Perrier. Levantaron la bebida y brindaron. Mauricio hizo un comentario:

—Jefe, los restaurantes visitados en estos días son de primera línea. El Churchill de Maracay y ahora Casa Cortés, en Altamira. Como dirían los maracuchos: ¡Vergación! No nos podemos quejar de trabajar para usted.

José mostró una pequeña sonrisa en la cara y comentó:

—No te olvides de El Rey del Pescado Frito, visitado ayer. No es un restaurante citadino, pero es de la costa del mar Caribe y, como dice el sonero mayor, Ismael Rivero, «tiene un sabor de playa en ese cuerpo». Esas palabras siempre las tengo presentes cuando viajo por esos lados de Venezuela.

Después de hacer la acotación, José volvió sobre lo que pensó cuando vio al mesonero sirviendo los tragos:

—Lo agradable de este país es que, cuando te sirven el whisky, el límite del mesonero es el borde del vaso. En cambio, en Norteamérica lo miden con una pequeña copa y la diferencia es brutal. Y no hablemos del precio.

Quilarque regresó a la conversación que sostuvo con el jefe de seguridad de la embajada:

—John me sugirió tener cuidado con los celulares inteligentes, tienen un software instalado que permite que nos sigan con el sistema GPS.

Alexis bebía un trago de whisky, bajó el vaso y comentó:

—Estos americanos piensan que estamos trabajando en una serie de televisión en New York, donde ahora a todos los malos los siguen con un GPS, utilizando pantallas gigantes donde aparecen los mapas de las ciudades y los carros se mueven como ratoncitos. Bueno, es un policía gringo. No le pare, jefe, eso se ve solo en películas.

El cochinillo apareció en un plato con una manzana en la boca. El mesonero se encargó de cortarlo y servirle a cada uno su parte, acompañado con papas horneadas y vino tinto de Rioja. Los comensales no hablaban, se dedicaron a degustar el almuerzo que ya parecía una cena, porque el tiempo había pasado como el de la mañana: ¡rápido! Mauricio habló, pues el ambiente de navidad del restaurante y los tragos lo entusiasmaron:

—Jefe, creo que después de esta comida lo invito a escuchar unas gaitas zulianas. Estamos en plena navidad y al cuerpo también hay que darle algo de música decembrina.

José lo miró y le comentó:

—Me encantan las gaitas. Recuerda, soy del Estado Falcón, vecino de los maracuchos. Lo que tocan en el Zulia se escucha en la península de Paraguaná y en los Médanos de Coro, por lo tanto la influencia es muy grande. Pero mañana a las once debemos estar en la oficina del comisario Genaro Conté, del Cicpc, y quiero a los dos en esa reunión. Deben pasar a las diez por mí, porque vamos para el centro, a la avenida Urdaneta, donde las colas lo esperan a uno con los brazos abiertos para darle la bienvenida.

Ese mismo lunes, Julay Socorro regresaba a la quinta de Caraballeda para iniciar la semana de trabajo, como había convenido con Luis Peraza. Una camioneta negra blindada conducida por Wilmer se estacionó frente al inmueble, esperó y la joven salió. Ella, con un maletín en la mano, caminó hacia el interior de la vivienda. Se desplazó por el pasillo de la izquierda, sin mucho apuro, hasta donde tenía el dormitorio, muy cerca de la cocina. Cuando pasó por la oficina de Ramón, lo vio ocupado con las computadoras, entró y le tocó el hombro. El cracker, quien permanecía concentrado en su trabajo, se volteó bruscamente y, cuando la vio, la cara le cambió. Se levantó y le preguntó:

— ¿Dónde te habías escondido? Porque tengo días sin verte, te creía perdida.

—No, me dieron el fin de semana para que descansara, porque tenía muchos días sin salir. Aproveché para comprar varias cosas.

Sacó un chocolate de la cartera, se lo dio al cracker y le hizo un comentario:

—No me olvidé de ti.

Ramón lo tomó y lo colocó sobre el escritorio, al lado del teclado del computador y le pidió:

—Esta noche, después de la cena, pasa por aquí, también tengo un regalito para ti.

Julay, que conocía al personaje, lo miró con cara de picardía y le comentó:

—No te preocupes, esta noche te traigo torta de chocolate con helado de mantecado, es afrodisíaca, y te sacaré el poco de números que tienes en ese cerebro.

Antonio se quedó mirándola y le comentó:

—Esa es la torta preferida del Jefe.

Julay, antes de salir, se volteó y comentó:

—Sí, eso lo sé. En cualquier momento le llevo su porción, es cuestión de tiempo, cuando Dilcia me dé un espacio… será pronto.

Julay salió de la oficina y siguió su camino en dirección a la habitación, dejó el maletín, se cambió de ropa y regresó a la cocina, porque se preparaban para la hora de la cena. Saludó a la señora Carmen y luego le dio una mirada fría a Dilcia haciéndole una venia con la cabeza con desgano, como para cubrir las apariencias. De Dilcia recibió lo mismo. El área era un lugar bastante amplio y se llenó de un aire enrarecido, producto de las energías negativas que expulsaban de sus cuerpos las dos mujeres al declararse la guerra por el amor del jefe, pues una lo tenía, por ser la favorita, pero la más joven buscaba, a cualquier precio, entrar en el círculo íntimo de Fernando Churio.

La noche llegó a la quinta de Caraballeda acompañada de una garúa inesperada por ser época navideña, y con ella el silencio impuesto por la cordillera de la costa, donde solo se escuchaba el ruido de los grillos buscando, desesperadamente, dónde pasar la tormenta que presentían se aproximaba. En los pasillos de la mansión se veían cuerpos fugases, entrando y saliendo de las habitaciones. Uno de ellos era Wiliam, quien caminaba lentamente hasta el altar de la virgen de los sicarios para hacer el rito antes de realizar el trabajo del día siguiente, con el que esperaba cumplir el deseo más importante de su patrón. No quería, por nada del mundo, fallar en la misión.

En otra habitación se encontraba Julay escondida a la espera de la compañera de trabajo, Dilcia, para verla pasar y espiarla cuando se dirigiera a la habitación de Fernando Churio a cumplir con su cita de placer, convertida en una reunión cada noche. Luego de que la preferida del jefe pasó, con pasitos apurados, frente a la enemiga y cerró la puerta de la habitación, Julay se dirigió a la oficina de Antonio para llevarle lo ofrecido y saciar su hambre de sexo.

Capítulo XIII

El atentado a José Quilarque

El día planificado para el atentado llegó. Sin embargo, amaneció como había terminado la noche anterior: ¡lloviendo! Con muchos truenos anunciando que iba a continuar cayendo agua, lo que aterrorizaba a la gente del Estado Vargas, pues recordaba el 15 de diciembre de 1.999, cuando ocurrió el deslave. En esos días no paró de llover y ocurrió la desgracia que a nadie se le había olvidado después de doce años. Había sucedido en una navidad, en fecha muy cercana a la de ese día, martes 17. Los muertos se contaron por millar y muchos pueblos desaparecieron.

Esa mañana, en la quinta de Caraballeda las luces se encendieron muy temprano. La señora Carmen preparaba el desayuno y Dilcia y Julay no dejaban de mirar hacia las montañas, que permanecían rodeadas de nubes negras, cargadas de agua. A las siete de la mañana todo se encontraba listo: Wiliam pasó, nuevamente, por la habitación donde tenía a la virgen de los sicarios y le encendió velas y velones para dejarla alumbrada durante el tiempo que iba a permanecer en Caracas. Estando frente al altar, tomó las balas del recipiente y cargó el peine de la pistola, luego se la puso en la cintura, a la altura de la ingle, tapada por la franela. Se puso la gorra y se santiguó. Salió del lugar hacia el estacionamiento, donde lo esperaba Carlos para trasladarlo a la capital. Antes de montarse en la camioneta con el logo de la empresa de comunicaciones del Estado, se despidió del jefe.

A las ocho y media de la mañana llegaron al Centro Comercial del Valle y Carlos buscó dónde estacionar. Wiliam miraba con cuidado a la gente, hasta que localizó al amigo parado frente a un vendedor de hortalizas. Se bajó y caminó con cautela, viendo a los lados y con la gorra metida hasta la cejas para evitar que alguien lo identificase. Cuando se aproximó, el pana lo vio y lo saludó como siempre:

—Hola, Chupeta…, tiempo sin velte. Ese encierro te ha puesto paliducho. Te hace falta el sol de la playita.

Se saludaron golpeándose con las palmas de las manos, luego con el puño cerrado de la mano derecha. Al final se abrazaron y se quedaron juntos, sin hablar por unos segundos. El que hizo un comentario fue Wiliam:

—Pronto llega la moto.

No había terminado de hablar cuando entró al estacionamiento una camioneta negra seguida por una moto con las especificaciones que Wiliam le dio a Luis Peraza. Se pararon muy cerca de donde estacionaba Carlos. Los dos sicarios se acercaron y el chofer de la camioneta les comentó:

—Wiliam, ahí tienes el encargo que le hiciste a Luis.

Chupeta se acercó y le dijo al amigo:

—Es toda tuya pana. Nos vamos.

Sin perder tiempo, Carlos abordó la camioneta. Pero antes de salir llamó a Wiliam, quien se montó en el vehículo, y le dijo en voz baja:

—El hombre está con los amigos en el apartamento de Los Palos Grandes, entre la Tercera Trasversal y la Primera Avenida. Esa información la acaba de enviar el cracker encargado de seguirlo.

Wiliam salió de la camioneta, se volteó la gorra y se montó de parrillero. Le dio un golpe en la espalda a su colega y le trasmitió la dirección.

Los sicarios salieron del estacionamiento. Más atrás iba Carlos en la camioneta, quien aceleró para no perderlos de vista. Tomaron la autopista Valle-Coche para empalmar con la Francisco Fajardo y subir por el elevado de Altamira, hasta alcanzar La Segunda Avenida Sur y siguieron hacia el norte. Cruzaron la Francisco de Miranda, pasaron al lado de la Plaza Francia y continuaron por la Luis Roche. A la altura del restaurante Migas, giraron a la derecha y se montaron en la Primera Trasversal de los Palos Grandes. Pasaron por el frente del Centro Plaza, voltearon a la izquierda y tomaron la Andrés Bello, hacia el norte de la capital.

A nivel de la Tercera Transversal, viraron a la izquierda, hacia el oeste de la ciudad. Muy cerca del objetivo, Wiliam miró a los lados, vio que Carlos los seguía y colocó su mano derecha en la empuñadura de la pistola, la sintió y la apretó. El pana continuaba rodando, pero manejaba más lentamente la moto, porque conocía el lugar. Pasaron por todo el frente de una funeraria y vieron a un par de mujeres vestidas de negro llorando a un muerto que sacaban en una urna gris para montarlo en la carroza fúnebre. Cuando llegaron a la intersección con La Primera Avenida, se detuvieron. Los motorizados vieron un aviso verde al frente, en letras blancas, que indicaba: "Calle ciega". Miraron hasta el fondo y verificaron lo leído. Esperaron unos minutos y Chupeta vio pasar lentamente a Rambo en la camioneta, quien, con la mano derecha y el dedo índice, le indicó que José Quilarque continuaba en el apartamento. El sicario movió la cabeza de arriba a abajo en señal de haber entendido el mensaje.

En Caraballeda, Antonio seguía paso a paso los movimientos de Carlos y los de José Quilarque y sus amigos. Fernando y Gustavo permanecían de pie en la puerta de la oficina, sin decir una palabra, solo con una taza de café traído por Dilcia, supervisando los acontecimientos de los grupos, que el cracker seguía en la pantalla gigante. Para este trabajo, Wiliam había salido sin el celular y con la cédula falsa entregada por el jefe cuando se escapó de la prisión.

En el apartamento de José Quilarque, Mauricio y Alexis desayunaban con unos pastelitos de queso y jamón, comprados en la panadería de la esquina antes de llegar a buscar al jefe, y solo esperaban que terminara una llamada telefónica de larga distancia para salir a la reunión con el comisario del Cicpc en el centro de la ciudad.

En la intercepción permanecían los dos sicarios en la moto haciendo tiempo hasta la salida de José Quilarque del apartamento. Entre tanto, la carroza del difunto hacia el cementerio se retardó por la llegada de un grupo de personas y eso contribuyó a que muchos curiosos se acercaran a la trasversal. A ambos les preocupó cuando vieron incorporarse a un contingente de policías con uniforme de parada. El tráfico se trancó y las cornetas se hicieron presentes. Wiliam miraba para atrás, por ambos lados de los hombros y se preocupó por ver cada vez más agentes. Pensó que seguramente el entierro era de algún oficial asesinado en servicio. Chupeta le dijo a su amigo:

—Vamos, mueve la moto, pa´ allá – señalándole la Primera Avenida–, polque hay muchos tombos y nos pueden vel.

Carlos estacionó la camioneta muy cerca, al cruzar hacia La Primera Avenida, al lado de la panadería de la esquina, desde donde podía observar todos los movimientos de Wiliam. La salida del entierro se demoró más de lo usual y la cantidad de policías le ponía tensión a la espera. Esto podía conllevar el aborto del atentado preparado con mucho cuidado, en el que habían trabajado todos dirigidos por Fernando Churio. Nunca pensaron que este día velarían a un oficial de la policía.

Carlos vio la moto arrancar y levantó la cara para observar si en el horizonte había aparecido José Quilarque o la camioneta usada para trasladarse. Sin embargo, ninguno de los dos pensamientos eran correctos. Siguió con la vista a los sicarios mientras se desplazaban lentamente por la Primera Avenida, hacia el norte, como haciendo un reconocimiento del lugar. Realmente, se alejaban del movimiento de los agentes y de las personas presentes en el entierro. De pronto, el cortejo fúnebre comenzó a avanzar y con él, el grupo de acompañantes y funcionarios. En cuestión de minutos, la Tercera Trasversal quedó con su tráfico normal y los sicarios regresaron a la intercepción desde donde montaban guardia para cazar a su presa.

Chupeta vio salir del edificio la camioneta usada por José Quilarque para trasladarse, y miró a Carlos. Con la mano izquierda, le hizo seña, el hombre iniciaba sus movimientos. Le dio un espaldarazo al pana, para alertarlo y vio cómo el Jeep negro se acercaba lentamente. Pero las palabras de Fernando Churio le vinieron a su mente: "Recuerda, la camioneta es blindada y no puedes disparar a José si no está afuera de ella". El vehículo pasó por todo el frente de los motorizados y chupeta vio la cara del enemigo número uno del patrón: los lentes y los bigotes blancos finos lo hacían inconfundible. La tensión en el cuerpo de Wiliam subió al máximo por el atentado que iba a cometer. Pero sintió bajar la presión cuando la camioneta se alejó de su vista.

De pronto, el vehículo se detuvo y comenzó a retroceder, de la misma forma como había avanzado: lentamente, pasó de nuevo al lado de Wiliam, pegado a la acera y estacionó frente al edificio. La adrenalina del sicario se puso a millón, agarró la pistola, golpeó la espalda del compañero con la cacha del arma, para que arrancara y salieron. En ese instante, José Quilarque abrió la puerta de la camioneta y se bajó. No se percató de que al lado iba cruzando una moto con dos ocupantes. Chupeta se levantó del asiento, apoyado en el pisa pie de la máquina, con la pistola en mano y apuntó a la cabeza para dispararle; sin embargo, algo inesperado sucedió. La Yamaha pasó por un hueco o pisó una piedra y saltó; la mano derecha se le movió y la bala se incrustó en la pared del edificio. La detonación puso en alerta al asesor del Servicio Secreto, quien por instinto desenfundó la pistola, miró a la derecha, y vio al par de muchachos desplazándose a toda velocidad. Sin mucho protocolo, les disparó y la bala fue a parar en el cuello del parrillero, quien de inmediato se agarró del amigo, porque el impacto lo movió, y le comentó:

—Me dieron, pana. Regresa, polque debo insistir, así sea lo último que haga.

El motorizado le respondió:

—Sí, pana, ahí vamos.

Llegó al final de la calle ciega, que no estaba muy retirada de donde se encontraba José Quilarque y sus hombres. Volteó la moto y arrancó a toda velocidad para intentar otra vez.

Con los disparos, el comisario Mauricio se bajó de la camioneta y lo mismo hizo Alexis, con pistolas en manos. Los tres esperaron a los sicarios y los cocieron a plomo, ambos rodaron y la moto se fue a estrellar contra el pavimento. Nadie salió de los apartamentos y en la calle ciega no había un carro circulando. José Quilarque agarró el celular, llamó al coronel Temístocles y le comentó:

—Me acaban de hacer un atentado. Dos sicarios en una moto me dispararon. Estoy vivo de vaina, porque no era mi día. Pero los matones están liquidados y tirados en medio de la calle. Llama a tus contactos en el Cicpc para que hagan el levantamiento de los cuerpos lo más rápido posible. Por favor, no quiero a la prensa metida en esto, porque es muy grave. Fernando Churio sabía de mi llegada, le fue fácil localizarme y me mandó a matar. Búscame otro lugar donde pernoctar esta noche. Te llamo más tarde.

El coronel se quedó frío. De inmediato hizo varias llamadas para mover los contactos y proceder a levantar los cadáveres de acuerdo a las indicaciones de José Quilarque.

Carlos observó todos los acontecimientos desde la esquina de la panadería. No entendía cómo

Wiliam había fallado el tiro para matar a José Quilarque, pues lo tenía a escasamente tres metros de distancia. Él era un sicario con la reputación de no haber fracasado nunca y con un historial impresionante: tenía tantos muertos en su haber que superaban su edad.

Carlos se quedó pensando por unos segundos, no salía de la impresión de haber visto como caía acribillado Wiliam, quien había formado parte del grupo por varios años, siempre tenía una sonrisa en la cara y cumplía al pie de la letra las órdenes de Fernando Churio. Era el encargado de hacer la limpieza de los enemigos del grupo. Sacó el celular y llamó a Jefe:

—El atentado fracasó. Mataron a Wiliam…

Se hizo un silencio que duró unos segundos. El jefe entendió que Carlos no se sentía bien y le ordenó regresar:

—Vente, me lo explicas todo aquí, porque ese lugar va a estar infestado de policías.

Ambos cerraron los celulares, Carlos subió a la camioneta y tomó rumbo hacia Caraballeda.

En el lugar del atentado, José Quilarque, acostumbrado a estar en situaciones difíciles, después de hablar con el coronel, caminó hacia donde permanecían los dos sicarios en el piso, la sangre había manchado de rojo el pavimento. Se quedó mirando la cara de los jóvenes y se impresionó por el rostro de bebé de uno de ellos: no llegaba a los diez y siete años. Pensó que el camino tomado no le había permitido alcanzar la mayoría de edad. Para el asesor del Servicio Secreto, esto no era exclusivo de la juventud venezolana: era el comportamiento de muchos jóvenes Latinoamericanos que desde muy temprana edad integraban el mundo oscuro del hampa y las drogas. Al lado de Wiliam permanecía su compañera de vida, una pistola Glock, calibre 9mm. Luego, regresó a la camioneta y le comentó a Mauricio:

—Son dos muchachos muy jóvenes. Esto fue planificado por Fernando Churio. Él nunca da la cara y manda a otros para que den la vida por él. Voy a la reunión con Genaro Conté, pues no lo quiero hacer esperar. Quédate tú para las investigaciones, me marcho con Alexis. Este atentado va a dar mucha información y nos va a servir para las investigaciones cuando conozcamos quiénes son los dos sicarios muertos.

José abordó la camioneta y salieron rumbo al centro de Caracas. Alexis tomó la dirección hacia la Plaza Francia, para empalmar, más abajo, con la avenida Libertador que los llevaría directamente a la Urdaneta. Pero, cuando se aproximaron a la Plaza La Candelaria sintieron la bienvenida de la cola, luciendo su mejor forma, por ser días decembrinos. La población de Caracas andaba de compras en el centro de la ciudad, por ser la zona más barata de la capital. José miraba el reloj angustiado, porque faltaban pocos minutos para la once. El chofer lo vio y le comentó:

—Ya estamos muy cerca del edificio, no deben faltar más de dos cuadras.

Al terminar de hablar, apareció el Centro Financiero que era el punto de referencia. Era una construcción imponente, que perteneció al banco Latino y pasó a manos del Estado venezolano a raíz de la intervención en 1.994. En el momento funcionaba como edificio de oficinas. Solo faltaba una cuadra para llegar al lugar de la cita y en pocos segundos estaban en el lugar indicado.

Alexis vio el reloj que marcaba casi las once de la mañana y le comentó a José:

—Jefe, no se preocupe, yo busco donde estacionarme cerca de este lugar y usted me llama cuando salga de la reunión, no llegue tarde a la cita.

A José le parecieron bien las palabras de Alexis y se bajó, cerró la puerta y salió en dirección al edificio.

El agente arrancó la camioneta y en la esquina de La Pelota cruzó a la derecha, a media cuadra, consiguió un estacionamiento, miró con cuidado y vio un cartelito escrito es letras grandes: «hay puesto» y entró. El empleado lo mandó a estacionar en un lugar a cielo abierto. Se detuvo, sacó el celular y habló:

—Jefe, pasó algo terrible: mataron a Wiliam y al otro motorizado. José Quilarque continúa con vida.

Alexis cerró la llamada y prendió el radio de la camioneta para escuchar las noticias del día.

José Quilarque subió los escalones de la entrada del edificio. En la puerta lo esperaba un hombre alto, blanco, de buena presencia y de aspecto italiano. Con una edad que no superaba los cuarenta y cinco años. Se presentó:

—Mi nombre es Genaro Conté. ¿Cómo se siente? Me preocupé por el atentado de esta mañana en Los Palos Grandes.

José pensó: las malas noticias vuelan. Se concentró en la visita, estiró la mano y dio su nombre completo:

—Mucho gusto, José Quilarque.

El comisario lo invitó a seguirlo y caminaron por un pasillo hasta la recepción, allí presentó la cédula y lo buscaron en la base de datos. En ella tenían toda la historia de José Quilarque, desde que era gerente del cuerpo de seguridad del Banco Central de Venezuela y visitaba las instalaciones de la Policía Técnica Judicial, como se llamaba el cuerpo de investigación, antes de cambiarle el nombre, con la llegada del Comandante Chávez. Le dieron un pase de cortesía y no hubo ningún tipo de chequeo adicional. Caminaron hasta el ascensor, subieron cuatro pisos y llegaron a la oficina del Comisario. Se instalaron alrededor de una mesa redonda. Genaro, que continuaba preocupado por lo sucedido a José, insistió en preguntar:

— ¿Se siente bien? Estuvo muy cerca de una tragedia.

José Quilarque no quiso ser presumido y se lo trasmitió al comisario:

—Sí, los sicarios eran dos jóvenes, contratados para este trabajo sucio. Vi la cara de uno y era realmente un muchacho. Pero tú sabes cómo es el hampa, no respeta edad para contratar matones. Esto mismo pasa en otros países Latinoamericanos, donde he trabajado en varias oportunidades.

A José Quilarque le daba vuelta en la cabeza la forma como había corrido tan rápido la noticia en los medios policiales, pues había sucedido apenas una hora antes y ya el comisario la conocía. Le preguntó a Genaro:

— ¿Cómo llegó la noticia tan rápido al cuerpo de investigación?

El comisario, antes de responder, tomó el teléfono, pidió dos cafés negros calientes, colgó el auricular y explicó:

—Por casualidad, en la funeraria que queda en la Tercera Trasversal de los Palos Grandes, muy cerca de donde ocurrió el atentado, se realizaba el sepelio de un oficial de la policía nacional y yo debía estar presente para representar al Cicpc por asuntos protocolares. Pero, como tenía esta reunión y John me insistió en hablar con usted, envié a uno de mis detectives a representarme. Él llegó tarde por el tráfico del centro, porque le costó mucho salir de la avenida Urdaneta. Cuando se presentó, se consiguió en La Primera Avenida con gente y dos muchachos muertos. Se acercó al lugar de los acontecimientos y se entrevistó con el comisario Mauricio. Ellos son amigos, porque estudiaron en la academia de este Organismo y él le comentó lo sucedido. Cuando se enteró del atentado y que había sido contra usted, de inmediato me llamó para darme la noticia. Este mundo de la policía es demasiado pequeño. Hablé con John y le trasmití la información, el hombre se puso tenso y pidió que lo atendiera.

José no salía del asombro por las coincidencias de los hechos: todo cuadraba. En ese instante llegó el mesonero con los dos cafés solicitados por el comisario. Los colocó sobre la mesa, al frente de cada uno. Antes de proceder, Genaro hizo un comentario:

—José, no sé cuánto conoce a John. Pero él me recomendó que lo tratara bien y por eso quiero ofrecerle, si lo acepta, colocarle un buen ron venezolano al tinto. Le debe caer bien después del atentado, porque no fue un juego ni un aviso, los sicarios venían con todo. Algo le salvó de la muerte, según me contaron.

A José le vino a la mente su amigo Robert Smith, quien lo había recomendado con John, y gracias a quien tenía apoyo en Venezuela, más de lo esperado. No dudó en aceptar la sugerencia y se lo hizo saber:

—Tienes razón, hace falta algo de alcohol en mi cuerpo para estabilizar la adrenalina que se movió de manera violenta esta mañana.

Genaro se levantó y en su escritorio tenía un litro de ron. José miró la botella y el comisario comentó:

—Este es uno de los mejores rones del país y fue premio nacional este año. ¡Brindemos porque usted salió ileso del atentado!

Colocó una buena porción en las tazas, las levantaron, procedieron a brindar y bebieron. José pensó «éste es un buen café venezolano y unido con un ron de abolengo, comentado por el comisario, me hace sentir mejor». Luego tomó la palabra:

—Este incidente de los sicarios nos ha distraído un poco y quisiera tocar el tema de la reunión…

José hizo una pausa para tomarse el resto del café que le quedaba en la taza y luego terminó con la idea:

—Si bien el incidente de esta mañana se atravesó en mi camino, no deja de ser importante conocer quiénes son estos dos sicarios, porque yo tengo un presentimiento. Esos dos muchachos fueron enviados por Fernando Churio. Este personaje se fugó de la cárcel de Tocorón y quiere cobrarse una cuenta vieja, de cuando le puse los ganchos y lo mandé a prisión.

Genaro escuchaba con detenimiento las palabras de José e hizo un comentario:

—Eso lo vamos a saber pronto, porque la orden al detective era levantar los cuerpos, llevarlos rápidamente a la Morgue, y tomar las huellas dactilares para identificarlos. El resultado de esa investigación nos dirá de dónde salió este par de sicarios.

El celular repicó cuando el comisario finalizaba de hablar. Miró el reloj, marcaba las doce del día. Se levantó de la mesa y se retiró al escritorio para atender la llamada.

—Aló… aló, sí, soy yo.

Al otro lado de la línea se encontraba el detective enviado al entierro del oficial y le comentaba los resultados de la investigación para identificar a los sicarios que intentaron asesinar a José Quilarque. El comisario escuchaba con detenimiento y tomaba nota en una libreta apresuradamente, para no dejar nada por fuera. Cerró el celular, caminó a la mesa y continuó con la reunión:

—José te tengo noticias del atentado de esta mañana…

Quilarque, al escuchar a Genaro, se puso en alerta, los músculos de la cara se tensaron y lo miró directo a los ojos, en espera de las palabras del comisario:

—Uno de los muchachos llevaba una cédula falsa, porque las huellas digitales correspondían a Wiliam Muñoz y no al nombre que aparecía en el documento de identidad. Este tipo se escapó de la cárcel de Tocorón con Fernando Churio. Tu sospecha era correcta. El otro es un menor de edad, integrante de una de las pandillas de El Valle y lo buscaban por el tráfico de estupefacientes.

A José Quilarque la noticia no lo sorprendió: le ratificaba su presentimiento. Lo malo era otra corazonada que surgió con el atentado: lo habían seguido desde que llegó y él no se había enterado ni había visto nada anormal. Eso lo volvió a poner tenso. El comisario captó el cambio de la cara y le preguntó:

— ¿José, qué sucede? ¿Le molestó algo de mi explicación?

Quilarque se quedó pensativo, algo le hizo ruido en su cerebro y le explicó al comisario:

—Genaro, algo no me cuadra en este rompecabezas, porque falta una pieza.

El comisario analizó rápidamente lo dicho por José. Relacionó la conversación con el detective, percibió que ahí podía encontrar la pieza que le faltaba al asesor de seguridad y procedió a contarle todo:

—Tal vez, si le cuento completo lo trasmitido por el detective, se puede aclarar algo de su duda…

El comisario se detuvo, porque sintió tenso el ambiente, se levantó y sirvió, en dos vasos pequeños de vidrio, un poco de ron. Ambos aprovecharon y tomaron una pequeña porción. Luego, Genaro continuó con la explicación:

—Con Fernando se escaparon cuatro presidiarios, uno era el que murió en el atentado y quedan otros tres. Tenemos identificados los nombres y sus perfiles delictivos: Antonio Hernández, hacker; Carlos Millán, asaltante de blindados; y Gustavo Tovar, atracador de bancos.

Una vez finalizada la explicación, la oficina se quedó en silencio y José Quilarque entendió que tenía la pieza que le hacía ruido esa mañana. Fernando había preparado todo desde la cárcel y por lo tanto armó una banda de delincuentes a su medida para sus propósitos criminales. Nada hacía ese personaje por casualidad, todo era planificado y con tiempo suficiente. El asesor del Servicio Secreto era un hombre sumamente inteligente y sagaz, inmediatamente todo le cuadró, y explicó:

—Fernando no da un paso al azar. El cracker, que aparece en la lista facilita la búsqueda de cualquier persona y ayuda a seguirle los pasos. El sicario, para asesinar a sus enemigos y quitarlos del medio, porque él nunca da la cara. Sonrisa, como llaman a Fernando, en los bajos fondos, conocía mis movimientos desde mi salida de San Francisco, de eso estoy seguro.

Genaro se quedó callado y luego comentó:

—Por eso fue fácil que lo encontrara el sicario e intentara asesinarle, porque lo esperó a la salida de su residencia, no hay otra explicación.

José movió la cabeza afirmativamente y luego dijo:

—Sí. Seguro él pensó que con esos personajes me iba a despachar fácilmente al otro mundo, pero se equivocó. Ahora debemos estar atentos para ver por dónde va con un atracador de bancos y un asaltante de blindados. Igualmente, sigo especulando, Fernando Churio es el jefe de la banda de falsificadores de billetes y la dirigía desde la prisión de Tocorón. El segundo hombre de abordo es El Galán, identificado por ti. A esa conclusión llegamos John Smith y yo ayer en la reunión en la embajada americana. No perdamos eso de vista, estamos luchando con un grupo económicamente poderoso y con apoyo técnico.

Genaro Conté quedó sorprendido por la forma como José Quilarque llegaba con facilidad a sacar conclusiones que tenían mucha lógica. Para terminar, el asesor de seguridad del servicio secreto pidió:

—Genaro, esos sicarios no se encontraban solos. Manda a un detective a retirar las cintas de las cámaras de seguridad de las tiendas, ubicadas en la intersección donde ocurrió el atentado, porque ahí hay varias: vi panadería, funeraria, restaurante muy conocido y otras, de las que no recuerdo el nombre. Así podremos ver qué persona observaba el atentado. Debe ser otro de la pandilla. Para mí es el tercer hombre y nos permitirá buscarlos. Así podremos dar con el jefe de la banda de falsificadores.

A Genaro le pareció interesante y viable la idea de José, y le comentó:

—No se preocupe, ahora mismo envío a uno de mis hombres para que traiga las grabaciones de las cámaras y cualquier novedad le informo.

José miró el reloj, marcaba la una de la tarde. Pensó en Alexis que lo esperaba desde las once de la mañana. La hora de almorzar había pasado, además, tenía muchas cosas por resolver antes de ir a la cama. Levantó la vista, vio a Genaro y le comentó:

—Comisario, muchas gracias por las atenciones y las informaciones suministradas, fueron bastante. Espero verlo pronto. Le agradezco trasmitirle todo esto a nuestro amigo común, John, para mantenerlo al tanto de los acontecimientos.

Genaro, antes de despedirse, le hizo una sugerencia:

—Apague el celular y retire el chip, porque lo están siguiendo con un sistema GPS y lo pueden localizar de nuevo en cualquier lugar.

José no perdió tiempo y antes de desconectar el celular llamó al coronel:

—Hola, Temístocles, estoy saliendo de una reunión y te quiero ver en el mismo lugar del sábado, a las dos de la tarde.

El coronel le contestó:

—Sí. Estaré ahí sin falta.

José quiso eliminar el celular, pero tenía que hacer varias llamadas y se lo comentó al comisario.

—Genaro, es difícil estar sin estos equipos. Quiero cerrarlo, pero necesito realizar varias llamadas.

El comisario se acercó hasta el escritorio, sacó un celular y le comentó:

—Use este. Así evita que le tengan en la mira, por ahora.

José tomó el celular, llamó a Alexis y le indicó que lo pasara buscando por la entrada del edificio y, antes de salir, hizo lo mismo con Mauricio para invitarlo a almorzar, pidiéndole que le llevara todo el equipaje. Luego se despidió de Genaro, quien lo acompaño hasta la salida del Cicpc.

Capítulo XIV

Conflictos

A las doce y media de la tarde, Carlos llegó con la cara descompuesta a la residencia de Caraballeda. El grupo encabezado por Fernando Churio lo esperaba alrededor de la piscina, porque había escampado, las nubes desaparecieron y el sol salió con todo el esplendor. Con el grupo se encontraba Luis Peraza. Todos tenían un vaso de whisky sobre la mesa, hacían tiempo esperando por el Rambo del grupo para oír lo sucedido. Él se sentó al lado del jefe, antes de comenzar con la explicación se tomó un trago. Al ver a sus compañeros tranquilos, aparentemente, como si no hubiera pasado nada se sintió mejor.

Fernando Churio lo miró y con la expresión de la cara, le pidió narrar los hechos. Carlos se acomodó en la silla y le hizo un resumen rápido:

—Todo pasó de una manera difícil de entender, porque Wiliam tenía a tiro a José Quilarque…

Carlos se quedó callado, tragó saliva, tomó otro trago de whisky y regresó al relato:

—La camioneta salió del estacionamiento del edificio y llegó a la esquina, a la intersección, pensé que se iba abortar el atentado, pero comenzó a retroceder. Eso para mí fue algo imprevisto y no lo entendí. Se detuvo en todo el frente de la residencia y José Quilarque se bajó sin ninguna malicia, no se percató de la moto que pasaba por un lado del vehículo, en sentido contrario. Eso le dio tiempo a Wiliam de levantarse, apuntar y disparar. Pero no dio en el blanco y con el sonido de la detonación, José Quilarque se percató de lo sucedido. El hombre actúo por instinto.

Carlos movía la cabeza de un lado a otro y luego comentó:

—No sé cómo falló ese tiro, porque hasta con los ojos cerrados pudo haber matado a su enemigo.

Un silencio se apoderó de la mesa, esperando que Rambo diera una pista y, para cerrar, comentó:

—En el viaje de regreso, pensé en una de las posibles explicaciones y es que la moto hubiera pisado una piedra o cayera en un hueco y lo desequilibrara, de lo contrario, Chupeta no hubiera fallado ese tiro. Lo acompañé a realizar varios trabajos y por eso conocía su habilidad y puntería. Era un tirador natural.

Fernando escuchó la explicación de Carlos y pensó también que a Wiliam le había pasado algo anormal que le impidió matar a José Quilarque. Luego, volteó la cara hacia Luis Peraza y le preguntó:

— ¿Qué te dijo el hombre que tienes infiltrado en el grupo de José Quilarque?

El Galán se acomodó en la silla y comentó:

—Inicialmente me llamó para darme la mala noticia de la muerte Wiliam, al intentar matar a José Quilarque. Pero luego le repiqué para tener mayor información de lo sucedido. En eso su teoría fue muy similar a la de Carlos, porque tuvo la oportunidad de revisar el pavimento y lo vio sucio y con un par de huecos al lado de la camioneta por donde pasó el motorizado. Fernando expresó:

— ¡Qué suerte tiene ese tipo! Con razón José Quilarque se mantiene vivo en este trabajo. Debe tener muchos enemigos como yo, todos se la tenemos jurada y no hemos podido sacarlo de circulación.

Luis Peraza continuó con la explicación:

—Además, me comentó Alexis, que el primer tiro de José Quilarque era mortal, pero a Wiliam no se le arrugaron las bolas y regresó. Ahí fue cuando lo remató y además despachó al otro muchacho, porque él disparó su arma al aire y Mauricio no tiene la puntería para pegarle un tiro en la cabeza a cada uno de los sicarios en movimiento.

El silencio se apoderó de la reunión, Carlos volvió a servir los vasos y Luis Peraza se bebió otro trago y continúo hablando:

—El regreso de la camioneta en retroceso, desde la intersección a la residencia, no fue casual: Alexis dejó la cartera en el apartamento de José para forzar el regreso a buscarla y dejar el vidrio del lado del conductor abierto. Así esperaba darle la oportunidad al sicario. Pero Quilarque se ofreció a ir por ella rápidamente, porque no quería llegar tarde a la reunión en el Cicpc.

Fernando Churio preguntó:

— ¿Cómo sabía Alexis lo que íbamos hacer?

El Galán comentó:

—Yo le informé del atentado, para que ayudara, porque si no se bajaba el vidrio era difícil poder acabar con José Quilarque.

Sonrisa aprovechó para brindar y decir unas palabras:

—Por Wiliam, mi sicario por muchos años y por el valor que siempre demostró. Lamento haber perdido esta oportunidad de oro que no se presentará de nuevo, porque el hombre va estar más prevenido de ahora en adelante.

El grupo levantó el trago y después de las palabras de Fernando todos tomaron el whisky. El jefe volvió hablar:

—Este atentado fallido nos lleva a modificar nuestros planes originales, porque no tenía pensado salir muy pronto de aquí. Mañana, a más tardar, nos mudamos a otro lugar. Empecemos a recoger las cosas, no dejaremos nada en esta residencia, por si a alguien se le ocurre venir a buscarnos. Recuerden, tienen el cadáver de Wiliam y van a investigar. Se enterarán de varias cosas. Primero, que el grupo escapado de la cárcel de Tocorón sigue junto y, segundo, que nosotros le hicimos el atentado a José Quilarque, porque nadie está interesado en liquidar a ese tipo como yo. De haberlo matado no hubieran cambiado las cosas, era otro crimen más del hampa común en Caracas.

Fernando Churio se veía incómodo por los acontecimientos. Había pasado mucho tiempo planificando un atentado casi perfecto y algo fuera de su control estropeó esta parte del plan. Miró a El Galán y le pidió:

—Luis, hay que mudarse. ¿Tienes el plan B que hablamos el día que llegamos aquí? Es el momento de usarlo.

El hombre respondió:

—Mañana vengo por ustedes y traigo un equipo para que realice una limpieza profunda. Por favor, no dejen nada a la vista. Todo lo encontrado será destruido.

La cara de Fernando mejoró un poco y le pidió a Antonio que fuera a la cocina y le solicitara a la señora Carmen una bandeja de pasapalos. El joven salió. Carlos aprovechó para servirle al grupo una nueva ronda de whisky. El jefe miró a Luis y le preguntó:

— ¿A dónde vamos en esta oportunidad?

El Galán explicó:

—Al Country Club. En esa urbanización muchas de las mansiones están cercadas con paredes altas, difíciles de ver de afuera.

A Fernando Churio le apareció una sonrisa en la cara y comentó:

—El mundo es pequeño, hace años quería vivir en esa urbanización, porque está en el centro de la capital.

Fernando miró hacia el pasillo, donde se ubicaba la cocina y vio a las mujeres con el pedido.

Las muchachas se acercaron, colocaron las bandejas sobre la mesa y se retiraron sin decir nada. Dilcia notó el ambiente diferente y percibió que faltaba Wiliam, quien siempre se ubicaba al lado de Fernando. Julay, por su parte, también advirtió la falta de Chupeta, con quien había tenido un buen encuentro en la capilla de la virgen de los sicarios. Las dos se retiraron y se veían distanciadas. Fernando se percató, pues sabía de la relación ácida entre ellas por culpa de él. Las siguió con la vista hasta entrar en la cocina.

El grupo se dedicó a degustar los pasapalos, con el tiempo se habían acostumbrado a la sazón de la señora Carmen. El clima de Caraballeda era estupendo, por el aire de la montaña y el sol de la Guaira, lo que permitía relajarse después de las malas noticias por el fracaso del atentado y la muerte de Wiliam. Fernando miró el reloj y vio que marcaba las dos de la tarde y nadie había exigido el almuerzo. Se quedó tranquilo disfrutando el rato con la pandilla.

De la cocina, la señora Carmen salió apurada en dirección a la reunión. A Antonio le pareció raro verla fuera del ambiente de la cocina y caminando apresurada hacia ellos, porque eso era trabajo de las otras dos mujeres. Él se levantó y el resto se quedó a la expectativa, para ver qué pasaba. Ella comentó:

—La señorita Dilcia tiene vómitos y unos dolores de barriga, da miedo verla como se retuerce.

El cracker y Luis Peraza salieron hacia la cocina, y la consiguieron en el baño con unos fuertes dolores de estómago. No le preguntaron nada, la levantaron y la llevaron a la camioneta. El Galán, con uno de los vigilantes, salió para la clínica más cercana. Antonio regresó y comentó:

—La vi muy mal, vomitando con unos dolores de estómago que la hacían llorar.

A Fernando le cambió la cara, por tener malos presagios, aunque no lo podía creer, se mantuvo en silencio. La señora Carmen regresó a la cocina.

Fernando se levantó y caminó alrededor de la piscina, en espera de la llamada de Luis, para conocer el diagnóstico del médico sobre los dolores de Dilcia. Gustavo Tovar se acercó para acompañar al jefe, porque sabía lo mucho que apreciaba a la muchacha. El celular repicó y Fernando lo sacó apurado del bolsillo y miró el número, era El Galán, quien comentó:

—Jefe, le tengo malas noticias, Dilcia murió envenenada.

Fernando se quedó en silencio, no podía hablar. Los músculos de la cara se le tensaron y no lo dejaban pronunciar palabra. Tuvo que esperar, con el teléfono en la mano por unos segundos y luego comentó:

—No digas nada de lo sucedido. Llama a un hombre de confianza para que se encargue de todos los servicios funerales y regresa. Te necesito aquí, lo más pronto posible y trae una bolsa negra, donde meter los cadáveres.

Gustavo escuchaba la conversación del jefe, pero no sabía a qué persona se refería, se mantenía al lado en silencio. Notó su cara tensa y cómo no movía un músculo del rostro. Fernando se dirigió a él:

—Ve a la cocina y dile a la señora y a la joven que se acerquen a la piscina. Quiero hablar con ellas. Cuando dejen el lugar de trabajo, dirígete a la habitación de Julay y busca en algún lugar del dormitorio un frasco con veneno. Si lo consigues, tráemelo y no lo comentes a nadie.

Gustavo salió a cumplir la orden del jefe y cuando las mujeres se dirigieron a la piscina, se fue al dormitorio de Julay, buscó rápidamente, porque no tenía mucho que registrar y encontró, en la primera gaveta de la cómoda, donde guardaba la ropa interior, lo solicitado por el jefe. Era un pequeño frasco etiquetado, en letras rojas, con la palabra veneno. Lo colocó en una bolsa plástica blanca y salió en dirección a donde permanecía Fernando hablando con las dos mujeres y escuchó cuando dijo:

—Dilcia está fuera de peligro, algo le cayó mal y le dieron náuseas, originándole los vómitos y los fuertes dolores abdominales. Le van a realizar un lavado estomacal y estará en observación por esta noche y mañana. Luego la tendremos nuevamente en casa. Quería trasmitir la buena noticia.

Las dos mujeres se retiraron, Fernando llamó a la más joven, y le pidió:

—Julay, por favor, ¿me puedes llevar una porción de torta de chocolate, con helado de mantecado a mi habitación?, pienso descansar el resto de la tarde.

A la muchacha le disparó una sonrisa y con un movimiento de cara, le indicó afirmativamente y salió para la cocina.

Gustavo se quedó esperando que la joven saliera del área y le entregó la bolsa de plástico blanca. El jefe corroboró su intuición. Nunca pensó que Julay llegara a una acción tan terrible, como asesinar a una compañera de trabajo, por algo tan insignificante.

Fernando se retiró a la habitación, sacó una pistola de la mesa de noche, y le colocó un silenciador. Esperó la llegada de Julay con el pedido. No pasaron diez minutos cuando la joven tocó la puerta y él la autorizó a pasar. Ella, con el plato en la mano y una sonrisa bien administrada, se presentó satisfecha de haber logrado su propósito. No hubo intercambio de palabras. Dos disparos fueron directo a la cabeza y la muchacha se desplomó sobre una alfombra azul. La enrolló y amarró con una cuerda, para evitar que la sangre manchase su dormitorio. Salió y regresó a la mesa donde permanecían los amigos y siguió bebiendo whisky.

El día para Fernando fue duro. Había perdido a dos personas muy cercanas a él y, en especial, lamentaba la muerte de Dilcia, convertida en una buena compañera durante los días de soledad en Caraballeda. La tarde se distanció del mediodía, el reloj marcaba las cuatro y media, y nadie tenía hambre. Era el resultado de la mala noticia por la muerte de Wiliam, que se había ganado el cariño del grupo. Luis Peraza apareció y se sentó. Carlos se encargó de servir los tragos, porque Chupeta ya no se encontraba con ellos. Llenó los vasos y Fernando bebió un buen tragó, pues le hacía falta y comentó:

— ¡Que día! Ha sido muy movido.

Fernando se levantó de la silla e invitó a Luis a caminar al lado de la piscina y le narró lo que hizo con Julay y le pidió llevarse el cadáver cuando el sol se escondiera, para evitar comentarios del personal contratado. El Galán no salía del asombro al enterarse del nivel de conflicto entre las dos buenas amigas. Peraza le comentó al jefe:

—En el acta de defunción de Dilcia colocaron: «falleció de un infarto», para evitar preguntas. Ella no tiene familiares aquí, porque es ecuatoriana. Igual sucederá con Julay, desaparecerá como si se hubiera marchado para Colombia, donde tiene familiares en la costa, en un pueblo cerca de la ciudad de Cartagena de Indias. Por la señora Carmen no te preocupes, ella no pregunta. Solo se dedica al trabajo y habla poco, es una tumba. La conozco desde hace muchos años y no es la primera vez que trabaja conmigo.

Los dos se quedaron en silencio y el que volvió a intervenir fue Luis:

—Lamento lo de Dilcia, no merecía ese final. Lo peor de todo es que ella insistió en contratar a Julay, porque había quedado desempleada y pasaba por un mal rato, y mira como le pagó.

Ambos siguieron caminando alrededor de la piscina y luego se dirigieron a la mesa. Antes de regresar, Fernando comentó:

—No veo la hora de salir de aquí, aunque me agradaba este lugar. El día ha sido demasiado trágico, en especial por ver morir a unos buenos amigos. Además, te agradezco: la limpieza de mañana debe ser muy profunda. No dejes personal vivo si no es de tu entera confianza, porque es un enemigo potencial.

En el restaurante Tarzilandia se encontraban los cuatros personajes: Temístocles, José Quilarque, Mauricio y Alexis, en la misma mesa donde habían almorzado la vez anterior. El coronel, muy impresionado con el atentado realizado al exgerente de seguridad del Banco Central de Venezuela, comentó:

—Cuando me llamaste, lo menos que podía pensar era en un sicariato contra tu persona. Imaginé otras cosas, pero no esa. Y lo más grave es que lo intentó la gente de Fernando Churio, como dijiste en ese instante.

José Quilarque escuchaba al coronel y razonó:

—No podía ser otra persona la que quisiera atentar contra mi vida, sino él: está fuera de prisión y ha jurado enviarme al otro mundo. Esa es una presunción sumamente fácil, porque pensar en otro sujeto, que no me conozca y decida hacer lo de estos sicarios, a plena luz del día y en el centro de la capital, es difícil. Esto fue algo bien planificado y con bastante antelación, por eso te pedí buscarme otro lugar donde pasar esta noche, porque esa gente no se va a dar por vencida y volverán a intentar cuantas veces sean necesarias para liquidarme.

El grupo en la mesa no decía nada, se mantenía callado. José Quilarque tampoco habló de la conversación con el comisario del Cicpc. Esperaba terminar el almuerzo para marcharse con el coronel hasta la nueva residencia, que solo él conocía. Se escuchaba el ruido de los cubiertos y se veían caras largas. Mauricio comentó algo para suavizar la hora del almuerzo:

—Jefe, en la camioneta está el equipaje, para pasarlo al carro de coronel Temístocles...

Mauricio hizo una pausa para revisarse la chaqueta, sacó la cartera de Alexis, y continúo hablando:

—Alexis, aquí tienes la cartera, la dejaste sobre la mesa del comedor, al lado del florero de cristal. No sé porque la sacaste y peor aún, que la olvidaras. Te estás poniendo viejo y no lo sabes.

Alexis la tomó y la guardó en el bolsillo del pantalón. Tenía la cara seria y no le hizo ningún comentario a Mauricio, como si no le hubiera agradado recibirla frente al grupo y mucho menos su comentario.

A José Quilarque le hizo ruido ver cómo Mauricio le pasaba la cartera a su compañero, porque ésta fue la causante del atentado. De otra manera no se hubiera bajado de la camioneta. Era temerario el pensamiento. Si Alexis la dejó a propósito, era amigo del grupo del cartel de falsificadores de billetes americanos; pero todo era pura corazonada. A esta suposición debería añadirle los años fuera del campo de investigación venezolano, donde muchas cosas habían cambiado, hasta el grado de amistad. Además, perseguían a un enemigo poderoso que podía comprar todo, hasta la lealtad de los amigos. Ese razonamiento lo iba a guardar en su archivo mental, porque de ser cierto, se encontraba en un gran problema y, además, debería mantenerlo en el equipo pues, como decía El Padrino, «al enemigo hay que tenerlo cerca y vigilado».

Antes de finalizar el almuerzo, José Quilarque tomó la palabra:

—Mañana salgo para San Francisco, a pasar el fin de año con mi familia. Los veo la primera semana del próximo año para retomar este caso que se ha puesto interesante. Mauricio, espera nuevamente mi llamada, para usar el procedimiento de siempre y que comencemos a trabajar juntos. Esta invitación va también para ti, Alexis.

El grupo se levantó, se acercaron hasta la camioneta para retirar el equipo de viaje de José Quilarque y pasarlo al carro del coronel. Tanto Mauricio como Alexis se acercaron, le estrecharon la mano y le dieron un fuerte abrazo para despedirse del jefe que se marchaba y con quien habían trabajado tan solo cinco días.

El coronel se montó en el vehículo. José, desde la puerta, le dijo a Alexis algo que lo puso a pensar:

—No olvides de nuevo la cartera, porque puedes perder los documentos y en Venezuela es difícil sacarlos, todos los trámites se han puesto muy engorrosos y caros, según me han comentado.

Alexis mostró una sonrisa nerviosa. No entendía lo de la cartera, pero sospechaba que el jefe le mandaba un mensaje. Él lo conocía y sabía lo inteligente que era: no dejaba pasar nada. Esto lo ponía en una situación delicada.

El coronel arrancó el carro, se dirigió rumbo a la Plaza Francia y José le preguntó:

— ¿Hacia dónde vamos?

—Al hotel Tamanaco. Alquilé una suite a nombre del Instituto para ti. Así evitamos que conozcan dónde estás alojado. Además, vas a tener a dos hombres de mi confianza pendientes de ti.

José Quilarque lo miró y le comentó:

—Gracias por este apoyo. En el almuerzo dije de otro atentado. Pero lo hice para despistar a mis dos compañeros, porque algo me está haciendo ruido. Sé que esa gente no vuelve a repetir lo de hoy. Fernando no es loco, ni bruto, él va a pensar cuándo y dónde va a hacerlo otra vez. Sabe que falló y nos puso en alerta, por eso decidí volver a ver a mi familia y regresar pronto. Vamos a tener dos semanas tranquilas, porque se atraviesan las navidades. Otro hecho importante hoy fueron las huellas digitales de los sicarios muertos. Arrojaron mucha información que nos permitió, al comisario Genero Conté y a mí, confirmar lo inicialmente pensado: el hombre detrás de todo esto es Fernando Churio.

Con la conversación, la distancia al hotel se hizo corta. Cuando llegaron al estacionamiento, los esperaban los dos agentes del coronel y éste se los presentó a José Quilarque. Sin perder tiempo, subieron a la Suite, colocaron el equipaje y José le pidió a Temístocles quedarse por un momento:

—Debo hacer una llamada a la embajada americana, para hablar con John Smith, el actual jefe de seguridad.

Sacó el celular que le dio el comisario del Cicpc y marcó el número. Esperó por un instante y apareció, al otro lado, el americano de la embajada:

—Soy José Quilarque. Te estoy llamando para informarte lo sucedido hoy.

John contestó:

—Sí, estoy enterado de todo por Genaro. Es urgente reunirnos mañana aquí, en mi oficina. Te espero a las diez. Está invitado el comisario del Cicpc.

A José le pareció interesante y le confirmó:

—Sí, espérame. Voy a invitar al coronel que me contrató para este trabajo. Su nombre es Temístocles Caballero. Por favor, agiliza los trámites en la entrada de la embajada. Nos vemos mañana.

José se volteó, miró al coronel y le comentó:

—Es muy importante tu participación en esta reunión, porque vamos a tener mucha información valiosa del caso y debes estar bien enterado. Como has visto, los acontecimientos se han presentado muy rápido. Sé de la situación de ustedes con la embajada americana, porque tú lo comentaste y John hizo lo mismo. Pero, en los conflictos, los técnicos siempre buscan la vía para comunicarse sin comprometerse políticamente.

El coronel lo pensó y dio el visto bueno con un movimiento suave de cabeza, como no muy convencido del paso que iba a dar. Miró hacia el bar de la Suite y se acercó, agarró una botella de ron y dos vasos pequeños. Caminó hacia donde permanecía sentado José Quilarque, los colocó sobre la mesa, los llenó hasta la mitad y comentó:

—Con los acontecimientos de este día, te hace falta un buen trago de ron, porque has tenido suerte en un día tan pavoso como hoy: martes trece. Esta bebida te relajará, porque mañana tenemos otra jornada y no sabemos qué nos espera.

José miró la botella para identificar la marca del ron y vio que era Cacique, en una botella de lujo, pequeña y ovalada. Lo probó y le agradó. Se quedaron los dos un rato degustando la bebida y, luego, Temístocles se levantó y comentó:

—Mañana pasó por ti a las nueve, para no llegar tarde a la reunión. Recuerda que estamos en Caracas, donde las colas son impredecibles.

El coronel, antes de salir, le dejó los números de los celulares de los vigilantes de esa noche. Se despidieron y José decidió no volver a salir, ni siquiera al comedor del hotel. El día había sido largo y complicado.

Capítulo XV

Reunión en la Embajada Americana

A un cuarto para la diez de la mañana, el grupo invitado a la reunión con John Smith apareció en la entrada. Los esperaba un funcionario de la embajada para llevarlos hasta la oficina del jefe. Los tres pasaron por el protocolo de seguridad sin ningún contratiempo y llegaron al salón de reunión. El americano apareció a la hora prevista con un técnico y saludó a los tres. José Quilarque tomó la palabra:

—Quiero presentarles al coronel Temístocles Caballero, quien es viejo amigo y asesor de seguridad del presidente del Banco Central de Venezuela, especialista en inteligencia militar, con curso de postgrado en los Estado Unidos. Fue quien me contrató para este trabajo, que consiste en capturar, nuevamente, a Fernando Churio. Lo invité para ponerlo al tanto de los avances de la investigación.

Después de la presentación, todos se miraron y se estrecharon las manos. Genaro Conté mostró las grabaciones de las cámaras de seguridad de los locales comerciales, que tenían todo lo sucedido antes y después del atentado a José Quilarque. Con la ayuda de un técnico de la embajada, las montaron y comenzaron a observarlas. El comisario inició por señalar las partes importantes a destacar:

—Como pueden ver, los sicarios llegaron cuando salía el féretro de la funeraria y se estacionaron en toda la esquina, donde se cruzan la Tercera Trasversal con la Primera Avenida de los Palos Grandes. Miraban hacia el edificio esperando la salida de José Quilarque, quien iba esa mañana al centro de la ciudad, a la reunión que tenía conmigo.

El comisario, con un círculo amarillo, dejó clara la ubicación de los motorizados y colocó una flecha hacia donde permanecía otro tipo, cerca de la panadería, con una gorra. Era el tercer hombre del grupo y al fondo se veía una camioneta con el logo de la empresa telefónica nacional. Además, mostró la llegada del contingente de policías con uniformes de parada. Luego, se observa a los sicarios arrancar lentamente para recorrer la Primera Avenida y regresar para ubicarse de nuevo en el lugar donde se estacionaron anteriormente. Ya el entierro había salido y no quedaba ni un agente a la vista. El parrillero de la moto miró al tipo de la panadería con la gorra y le hiso una seña, con la mano izquierda, para indicarle que regresaban. En ese instante, Genaro le comentó al técnico:

—Por favor, congela la imagen del tercer hombre y agranda cara para verlo bien.

El grupo se quedó mirando el perfil, muy claro, del tipo en la pantalla y Genaro comentó:

—Ese sujeto se llama Carlos Millán, se escapó con Fernando Churio y es especialista en organizar y planificar asaltos a camiones blindados, trasportes de billetes y documentos de valores. Es conocido en los bajos fondo como Rambo.

José se quedó mirando la cara del tipo. No lo conocía. La única pregunta fue:

— ¿Por qué lo apodan Rambo?

El comisario del Cicpc respondió:

—Le gusta usar armas pesadas en los asaltos, como los fusiles M-12 y AK-47.

José quedó pensativo mientras continuaba mirando la foto en la pantalla donde reproducían las grabaciones. Este material había sido buscado por iniciativa de Quilarque, quien después de ver todo el movimiento de los sicarios y del tercer hombre comentó:

—Para mí que Fernando Churio prepara algo más grande. Esto lo digo por la especialización del personal que se escapó con él. Este grupo de delincuentes solo lo constituye una persona con varios planes rondando en la cabeza al mismo tiempo.

John, cuando escuchó a José, intervino:

— ¿Qué puede estar tramando?

El asesor de servicio secreto pegó la espalda al respaldar de la silla y pensó la respuesta por varios segundos, después se dirigió al que hizo la pregunta:

—Escucha, John, voy a tratar de llegar por descarte. El sicario y el cracker trabajaron para asesinarme, según lo planificado por Fernando, para vengarse de algo ocurrido hace años. Él, con El Galán, está en la falsificación de billetes americanos, la parte fuerte del negocio. Queda pendiente conocer qué piensan hacer ahora. Debe ser algo contra el Banco Central, según lo comentado por Fernando Churio, para desprestigiar a la Institución. Ahí es donde debemos ser clarividentes para poder ver cuál es su nuevo ataque, porque le quedan tres hombres: el cracker y el asaltante de bancos y camiones blindados. Deben estar tramando alguna vaina donde intervienen estos personajes, fugados con él.

Nosotros debemos buscar la forma de atraparlos antes de que cometan la fechoría.

Cuando José terminó de razonar la pregunta de John, se escuchó un silencio en el salón. Miró al jefe de seguridad de la Embajada y volvió hablar:

—Para mí, el próximo golpe lo darán en el Banco Central, de eso no tengo la menor duda, en un lugar importante de la Institución. Los detalles los encontraremos en el desarrollo de la investigación.

Temístocles escuchaba con atención los planteamientos de los policías. En ese segundo, a José Quilarque se le prendió una luz, no la quiso dejar pasar y comentó:

—Ayer, cuando almorzaba con mi personal y Temístocles, vino a mi mente algo y lo guardé en la memoria. Ahora quiero razonarlo con ustedes, porque puede ayudar a la investigación. Alexis, el agente encargado de manejar la camioneta en estos días, está involucrado en el atentado de ayer y no sé por cual vía. Tengo la duda de si es hombre de Fernando Churio o de El Galán, pues dejó la cartera en mi apartamento para usarla como excusa. Cuando llegamos a la esquina, nos avisó del olvido y yo, por no llegar tarde a la entrevista con Genaro, lo autoricé para regresar y bajé a buscársela. Ahí fue cuando los sicarios tuvieron la oportunidad de oro para matarme y la desperdiciaron. De otra manera no hubieran podido hacer nada, pues el vehículo es blindado. Eso lo pensé cuando vi a Mauricio entregándosela: a Alexis no le agradó, porque lo hizo frente a nosotros.

El resto del grupo permaneció en silencio tras escuchar las explicaciones de José. La idea abría otro camino hacia los delincuentes de Fernando Churio.

John se levantó para servir el café americano y tomar un respiro, porque todo lo planteado no tenía desperdicio. Quilarque esperó para rematar su exposición y comentó:

—Temístocles, por favor, ponte en contacto con la persona a la que le diste la tarea de pinchar los teléfonos de Alexis. Pídeles que te investiguen las llamadas realizadas ayer, y que nos informen si habló con alguien del atentado. Para evitar pérdida de tiempo, diles que deben revisar desde las once de la mañana hasta las dos de la tarde, porque ése fue el tiempo en que se quedó solo.

El coronel dejó la silla y fue directo a hablar con la persona. Mientras hacía los trámites correspondientes, el grupo estuvo en silencio, bebiendo el café americano lentamente, como disfrutándolo. Pero realmente se encontraban tensos, esperando la respuesta del funcionario de Temístocles. Éste regresó a la mesa y comentó:

—Alexis llamó a las once y veinte minutos a un celular de una empresa fantasma y trasmitió lo siguiente: «jefe, pasó algo terrible: mataron Wiliam y al otro motorizado. José Quilarque continúa con vida».

Los presentes en la reunión se quedaron impresionados al ver la forma tan inteligente de José de llegar a esa conclusión y lo rápido de la confirmación. El chofer era hombre del grupo de Fernando Churio o de El Galán. No quedaba duda. Pero fue difícil identificar con quién habló. El asesor del servicio secreto tomó la palabra:

—Para mí, Alexis habló con El Galán, porque en mi esquema mental fue él quien compró a ese informante que ha estado conmigo desde que llegué. Estoy durmiendo con el enemigo, como titulan a una película americana.

El coronel intervino para hacer una sugerencia:

—Debemos vigilar a Alexis muy de cerca, para ver cuál es realmente su contacto.

Desde hacía tiempo, John investigaba la cabeza del grupo de falsificadores y era de la misma línea de pensamiento de José Quilarque: estaba seguro de que el jefe era Fernando Churio y el segundo hombre del grupo era El Galán. Tras pensar en ello, señaló:

—Lo primero es detener a Alexis para evitar que desaparezca y de esa forma presionamos a El Galán: si intenta liberarlo, le ponemos los ganchos, como dicen en Venezuela. Esto nos servirá de puente para llegar a Fernando Churio. Además, le quitamos ese hombre de encima a José, porque estará informando todos los movimientos y pueden intentar otro atentado.

José escuchaba con cuidado lo señalado por los colegas y la preocupación de John. Expuso entonces una idea:

—Dejen a Alexis trabajando conmigo, así lo tengo cerca. Eso nos permitirá conocer cuáles son sus movimientos. Puede cometer un error que nos lleve al camino correcto para echarle el guante a su jefe. Ahora, conociendo el juego, lo vamos a tener vigilado, de tal manera de saber con quién come y duerme. Además, en el caso de Fernando Churio, por ser el más difícil y escurridizo, se debe esperar, pues él debe dar un paso en falso: debe mover las piezas según sus planes y, como ya comentamos, lo hará contra el Banco Central. En este caso, el coronel Temístocles debe poner en alerta a la seguridad del Instituto y ellos nos deben trasmitir cualquier detalle, aunque sea insignificante. Ahora, en cuanto a la preocupación de John, por lo demás válida, porque Alexis estará informando de mis movimientos, tengo muy claro que estoy caminando sobre el filo de una navaja y que es peligroso. Por lo tanto, él conocerá solo lo que yo quiera.

Sobre la mesa había tres propuestas para decidirse por una o tomar una de ellas y mejorarla. Faltaba por hablar el comisario, que comentó:

—Lo dicho por José es viable y puedo contribuir encargándome de vigilar los movimientos de Alexis.

El grupo estuvo de acuerdo con lo planteado por Quilarque y dio por terminada la reunión. Se sintió la disminución de la presión y José informó:

—Salgo pronto para el Norte, pasaré las navidades en San Francisco. Los primeros días de enero estaré de regreso y podemos hacer una reunión a mi llegada. De esa forma retomaremos este caso.

John, al escuchar los planes de José, comentó de su viaje:

—Salgo en dos días para Chicago en un vuelo privado y hay suficiente espacio. Si quieres, te vienes con nosotros y desde ahí a San Francisco puedes tomar una línea comercial.

A José Quilarque le pareció interesante la invitación y aceptó. Miró el reloj y vio que marcaba la una de la tarde, de nuevo el tiempo había volado como el viento. La reunión finalizó, se levantaron y se despidieron.

A la dos de la tarde, Fernando Churio salía de Caraballeda con su grupo hacia Caracas. En esta oportunidad viajaban en las camionetas blindadas que permanecieron ocultas, por si las necesitaban. Dejaban el sitio por voluntad del jefe y por los acontecimientos de los últimos días. En esta oportunidad, salieron caminando lentamente hasta el final del terreno de la mansión, sin disparar un tiro ni detonar bombas y antes de montarse en los vehículos se despidieron del lugar con tristeza, porque el ambiente fácilmente enamoraba a cualquier inquilino. Tenía de vecinos a los cerros de la cordillera de la costa y al mar Caribe; además, contaba con un clima tal, que era imposible conseguir algo mejor. Ese lugar les había dado refugio por varias semanas sin pedir nada a cambio, solo el placer de tenerlos. Una de las camionetas la manejaba Carlos y la otra Wilmer, el mismo personaje que les había dado la bienvenida cuando salieron del yate, el día de la llegada a Caraballeda, para hacerles la aduana y trasladarlos a la quinta.

Fernando bajó con el grupo por la avenida principal de Caraballeda y, como había acordado con Luis Peraza, él se unió a la caravana, colocándose al frente de las dos camionetas negras, porque iba a guiarlos hasta la nueva residencia en el Country Club de Caracas. El viaje fue rápido y sin ningún contratiempo, solo les molestó la cantidad de alcabalas móviles encontradas en las vías antes de dejar el Estado Vargas. En cada uno de estos torniquetes de los guardias nacionales y la policía estatal se detenían. Los agentes curioseaban por la ventana para ver algo aunque nadie sabía qué buscaban, y, luego, con un movimiento de una mano perezosa los mandaban a continuar. Esto se había convertido en una rutina que alborotaba el tráfico, especialmente en la parte crítica de La Guaira donde no existían calles ni avenidas en las que no se hicieran los embotellamientos de vehículos.

A las cuatro de la tarde, el grupo llegó a la nueva residencia. Tenía una entrada amplia, con un portón de hierro, manejado a control remoto y guardias de seguridad en las garitas. Contaba con un estacionamiento donde fácilmente se podían ubicar varios vehículos. El primero en bajarse fue Luis Peraza y le siguió Fernando Churio, ambos iniciaron un recorrido por el inmueble. La arquitectura era diferente en la entrada: los vehículos podían dejar a los visitantes frente a la puerta, bajo un techo en forma de arco y, a solo dos o tres metros, se encontraba la sala, que daba paso a un salón amplio, decorado con muebles modernos, tallas de madera y paredes llenas de cuadros. Al lado, había un espacio con los equipos de computación exigidos por el cracker, porque quería disponer de una sala situacional similar a la de Caraballeda. En ese lugar se quedaron Antonio y Wilmer, revisando las instalaciones. La pregunta obligada la hizo Cerro Prendido:

— ¿Cómo está el internet?

La respuesta fue la misma de siempre:

—Hay problemas, no debo mentirte, podemos comprar los mejores equipos, pero tenemos los mismos inconvenientes que te comenté en Caraballeda. Mi recomendación es llenarte de paciencia, porque de pronto se cae el internet y no queda otra alternativa que esperar. Eso sucede a menudo.

Fernando continuó el recorrido, pasó por el frente de una sala amplia. Luego caminó un par de pasillos. Uno llegaba a la cocina y salía a un comedor, con una mesa grande para doce comensales tras el cual aparecía un jardín que se extendía hasta una pared de piedra alta. El otro pasillo, más largo que el anterior, tenía varios salones, y al final se topaba con la misma muralla, que en la parte superior tenía una serpentina de acero para evitar ser violentada. En ese lugar había un estacionamiento, ubicado estratégicamente con una camioneta y la puerta con acceso al barrio El Pedregal, muy famoso por la bajada de los palmeros en Semana Santa. Ahí se detuvieron y Luis Peraza comentó:

—La quinta tiene esta facilidad: puedes abandonar la mansión por este lugar si no quieres hacerlo por el frente por cuestiones de seguridad. Uno nunca sabe cuándo la necesita.

A Fernando le pareció bien el detalle y continuaron el recorrido. Subieron a la planta alta por una escalera construida de madera a la salida de la sala y visitaron las habitaciones. Además, entraron a la biblioteca, amoblada con un escritorio de caoba, silla ejecutiva, sofá de cuero negro y una laptop. Ese salón invitaba a la lectura. Después de finalizar la revisión del inmueble, ambos personajes regresaron a la entrada de la mansión y antes de que Luis se montara en la camioneta, Fernando comentó:

—El inmueble me parece estupendo, tiene lo necesario y está bien ubicado. Estamos en el centro de la Capital. Este lugar lo conozco bastante, pues hace años me moví mucho entre Chacao, Altamira y los Chorros. Gracias, Luis, como siempre cuidando los detalles.

El Galán abordó la camioneta, Wilmer se colocó al volante y salieron.

Al llegar al hotel Tamanaco, el coronel se comprometió con José a buscarlo y llevarlo al aeropuerto para que tomara el avión hacia la ciudad de Chicago. Pero, antes de bajarse del carro, Quilarque le comentó:

—Te agradezco, por favor, que me busques una nueva residencia con facilidades para una computadora, porque pienso contratar un hacker para que, en la nueva etapa que iniciamos en dos semanas, nos ayude a averiguar los planes de Fernando Churio.

El Coronel no esperaba la solicitud de José, pero el hombre ya reflexionaba sobre los planes de trabajo al regresar a Venezuela. Él respondió:

—Deja eso por mi cuenta. Además, tu seguridad estará bajo mi responsabilidad. No quiero que seas objeto de otro atentado. Llámame cuando conozcas la fecha de regreso, porque voy personalmente a buscarte al aeropuerto.

A José le agradó la propuesta y agregó:

—Gracias. Eso ayudará mucho, porque no voy a tener que estar pendiente de quién está planificando sacarme del juego.

Capítulo XVI
El regreso de José Quilarque a San Francisco

El coronel Temístocles Caballero, después de llevar a José Quilarque al aeropuerto, retornó a la oficina, porque tenía mucho trabajo por delante. En especial le preocupaban las conclusiones de la reunión en la embajada Americana, donde sintió que el Banco Central era el próximo objetivo de Fernando Churio y su banda de delincuentes. Lo malo era no tener idea de por dónde podían venir, pues el Instituto disponía de mucha seguridad y la mayoría de los tesoros atractivos para un grupo como ese eran las barras de oro de las reservas internacionales y las monedas de metales preciosos almacenadas en las bóvedas, ubicadas en los sótanos: lugares difíciles de llegar para cualquier persona sin autorización de la administración. Además, se encontraban bajo custodia las veinticuatro horas del día por los vigilantes del Instituto. Igualmente, el lugar disponía de una batería de cámaras enfocando, permanentemente, las áreas críticas.

El Banco también tenía a su favor, desde la fundación, que nunca había sido penetrado desde afuera por un grupo de asaltantes. Sin embargo, se sospechaba que el cracker del grupo de Fernando Churio podía atacar los sistemas informáticos. El coronel trataba con la mente de hacer un paneo de los lugares más atractivos para los prófugos del penal de Tocorón. En ese momento sonó el celular, pensó que era una llamada del exgerente de seguridad del BCV desde el aeropuerto para despedirse. Pero, para su sorpresa, era la secretaria del presidente del Banco

Central y lo convocaba a una reunión con el jefe, en su despacho. ¡Era urgente!

El coronel se incorporó, salió al pasillo y tomó el ascensor privado para ejecutivos en el piso veintitrés, en unos segundos llegó hasta la planta baja de la Torre Financiera. Caminó en dirección al Edificio Sede y en cuestión de minutos apareció en el despacho de la presidencia. La secretaria, cuando lo vio, lo hizo pasar. En el interior de la oficina el presidente leía un documento. Temístocles se paró frente al escritorio, lo saludó y el Jefe respondió con la misma solemnidad. Colocó el informe al lado de otras carpetas, se levantó y le indicó ubicarse en el juego de muebles negros donde acostumbraban a reunirse.

El presidente lo siguió y se sentó en el sofá. A Temístocles le sorprendió la formalidad, porque nunca lo había llamado con tanta urgencia un día viernes. Usualmente él no asistía a las instalaciones del Instituto, pues se marchaba para Naiguatá, población ubicada en la costa del Estado Vargas, donde tenía su residencia de descanso. Una vez estuvo cada uno en su respectivo lugar, el jefe habló:

—Anoche el director general del Cicpc, me informó del atentado que le hicieron a José Quilarque el martes. No me participaste sobre ese grave incidente, ni apareciste por la oficina para la reunión de los miércoles por la tarde.

El coronel se quedó mudo, mirando fijo al presidente. Bajó la vista hasta donde tenía la libreta sobre la mesa y regresó la mirada al jefe. No conseguía las palabras para explicar los hechos, pues todo había sucedido muy rápido. Sin embargo, se repuso del mal momento inicial y comentó:

—Antes de darle mi reporte de esta semana, debo comenzar pidiendo disculpas por no haberlo mantenido al tanto de los sucesos. Pero tengo que ser franco con usted. También fui sorprendido por los acontecimientos en estos últimos tres días, en especial el martes, cuando intentaron asesinar a José Quilarque y él mató a los dos sicarios. Fue él quien me pidió mantener todo en silencio, para evitar caer en manos de la prensa y que ésta le diera mucha difusión a lo sucedido. Por eso contacté a las altas autoridades del Cicpc para retirar los cuerpos. Este hecho originó una investigación, en la que descubrimos a los involucrados en el atentado. Uno de ellos era del grupo de Fernando Churio. El tercer hombre implicado en la emboscada también pertenece a la pandilla. Pero ahí no terminan las sorpresas en este caso, porque, además, descubrimos que uno de los dos agentes contratados por Quilarque es un infiltrado de la pandilla, integrada por los evadidos de la cárcel de Tocorón y gente fuera del penal.

El presidente oía con detenimiento las explicaciones dadas por el coronel. Tenía tensa la cara y sus gruesos bigotes se abombaron. No salía de la sorpresa por todo lo escuchado. Sin embargo le comentó:

—Pensé que iba a traer a José Quilarque para conocerlo.

Temístocles, más relajado, le respondió:

—Entre mis planes esperaba pasar el miércoles con él por la oficina. Pero ese día fue también muy movido, porque después del atentado a José el martes, la primera llamada la hizo a mi celular, pidiéndome que le buscara una nueva residencia, pues temía que hubiese otro intento de asesinarlo. Le localicé una habitación en un hotel de la ciudad y le puse escolta. Además, lo llevé a una reunión en la embajada americana, donde me enteré de que Fernando Churio, además, es el jefe de una banda de falsificadores de dólares americanos y que la manejaba desde la prisión de Tocorón. Por lo tanto, se ha convertido en un hombre buscado, también, por los gringos.

La cara del presidente continuaba con una expresión de sorpresa que no ocultaba como consecuencia de lo que oía. No entendía cómo un hombre detrás de las rejas podía estar cometiendo tantos delitos sin que alguien pusiera coto a sus fechorías. La única explicación era la corrupción en los penales del país, que el gobierno se negaba a reconocer. Temístocles continuó con las explicaciones:

—A todas estas conclusiones llegó José Quilarque con una facilidad asombrosa y además señaló que el próximo objetivo de la banda de Fernando Churio era el Banco Central de Venezuela. Eso me dejó preocupado.

Cuando el presidente escuchó el nombre de la Institución, el cuerpo se le movió de manera involuntaria, porque la adrenalina le recorrió toda su humanidad violentamente, e intervino asustado:

— ¿Qué están haciendo para evitar una acción de estos malhechores? Pueden dañar la imagen de la Institución. ¿Dónde está José Quilarque?

El coronel se quedó en silencio al notar que la noticia no había caído nada bien y el presidente se había puesto nervioso. Rápidamente buscó la forma de calmar la situación y se fue por la parte menos delicada:

—Antes de salir por dos semanas a San Francisco, José Quilarque me asesoró para evitar una sorpresa de parte de este grupo de malhechores. Además, me tranquilizó diciendo que Fernando Churio no haría nada por ahora por ser navidad, pues él acostumbra planificar todo con antelación, como fue el caso del atentado contra él por los sicarios.

Al presidente no le agradó conocer sobre el viaje de José Quilarque y lo comentó:

—No entiendo cómo lo dejaste ir, estando la situación tan difícil para todos, incluyéndome a mí, que no tengo vela en este entierro ¡Quedamos desprotegidos!

En esta oportunidad, la cara del presidente era la de una persona molesta y nerviosa, y tenía razón. La salida de Quilarque paralizaba la investigación de los movimientos de los prófugos de Tocorón. Él también, Temístocles, se hallaba solo y preocupado, pero no se lo podía trasmitir al jefe, pues agravaría aún más la situación. Buscó una respuesta conciliadora:

—El viaje de José obedece a la necesidad de traer un personal especializado a Venezuela para enfrentarse a la banda de delincuentes de Fernando Churio, quien salió del penal con un grupo sofisticado en tecnología y tiene hasta un cracker en el equipo, quien fue el encargado de ubicar a Quilarque en Caracas. De acuerdo a la información suministrada, antes de partir, estará de regreso en menos de dos semanas para continuar con el caso.

El presidente escuchaba con atención al Coronel, pero se mostraba inquieto y lo expresaba con un movimiento involuntario de la pierna derecha. La movía muy rápido de abajo hacia arriba y luego descendía, parecía el movimiento de un pistón de carro en plena carrera. El silencio se apoderó del recinto. Temístocles esperaba por algún comentario del jefe, sin embargo, éste continuó sin decir nada, se meneó en el sofá de un lado a otro y detuvo el tic nervioso de la pierna. Luego, pegó la espalda al respaldar del mueble y preguntó:

—¿Qué has pensado hacer con toda esta información recibida?

El coronel se quedó en silencio, por unos segundos, para hilar lo que iba a decir, pues apenas comenzaba a preparar la estrategia de blindar al Banco del potencial ataque de Fernando Churio cuando lo llamaron de urgencia de la presidencia; sin embargo, comentó:

—José Quilarque dejó un conjunto de instrucciones para poner en marcha y fortalecer los puntos por donde pueden intentar hacer daño a la instalación Fernando Churio y su gente. Ese trabajo lo debo adelantar en estos días, con las gerencias de Seguridad y de Sistemas del Instituto. Él no cree en un ataque físico, como un asalto tipo comando, está más inclinado a uno vía electrónica, por eso optó por el viaje a San Francisco para contratar a un hacker: sabe que necesita asesoría en las investigaciones de este caso.

La explicación, en vez de ayudar a aclarar el panorama al presidente, lo confundió aún más, porque le pareció extraño involucrar a la gerencia de Sistemas, y preguntó:

— ¿Por qué se debe inmiscuir el área de Sistemas en esta investigación?

El Coronel trató de nuevo pensar en una respuesta sencilla para evitar confundir aún más al presidente y le comentó:

—José Quilarque cree, de acuerdo a la composición de la pandilla de Fernando Churio, que se va a intentar hacer algo atacando los sistemas de informática del Banco. Lo que no tiene claro es dónde van actuar, por eso la necesidad de viajar al norte para buscar un hombre con experiencia en esta materia que pueda detener las pretensiones de ese grupo de bandoleros.

El presidente levantó las cejas y se quedó en silencio pensando en qué hacer, pues se enfrentaban a unos piratas informáticos que pretendían realizar un ataque al Instituto. Eso eran palabras mayores. Se frotó las manos y miró fijo a un punto indefinido, pues su mente giraba a la velocidad de las exigencias del momento. Luego, regresó la vista a Temístocles y sugirió:

—Debemos buscar ayuda de los cuerpos de seguridad del Estado. Si la gente de Fernando Churio intenta un ataque cibernético a las instalaciones del Instituto y se nos va de las manos, vamos a tener consecuencias muy graves, que no podemos ni imaginar en este momento.

El coronel pensó en la sugerencia del presidente y respondió:

—No estoy de acuerdo con esa vía, porque eso sería la despedida de José, quien ha venido haciendo un buen trabajo en poco tiempo, y es el hombre enfrentado a la pandilla de Fernando Churio. He estado en la reunión con el grupo y he visto su actuación. Es muy inteligente y con un olfato policial increíble. Además, ha podido armar un grupo de investigación involucrando personal de Cicpc, la seguridad de la embajada Americana y personal del Servicio Secreto. Eso es algo difícil de conseguir con otro investigador.

Al presidente no le agradó que el coronel fuera tan tajante con la sugerencia aportada por él. Sentía que la situación ameritaba una respuesta inmediata, de lo contrario se le podía ir de las manos, sin embargo, puso al otro lado de la balanza las apreciaciones de Temístocles por el trabajo de José Quilarque. Mientras el jefe pensaba, el tiempo pasaba lento y por la mente del coronel cruzó como una estela el currículum del jefe del Instituto Emisor, quien era un matemático y entendía sobre el alcance de la guerra cibernética y los posibles daños a los sistemas del Banco. Solo de pensar en eso, los nervios lo mortificaban. El asesor de seguridad del jefe del Banco comentó:

—Disculpe, presidente, fui muy tajante con mi respuesta. Pero la última palabra la tiene usted y lo acompaño en su decisión.

El jefe quedó pensativo para tomar la mejor acción. Le agradó el último comentario del coronel y expresó:

—Temístocles, no es fácil, es la primera vez que enfrento a unos piratas informáticos y está en juego la reputación del Banco Central, organización dirigida por mí en este momento. Como sabes, cualquier cosa mala tiene su responsable y no van a buscar a otro que a mí. Pero, después de escuchar tu exposición sobre la actuación de José Quilarque hasta ahora, debo considerarlo dentro de mi esquema. Así que continuaremos con él. Esta medida obedece, fundamentalmente, a la confianza que te tengo, porque son muchos los años trabajando juntos y tú eres coronel de Inteligencia del Ejército venezolano.

La respuesta del presidente relajó el ambiente, que había sido invadido por una atmósfera negativa desde el inicio de la reunión. Además, esas palabras eran un espaldarazo a la gestión del coronel y pusieron punto final al encuentro. Temístocles se levantó, pero antes de dejar la oficina comentó:

—Cuando regrese José Quilarque, lo traigo a la oficina para presentárselo.

El presidente también tuvo unas palabras:

—Recuerda que las puertas de estas oficinas siempre están abiertas para cuando quieras venir.

El sábado en la mañana, la casa de José en San Francisco era pura alegría por el reencuentro con su esposa y sus hijas después de las vacaciones en Río de Janeiro y la llegada del marido de Caracas. Cada uno abrió los regalos recibidos y en la conversación se hablaba de la preparación de la fiesta de navidad, que se aproximaba en pocos días. Por ser venezolanos, en la cena no deberían faltar las hallacas, el pan de jamón, el pernil horneado y la ensalada de gallina, además de un buen vino tinto y un escocés. Quilarque aprovechó el momento para retirarse a un rincón de la sala y hablar por celular. Llamó a su amigo, Robert Johnson, el jefe del Servicio Secreto, a la residencia y habló en inglés:

—Hello…hello. Who do you want to talk to?

Como el acento del idioma inglés de Robert era muy fuerte, difícil de entender, José prefirió comunicarse en español:

—Soy José Quilarque, regresé anoche de Venezuela y estoy urgido en hablar con usted.

Robert entendió que José prefería el español y continuó en el mismo idioma:

—Hola, amigo, regresaste muy rápido de Caracas. Solo pasaste una semana, pero sé que fue muy difícil. John Smith me ha tenido al tanto de todos los acontecimientos. Si quieres hablar conmigo ven a mi casa de inmediato y tomamos un café.

José se alegró y contestó:

—Ya salgo. En media hora estoy ahí.

Regresó de nuevo al núcleo familiar y comentó de la reunión con Robert. Las mujeres le pusieron cara de no muy buenas amigas. Él entendió: habían pasado muy poco tiempo juntos desde la llegada y ya tenía que salir. Para calmar el ambiente comentó:

—Es una reunión muy rápida. En un par de horas estoy aquí.

Salió al estacionamiento, tomó el carro y en menos del tiempo estimado tocaba el timbre de la casa del jefe. El servicio era una señora venezolana que le abrió la puerta, lo saludó, y lo llevó hasta la biblioteca, donde lo esperaba Robert, quien leía el periódico del día. Se levantó, le estrechó la mano y le dio un fuerte abrazo. Se notó la diferencia de estatura, porque el hombre era alto, de casi dos metros, de contextura fuerte y con el pelo teñido de canas. Lo invitó a sentarse al lado, donde tenía una poltrona de cuero vinotinto y él regresó a su lugar, a un mueble muy similar al usado por José. El americano preguntó:

—¿Cómo está el comandante Chávez?

A José le extrañó el inicio de la conversación sobre el jefe de la revolución Bolivariana, pero le respondió:

—En los periódicos aparece poco sobre la enfermedad. Tiene un cáncer terminal y le dan poco tiempo de vida. La población se nota preocupada, porque en el partido de gobierno no hay un hombre con el carisma y la sagacidad del comandante. Sus seguidores hacen rosarios en familia y misas a favor de la salud, para ver si se produce un milagro.

A Robert le impactó la respuesta, la noticia era demoledora. Cambió la conversación y volvió a preguntar:

—José, ¿a qué se debe la visita tan urgente? Recuerda que estamos en navidad y es tiempo para la familia.

Quilarque, antes de continuar con el tema que lo traía a la casa del jefe, quiso tratar algo, muy rápidamente:

—Robert, quiero darte las gracias por tus palabras al introducirme con el jefe de seguridad de la Embajada Americana. Esa presentación me abrió las puertas.

Al amigo se le dibujó una sonrisa en la cara y comentó:

—Solo dije lo que pienso de ti, con toda la franqueza posible. Eso te lo has ganado por tus actuaciones en el campo de la investigación y por el valor demostrado para enfrentarte a los falsificadores de billetes americanos. Eso lo pudo comprobar John en los pocos días en que trabajó contigo.

A José le agradó la sinceridad del amigo y jefe, y Robert, para finalizar ese punto, concluyó con algo que no esperaba Quilarque:

—Recuerda, en el libro de favores entre nosotros dos, sigues manteniendo un balance a tu favor.

Las palabras de Robert le cayeron muy bien a José Quilarque. Respiró profundo y se quedó tranquilo por unos segundos antes de retomar el punto central de la conversación, que lo había llevado hasta ahí:

—Me vine muy preocupado de Caracas, porque el grupo de malandros que se escapó de la cárcel de Tocorón fue seleccionado por Fernando Churio para hacer ataques puntuales que solo están en el cerebro de ese personaje. Con él se fugaron cuatro rufianes. Entre ellos dos especialistas: uno en asaltos a camiones blindados y otro a bancos. Además, un sicario utilizado para tratar de asesinarme que murió en el intento. Ese ya no se cuenta. Pero también liberó a un cracker muy habilidoso que pretende atacar los sistemas de seguridad y de informática del Instituto para desprestigiarlo. Este problema me ha traído hasta acá para solicitarle ayuda, nuevamente. Necesito buscar a un hacker para descifrar y neutralizar al malhechor.

Robert escuchó con cuidado cada palabra del amigo. Entendió muy bien su preocupación, no le faltaba razón para estar intranquilo, pues se enfrentaba a un nuevo desafío para él. Y le comentó:

—José, tocaste un tema que nos tiene también muy preocupados. Aquí lo han llamado de diferentes maneras: unos los conocen como guerras cibernéticas o ciberguerra y otros como piratas informáticos. En fin, le pueden dar cualquier nombre, pero estos señores interfieren con todo y atacan las grandes corporaciones públicas y privadas para obtener información valiosa. A los bancos los roban con una facilidad asombrosa, sacándoles grandes cantidades de dinero, y al público le desfalcan las tarjetas de crédito. En fin, no tienen límites y les encanta provocar el caos. Una de estas cosas puede estar planificando Fernando Churio contra el Banco Central de Venezuela, efectivamente, que es como la Reserva Federal de los Estados Unidos. Debe estar lleno de lingotes de oro y de otros tesoros, y ellos siempre están deseosos de ponerles las manos. Además, esos tipos buscan siempre la manera de alterar el sistema de compensación de la banca o cualquier otra vaina para joder.

José Quilarque tragaba grueso cuando escuchaba la exposición de Robert, porque era la pura realidad. El gringo continúo:

—Amigo, nos estamos enfrentando a otro tipo de peligro, muy diferente al que usualmente combatimos y con el que acabamos al poner bajo rejas a los falsificadores de dólares. Para eso fue creado el Servicio Secreto Americano en 1865. Esto nos lleva ahora a preparar a una fuerza especial para enfrentar a esta amenaza, convertida en el desafío del futuro. Estos cracker o sombreros negros, como los llaman, cometen los delitos por vía electrónica. Se parecen a unos fantasmas, no sabemos de dónde salen ni cuál es el lugar por ellos utilizado para ocultarse. No es fácil dar con ellos.

El americano hizo una pausa antes de continuar hablando. A la reunión se unió el silencio, como otro invitado más, acompañando a los dos agentes. José Quilarque sentía los nervios despertarse al escuchar Robert, quien continuó con la explicación:

—El lunes salgo para Washington a una reunión en el Servicio Secreto Americano a discutir este tema, porque nosotros, al igual que las otras agencias de Seguridad e Inteligencia de los Estados Unidos, nos estamos blindando contra ese flagelo que no tiene límite. En ese sentido, vamos a desarrollar un programa de detección de fallas para descubrir la vulnerabilidad de los sistemas y corregirlas. Todo el apoyo para combatir a estos demonios es importante, pues tenemos una responsabilidad muy grande y es la de velar por la seguridad del Presidente de los Estados Unidos y de su entorno familiar. En esa reunión voy a contactar a dos hombres de mi entera confianza, experimentados en estos asuntos. Uno, es un hacker de los buenos y te puede ayudar y, el otro, un especialista en equipos electrónicos, porque ese tal Fernando Churio es un peligro potencial muy grande para nosotros también: puede inundar el mercado latinoamericano de dólares falsos y, peor aún, unirse con algunos de los capos mejicanos de las drogas, porque ahora ellos son los grandes, después de la muerte de Pablo Escobar. Si esto sucede y se mueven hasta la frontera con los Estados Unidos, resultaría inaceptable y muy peligroso para la salud económica de los estados fronterizos.

En ese momento entró el servicio con dos jarras de café. Robert tomó la suya y lo saboreó. Se notó que el americano lo disfrutaba. Igualmente hizo

José y, por primera vez, le agradó. Él no sabía si ese cambio repentino respondía a la ayuda ofrecida por el amigo para enfrentar el problema en Caracas, que lo había animado de tal modo que hasta sintió agradable la bebida.

La reunión llegó a su final. José se levantó de la butaca y lo mismo hizo Robert, se estrecharon las manos y Quilarque aprovechó para preguntarle:

— ¿Cuándo nos volvemos a ver?

El gringo le indicó:

—El lunes veintiséis a esta misma hora, después de Navidad, porque regreso el jueves por la noche. Entre tanto, lo más importante es alertarle al contacto en Venezuela, hacerle entender el nivel de riesgo que están enfrentando y recomendarle redoblar la seguridad en el área informática del banco. Además, revisar las contraseñas y poner atención a las actividades sospechosas detectadas, porque fácilmente les pueden implantar un virus y ahí comienzan los problemas. En fin, deben evitar que la pandilla de Fernando Churio cree un desastre antes de la llegada de nuestro experto. No lo olviden, el ataque está anunciado. Es cuestión de tiempo.

Quilarque se despidió, volvió a su casa y la encontró llena. Tenía la visita de cuatro mujeres, amigas de las hijas. Todas hablaban al mismo tiempo y, sin embargo, se entendían. Saludó sin tener mucho éxito. Subió a la planta alta de la residencia, a la biblioteca y llamó al coronel por celular, le quería comunicar lo conversado con Robert. Se escuchó, al otro lado del hilo imaginario, la voz de Temístocles:

—Aló… aló…

José se notaba impaciente después de la conversación con Robert. No dejó al Coronel finalizar la frase y lo abordó:

—Soy yo, José Quilarque, te estoy llamando porque esta mañana tuve una reunión muy importante con mi amigo Robert, del Servicio Secreto, y le comenté la situación que estamos enfrentando con la banda de Fernando Churio. A él le parece muy delicado, también cree que preparan un ataque cibernético a las instalaciones del Banco.

Al coronel le vino a la mente la conversación con el presidente del Instituto, quien le mencionó el mismo peligro y le comentó a José:

—Ayer, después de llevarte al aeropuerto, el presidente me llamó de urgencia, porque se enteró de lo sucedido el martes. Me reclamó por no informarle nada de tu visita en Venezuela. Fue muy difícil y dura la reunión, no recuerdo otra igual. El hombre está preocupado, pues él también considera que puede ser un ataque cibernético lo planificando por Fernando Churio.

Quilarque le ratificó:

—Tu jefe tiene razón, pues a esa misma conclusión llegó hoy Robert y me ofreció ayuda. En una semana, aproximadamente, tendrás el nombre del hacker que estoy contratando para hacerle frente a ese grupo. No veo otra forma de parar a esa gente.

El Coronel escuchaba la explicación de José y le impresionó que el presidente de Banco llegara a la misma conclusión de Robert. Aprovechó para participarle el compromiso asumido con el jefe:

—Le comenté al presidente que preparabas un grupo de sugerencias para la gerente de Informática y otras para la de Seguridad.

José recordó el conjunto de recomendaciones que le dio el Robert y le comentó:

—Me adelantó algunas ideas. Te las enviaré para evitar que penetren los sistemas del Instituto. Ahora mismo las envío por Email. Espero que ayuden a crear una barrera antes de llegar nosotros en pocos días. Recuerda, cuando hables con el presidente del Banco, trasmítele que estamos en la vía correcta para solucionar el problema. Te llamo cuando tenga el nombre de las personas que van a viajar conmigo para asesorarnos.

José se sentó frente a la computadora y se preparaba a iniciar la elaboración del documento cuando la hija menor llegó a la biblioteca y lo invitó:

—Papá, te has desaparecido toda la mañana. Estamos esperando para brindar por la llegada de la navidad.

José miró a la hija y regresó la vista al teclado. No sabía qué hacer. Era muy importante para él enviar ese email por la seguridad del Banco y le comentó:

—Pero no es navidad, ustedes se están adelantando a la fecha.

La hija lo miró a la cara y dijo:

—Papá, cualquier motivo es bueno para estar con las amigas y no voy a discutir si es o no navidad. Nosotras vamos a brindar y mi mamá te espera.

Con ese tipo de invitación, a José no le quedó otra opción y decidió bajar para unirse al grupo.

Luego regresaría a escribir las recomendaciones ofrecidas a Temístocles por la urgencia de la situación.

En la sala, el ambiente era de alegría, pues las mujeres ya habían comenzado a brindar por la navidad mucho antes de que él llegase de la reunión con Robert. Cuando lo vieron, todas levantaron las copas. Le pasaron una y él hizo lo mismo. La fue chocando con las invitadas hasta que se colocó al lado de la esposa y luego alguien gritó: ¡Viva la navidad! Procedieron a beber. La champaña helada sabía a gloria. Una mano apareció con la botella y le sirvió otra. En esta oportunidad, Quilarque fue más comedido, la administró bien, porque si seguía bebiendo nadie lo iba a poder sacar de la sala. Aprovechó la preparación del almuerzo y regresó a la biblioteca.

Media hora más tarde, cuando la mesa esperaba por los comensales, la otra hija, la mayor, lo fue a buscar para comer con el grupo. En esta oportunidad, José había finalizado el documento, cerraba la computadora y el email, con las recomendaciones dadas por Robert y otras suyas para la Gerencia de Seguridad, debería haber llegado al destinatario. José conocía muy bien dicha Gerencia, pues había sido el jefe de esa área por casi dos décadas. Se levantó y bajó al comedor.

La tercera semana de navidad comenzó muy tensa para Quilarque. Le preocupaba la situación en el Banco Central de Venezuela. Esperaba con ansiedad la reunión con Robert, sin embargo, no perdió tiempo para conocer el peligro real que suponía para el Instituto el hecho de que Fernando Churio tuviera un cracker en la pandilla. Pasó el fin de semana en la biblioteca de la casa, investigando en internet los casos más sonados de los ataques cibernéticos, y quedó impresionado por las actividades de esos grupos en el mundo. Le sorprendió especialmente conocer sobre los países que participaban en esta nueva forma de hacer la guerra, reclutando y preparando grandes ejércitos de cracker. Recordó las palabras de su jefe, estos nuevos malhechores «realmente aterrorizaban a las instituciones y a los países». Además, entendió que se trataba realmente de algo nuevo para él, por lo tanto la ayuda que pudiese proporcionarle el Servicio Secreto Americano sería muy valiosa.

El día para el nuevo encuentro con su jefe llegó. Se presentó a la casa de Robert Johnson muy temprano. Encontró en el estacionamiento varios vehículos, como si hubiera un desayuno. Bajó del carro y caminó en dirección a la entrada, tocó, y demoró en esta oportunidad unos segundos más frente a la puerta. Volvió aparecer la señora de servició venezolana que lo recibió con una sonrisa y lo saludó:

—Feliz navidad.

José Quilarque le respondió con el mismo eslogan y le estrechó la mano. Ella le indicó el camino hasta la biblioteca. Para él fue una sorpresa cuando se encontró a un grupo de hombres hablando y aún mayor el desconcierto cuando los cuatro se voltearon para ver quién era el visitante y tuvo de frente al Jefe de Seguridad de la Embajada

Americana de Venezuela, quien al verlo se adelantó, le estrechó la mano y lo recibió diciendo:

—Merry Christmas.

José sintió alegría al ver al grupo y por su mente pasó la idea de que todos pertenecían al equipo de Robert y eran agentes del Servicio Secreto Americano. Se concentró en John Smith y le saludo en español:

—Feliz Navidad.

José dio un par de pasos y se colocó frente a Robert, a quien saludó con un apretón de mano. El anfitrión además lo abrazó para demostrarle la amistad. Aprovechó y lo presentó a los dos nuevos invitados. El primero, el más joven del grupo, con rasgos asiáticos y cara de tipo inteligente, se adelantó, le estrechó la mano y en perfecto español pronuncio su nombre:

—Ming Ling.

José, con la misma formalidad, le dio su nombre:

—José Quilarque.

A continuación, Robert comentó:

—Este muchacho es la persona que te prometí. Un hacker de los buenos, especialista en investigar a los piratas informáticos. Ming nos va ayudar a identificar y contrarrestar los posibles ataques del cracker de Fernando Churio.

Luego, miró al grupo y llamó al segundo de los invitados y comentó:

—Aquí tienes a Michael Brown.

El americano dio un par de pasos y le estrechó la mano a José Quilarque, se presentó y regresó al lugar de donde se movió. Robert continuó hablando:

—Michael es especialista en equipos electrónicos. También formará parte del grupo que viajará a Venezuela.

Una vez que Robert terminó de introducir a los nuevos agentes, los invitó a tomar asiento. Entró entonces la señora de servicio empujando el carrito de postre, donde traía una bandeja de galletas con figuras de motivos navideños, torta de chocolate y cinco tazas de café. Cada uno de los presentes tomó una y disfrutó con los bizcochos y el pastel. El anfitrión esperó un par de minutos, tomó la palabra y se dirigió a José:

—El miércoles, antes de dejar la ciudad de Washington, aproveché que se encontraba allí John Smith y los cuatro tuvimos una reunión donde discutimos el tema de Venezuela, en especial el caso de la pandilla de falsificadores dirigida por Fernando Churio. Los dos nuevos agentes conocieron el avance de las investigaciones para poder decidir cuál es el nivel de apoyo técnico a dar y el tipo de equipo necesario a llevar.

José seguía con atención la explicación dada por Robert, lo miró y comentó:

—Usted y John están muy claros de lo sucedido en Caracas y la forma de atacar el problema. Pero si Ming y Michael quieren conocer algo más del caso, estoy a su disposición para responder cualquier pregunta.

La biblioteca se quedó en silencio por unos segundos y ninguno de los presentes intervino. José miró a los nuevos agentes y tampoco hablaron. El anfitrión tomó la palabra de nuevo:

—Como puedes ver, voy a integrar dos especialistas al grupo de Caracas para reforzar las áreas electrónicas y de comunicación. Estos agentes pertenecerán al personal de seguridad de la embajada, por lo tanto, por ningún motivo debe Fernando Churio conocer que la misión es capturarlo o eliminarlo. El hombre se ha convertido en un peligro para nosotros también, como te comenté en la reunión aquí hace unos días. Ellos salen la próxima semana para Venezuela y deben estar en la capital el primero de enero esperando tu llegada para iniciar el trabajo.

José se alegró por disponer de dos especialistas para integrar el grupo de Caracas y por saber que los nuevos agentes iban a reforzar el equipo en las áreas más débiles y comentó:

Tendremos una reunión el dos de enero a las diez de la mañana en la Embajada, para comenzar a trabajar dándole prioridad a la protección del Banco Central. En el grupo, Ming debe ser de mucha ayuda para los técnicos del Instituto, porque los puede orientar sobre cómo blindar los sistemas electrónicos de un posible ataque cibernético de esa gente. Además, vamos a buscar la mejor forma de hacer llegar las recomendaciones de Ling, sin ponerlo en peligro, porque ese grupo es capaz de todo, hasta de tirarle un atentado con un par de sicarios, como lo hicieron conmigo. Para ellos es la forma más fácil de quitar a una persona del medio.

Robert escuchó las palabras de José y aprovechó para terminar de tomarse el último trago de café, miró a Quilarque y comentó:

—Hay varios frentes por atender inmediatamente. Uno, el mencionado por ti, José. El otro, corresponde al agente infiltrado en tu entorno que maneja la camioneta blindada. A ese tipo no podemos perderlo de vista, por ser el soplón de todos tus movimientos a la pandilla. Esto nos lleva a estar muy atentos de cualquier desliz, por insignificante que parezca, si le hacemos cometer un error que coloque a Fernando Churio en la mira sería ideal, porque ese hombre es prioridad para nosotros.

Robert miró a Michael Brown y le comentó:

—Muéstrale a José lo que tienes para él.

El especialista en comunicación se movió en la poltrona donde permanecía cómodamente instalado y comentó:

—He traído un equipo muy versátil y sofisticado para luchar contra este grupo, que es muy fuerte.

Michael sacó unos llaveros elegantes, formado por un anillo de acero inoxidable donde van las llaves y, a continuación, una esfera pequeña, imitando el globo terráqueo junto a una placa del mismo metal al utilizado en los aros, con un marco fino de oro de dieciochos quilates. Los colocó sobre la mesa del centro mientras el grupo miraba esperando la explicación del colega:

—A los llaveros se les incorporaron varios dispositivos en la esfera para ayudarnos a rastrear a las personas, pues tienen instalados un sistema GPS, conocido por todos ustedes. Además, cuentan con un micrófono y una cámara que permiten escuchar, observar y grabar conversaciones de quienes los carguen. En cada placa grabé los nombres de

Mauricio, Alexis, Temístocles y José, para usarlos en esta investigación. Me interesa especialmente seguir al chofer de Quilarque, quien trabaja para la pandilla de los falsificadores. Este dispositivo tiene una autonomía de unos cinco días, que estimo suficientes para ubicarlos. Además, el dispositivo tiene acceso a un satélite que nos trasmitirá la información.

Michael se levantó y se los entregó a José, quien entendió la estrategia a utilizar para atrapar a Fernando Churio y la pandilla. José comentó entonces al grupo:

—Yo voy a utilizar el mío para que ustedes conozcan siempre mi ubicación y en caso de secuestro puedan localizarme.

El especialista le confirmó:

—Esa es la idea. Yo, desde la Embajada Americana en Caracas o en cualquier parte donde me encuentre, puedo seguir a cada una de las personas que cargue un llavero de estos. Además, estarán monitoreados por la central del Servicio Secreto en San Francisco, con quien mantenemos contactos las veinticuatro horas al día en caso de necesitar la ayuda. Además, vamos a contar con el respaldo de un servicio de inteligencia geoespacial mediante el uso del satélite KH-11, KENNEN/CRISTAL.

Cuándo José Quilarque escuchó la palabra satélite interrumpió a Michel y comentó:

—Son palabras mayores, cuando hablamos de usar un satélite en la investigación.

Michel comentó:

—Eso significa que no estamos solos. El jefe, Robert Johnson, consiguió gracias a sus influencias al más alto nivel los servicios de este satélite espía, que corresponde al código Cristal. Éstas son unas máquinas increíblemente sofisticadas, que envían las imágenes a la tierra directamente en formato digital, con un resolución de 10-15 centímetros, incluso podía ser inferior. Podemos ver todo al momento solicitado.

La explicación dejó impresionado a José Quilarque, quien no hizo más comentarios. Tampoco el resto del grupo, porque ya conocía la ayuda que les iba a prestar Robert para solucionar este problema en Venezuela. Michel continuó hablando:

—Lo más importante de esta investigación es no comentar nada fuera de este grupo, porque no sabemos para quién trabaja el resto del personal venezolano del equipo de José. Hemos tenido casos donde los agentes que participan con nosotros son personas asalariadas de los carteles de falsificadores y las estrategias no funcionan porque rápidamente las ponen al descubierto. Esto es muy común en los países latinoamericanos, donde las mafias han penetrado al Estado, al ejército y a la policía.

El grupo estuvo de acuerdo. Esa información no debería salir de las cinco personas participantes en esa reunión, para tener el efecto esperado.

A Robert le pareció interesante la presentación que hizo Michel y le dio las gracias. Luego se volteó hacia donde se encontraba José Quilarque y le comentó:

—Como has visto, llevan tecnología de punta para tu país. Ellos salen en un vuelo privado y te apoyarán desde la Embajada. Recuerda, el gobierno venezolano no quiere ver personal nuestro actuando en su territorio. Antes de despedirme, quiero ofrecerte un puesto para que viajes con ellos a tu país, porque hay espacio disponible.

A José la propuesta le pareció tentadora, sin embargo, prefirió usar el procedimiento de siempre y se lo comentó a Robert:

—Muchas gracias, tu oferta es atractiva. Pero quiero llegar a Venezuela de la misma forma como lo he hecho siempre, no deseo provocar la más mínima sospecha, recuerda que uno de los agentes que trabaja conmigo es un hombre del cartel de falsificadores, y él ahora debe estar más interesado en permanecer a mi lado para espiarnos e informarle todo a su jefe. Yo también estoy esperando que permanezca con nosotros, porque es el puente para llegar a la cabeza del cartel.

A Robert la respuesta le pareció sensata y lógica. Ahora entraban en una etapa difícil y compleja, donde las partes se habían preparado mejor, pues se conocían las fortalezas y debilidades de cada grupo. El anfitrión, para cerrar la reunión, comentó:

—José, estoy de acuerdo contigo, hay que evitar cualquier sospecha. Te toca jugar aún más fino. Tienes a uno de los enemigos en el grupo y el jefe planificando cómo eliminarte. Si no hay otro tema, levantamos la reunión.

Las cinco personas se pusieron de pie y comenzaron a despedirse. El próximo encuentro sería la reunión del día dos de enero a las diez de la mañana en la Embajada Americana, en Venezuela.

José miró el reloj y se enteró de que todavía era temprano, pensó en llamar al coronel Temístocles

Caballero al llegar a su casa y salió de la biblioteca directo al carro.

Capítulo XVII

Planificación del regreso a Caracas

José Quilarque retornó a la casa, subió a la biblioteca, se quitó el sobretodo y la chaqueta y los colgó en el perchero instalado detrás de la puerta. Sirvió un whisky y se dejó caer en el sofá. Sentía un alivio por haber conseguido con Robert más de lo que había solicitado. Ahora, hacía el balance de la incorporación de Ming Ling y Michel Brown, y notaba que con ese aporte aventajaba en tecnología al grupo de Fernando Churio. Además, al incorporar a estos dos nuevos agentes, disponía de un verdadero comando, en el cual más de la mitad eran oficiales americanos entrenados en las fuerzas especiales. El nuevo reto era manejar el equipo de los venezolanos, en especial a los dos que trabajaban con él, porque Alexis Torres, con el error cometido, se había puesto al descubierto. Pero si la intuición no le fallaba, el comisario Mauricio López todavía era una persona de fiar.

Con este panorama debería preparar una estrategia para la llegada a Venezuela el primero de enero del 2012. La reunión en la Embajada Americana le imponía estar ahí antes del día dos. Nuevamente, la presión regresó de solo pensar que podrían esperarlo los sicarios del archienemigo. La mente giraba buscando la forma más segura de salir del aeropuerto, porque recordaba muchos episodios en los que unos asesinos, sin mayor contemplación, disparaban a personas llegando de viaje sin importar cuáles serían las consecuencias y, luego, se perdían entre el público aglomerado esperando a familiares, amigos y ejecutivos. De hecho, él fue objeto de un atentado a plena luz del día y se salvó por cosas de la vida o por no estar inscrito para entrar a las estadísticas de los muertos ese día. De pronto, sonó el celular y el ruido lo sacó de sus pensamientos. Se levantó y lo retiró de la chaqueta. En la pantalla apareció el nombre de Temístocles y lo atendió:

—Hola, ¿cómo estuvieron las navidades? Pensaba llamarte en este instante.

El coronel respondió:

—Bien, en familia, ¿y usted?

—Igual, en casa. Pero pensando mucho en el problema del Banco Central, es complejo. Regreso el primero de enero.

Temístocles aprovechó para comentarle el objetivo de la llamada:

—Por eso me estoy comunicando: para darle todo mi apoyo logístico. Temo que el hombre infiltrado en el equipo, cuando conozca la fecha de llegada, se la comentará al cartel. Eso es como decírselo a Fernando Churio y no quiero ni pensar, en que vuelvan a intentar eliminarlo.

José, al escuchar las palabras del coronel, hizo un silencio y luego le comentó:

—Reflexionaba eso mismo en este instante. Estoy buscando la forma de salir del aeropuerto sin exponerme a un atentado, pues pienso igual que tú. Alexis le avisará día, hora y número de vuelo de mi llegada a Venezuela. Pero, a la vez, no quiero dejar de hacer el mismo procedimiento utilizado en mi último viaje, para evitar sospechas.

El coronel analizaba cómo ayudar a José sin cambiar la ecuación que tenía al frente. Se hizo un silencio y luego Temístocles habló:

—Independientemente de que no quieras cambiar el procedimiento anterior, yo voy a estar ahí con mis hombres.

José buscaba la forma más fácil y segura para él, y se lo trasmitió al coronel:

—Es buena idea, baja con tu equipo. En esta oportunidad voy a llegar al aeropuerto Simón Bolívar, en Maiquetía, por ser el más grande y poseer varias vías de salidas. Piensa por dónde podemos dejar las instalaciones sin pasar por la puerta utilizada para el público. De esperarme un sicario, es ahí donde siempre se agrupan muchas personas para el reencuentro con los familiares y amigos: parece como si la gente estuviese viendo un desfile de moda y todos estiraran el pescuezo para ver si su pariente viene en el pasillo que está a continuación de las máquinas utilizadas para revisar las maletas. Para cualquier asesino es fácil escapar de ese lugar, pues hay varias salidas. Además, si no lo hacen en ese lugar, pueden esperar varios motorizados para cuando salga del aeropuerto y cruce la calle, vía el estacionamiento. En ese momento intentarían despacharme al otro mundo. En fin, hay varios lugares para un atentado.

Al coronel Temístocles el cuadro se le complicó y no veía por dónde podía sacar a José Quilarque. Le comentó:

—Vamos a tener que abortar ese procedimiento y buscar otro que le dé más seguridad a usted al llegar a Venezuela.

José no estuvo de acuerdo y le explicó:

—No, vamos a continuar con el plan. Pero haciendo varios cambios inteligentes...

José pensó, por unos segundos, para organizar las ideas y a continuación comentó:

—Debes hacer contacto con la Casa Militar y solicitar un permiso que permita el acceso a la rampa cuatro, la utilizada por el Presidente de la República para realizar sus viajes. Eso nos facilitará salir por ese lugar y, para mayor seguridad, debemos utilizar una camioneta negra blindada, igual a las que escoltan al Jefe del Estado.

José Quilarque se quedó revisando mentalmente el plan propuesto y sabía que faltaba algo. Continuó explicando:

—Para que tenga éxito este plan, nadie debe conocerlo, porque de inmediato alguien se lo soplaría a Fernando Churio. Recuerda, suponemos lo peor. Pero puede que la pandilla, en esta oportunidad, no haga nada. En cambio, nosotros nos preparamos por si se les ocurre realizar un atentado nuevamente. Además, estos prófugos de la justicia tienen un jefe con la mente perversa y uno debe saber leerla para neutralizarlo, de lo contrario seré una presa fácil. Para muestra lo sucedido hace unos días por no tomar las precauciones elementales para evitar un atentado. Cada movimiento se debe planificar muy bien.

Temístocles se quedó en silencio, el plan le parecía bueno, aunque debería cargar con toda la responsabilidad y realizar los trámites personalmente, para evitar las filtraciones. En esta estrategia era muy importante mantener a Alexis neutralizado, lo cual requería ingenio. El coronel analizó el plan trasmitido por José Quilarque y lo apoyó:

—Estoy de acuerdo con usted, ésa es la forma más segura de salir del aeropuerto. De todo esto me preocupa Alexis, porque cuando vea el primer cambio, que tiene que ir conmigo al aeropuerto a buscarlo a usted, se va a poner intranquilo y le aparecerán muchas preguntas en la mente.

José lo tranquilizó:

—No te preocupes, voy a decirles que por mi seguridad tú vas a reforzar el grupo y van a ir juntos. Además, los llamaré antes de salir de Aruba, tiempo suficiente para que puedas buscarlos y llegar al aeropuerto Simón Bolívar en el momento de aterrizar. Hasta hora no he podido resolver lo del celular de Alexis: seguro ellos lo conocen y nos van a seguir por el GPS, pues éste les indicará cuándo salimos del terminal y la vía tomada para llegar a la capital. Eso nos expone a todos

El coronel sabía cómo solucionar ese problema, era algo fácil y lo comentó:

—No se preocupe por eso, déjelo de mi cuenta, tengo un amigo que pertenece a la inteligencia del ejército, lo llaman: «Mano de Seda». Es un sargento de nombre Julio Angarita y ha trabajado conmigo en otras oportunidades este tipo de caso. Él nos puede esperar en el aeropuerto con mi equipo de hombres y cuando nos vea llegar le identifico a Alexis. Con un pequeño choque le quita el celular, él ni lo sentirá. Ese procedimiento lo hemos realizado varias veces con muy buenos resultados. Usted debe preocuparse por el de

Mauricio, que seguro lo tiene el cracker de Fernando. Toda esta estrategia me parece bien y los podemos despistar.

A José le hizo ruido la última parte de la explicación que le dio el coronel. Le recordó el comentario del comisario Genaro en su oficina y se lo trasmitió a Temístocles:

—Búscate un celular a nombre de otra persona, porque Fernando Churio, como tú sabes, tiene un cracker que es un avión y en un dos por tres, con tu nombre, te puede identificar el número y fácilmente nos localizará. Si hacemos todo correcto, no vamos a tener problemas.

El coronel entendió y le aclaró:

—No se preocupe, llevo un celular de otra persona y así me salgo del radar de esa pandilla.

Pero a José le quedaba otro punto pendiente y se lo comentó al coronel:

—Temístocles, recuerda, tu amigo Mano de Seda, al quitarle el celular a Alexis, tiene la papa caliente en la mano. Ellos lo seguirán a él, pensando que voy en la camioneta y si esa gente quiere hacerme un nuevo atentado no se detendrán. Es importante alertarlo, para evitar un sicariato.

El bombillo se le prendió a Temístocles y entendió el peligro para el amigo al quedarse con el celular. Se le ocurrió entonces otra idea:

—No hay problema, le instruiré que lo eche al pipote, para evitar que los sigan.

José Quilarque se quedó repasando el plan por unos segundos y antes de cerrar el celular, diseñó una estrategia que no se esperaría su archienemigo, Fernando Churio, y se la trasmitió al coronel:

—No mandes a tirar el celular. Hagamos algo mejor, vamos a darle una sorpresa a la pandilla de falsificadores...

José hizo una pausa para tratar de ser lo más claro posible y el coronel esperaba las instrucciones:

—Escucha bien, Mano de Seda debe llevar el celular con él y tomar la carretera vieja de la Guaira–Caracas. Como tienen el GPS, los van a seguir pensando que voy en el vehículo. Esa vía es ideal para un atentado y ellos van a salir mal parados si intentan algo: uno de los hombres de Fernando Churio va a ir seguro con el grupo para identificarme, lo podemos eliminar y de esa forma lo dejamos con solo dos en el grupo. En este trabajo vas a necesitar agentes entrenados para enfrentarse a los sicarios. Pienso pedirle apoyo al comisario Genaro para tu gente.

A Temístocles le pareció buena la estrategia de Quilarque y le comentó:

—No hace falta hablar con el comisario, yo me estoy apoyando en mi gente del servicio de inteligencia del ejército y ellos pueden ayudarnos en este trabajo. Déjelo de mi cuenta, porque si aparecen por usted, le vamos a enviar un mensaje a Fernando Churio.

Después de finalizar el diseño del plan, la conversación llegó a su fin y José se despidió, pero antes le comentó:

—Pronto te llamo, voy a pedir los pasajes y luego te informo a qué hora llego de Aruba y el número de vuelo. Esos datos se los voy a pasar a Mauricio también y le comento la estrategia.

Temístocles miró el reloj, marcaba las diez de la mañana. Buscó el número del celular del capitán Remigio Tovar, un oficial perteneciente a la inteligencia del ejército que había trabajado con él en diferentes misiones. El teléfono repicó varias veces sin suerte. El coronel pensó en las malas comunicaciones del país, que constantemente resultaban fallidas.

Canceló la llamada y regresó a su escritorio a buscar el teléfono de la Casa Militar. Sonó entonces su celular. Lo agarró y vio en la pantalla reflejado el nombre de Remigio. La alegría regresó a su cuerpo y lo saludó:

—Hola, capitán, ¿cómo está?

El oficial manifestó:

—Discúlpeme, mi coronel, no escuché la llamada.

—No se preocupe, las líneas telefónicas están malas y se mantienen de vaina. Lo importante es que nos comunicamos.

El capitán se puso a su disposición:

— ¿Para qué soy bueno?

Temístocles pensó por unos segundos explicarle en qué consistía la llamada; sin embargo, le pareció mejor hablar el tema personalmente, por lo delicado que era; además, el tiempo corría en contra de él, pues José Quilarque llegaría en pocos días y se atravesaba el fin de año. Eso lo llevó a plantearle una reunión apresurada:

—¿Cómo está tu tiempo hoy para almorzar?

El capitán revisó mentalmente la agenda y recordó que tenía una cita para el mediodía; sin embargo, le comentó:

—Mi coronel, tengo un almuerzo de despedida de año con una amiga; sin embargo, para usted siempre hay tiempo. Lo importante es ajustarse. Si nos vemos por una hora, puedo cumplir con los dos compromisos y el segundo lo demoro por ese tiempo. Podemos buscar un lugar en el centro, donde tengo la reunión, para no sufrir los atropellos del tráfico.

Al coronel le pareció que el mejor lugar era su oficina y que luego podría llevarlo a la cita. Esa idea se la trasmitió a Remigio, a quien le pareció bien, y acordaron:

—Mi coronel, a las doce estoy en su despacho, en el Banco Central de Venezuela.

Temístocles, una vez que finalizó de hablar con el capitán, pegó la espalda al respaldar de la silla ergonómica para pensar en todo el trabajo que tenía por delante. Tomó el teléfono nuevamente y llamó al sargento Julio Angarita. El celular repicó y apareció una voz:

—Hola, mi coronel. ¿Cómo está?

Temístocles fue al grano:

—Bien, pero la llamada es para pedirte que, si puedes, vengas a mi oficina en el BCV, hoy a las doce del mediodía, para una reunión urgente.

Al sargento, que conocía al coronel, no le pareció raro que lo invitara a una reunión el día de los inocentes, y con esa urgencia: sabía que algo pasaba. No preguntó nada. Solo respondió:

—Salgo de inmediato para allá en moto, para evitar el tráfico, estoy en la Comandancia General de Ejército.

A las doce del día, los tres estaban reunidos en la oficina del Banco Central. El que hablaba era Temístocles, quien les explicaba el plan diseñado por José Quilarque, dándoles su perfil y currículum, aclarando que se trataba de la persona contratada por el Instituto emisor para capturar a Fernando Churio, uno de los prófugos de la cárcel de Tocorón. Luego, tomó la palabra el capitán Remigio:

—Mi coronel, para este trabajo debo contar con cuatro hombres más y dos camionetas blindadas. En la primera debe ir el chofer, el sargento Julio, como señuelo, por tener el pelo blanco como el señor José Quilarque, que ellos quieren asesinar y quien, además, cargará el celular de Alexis. En este vehículo voy yo. En la segunda, irían tres hombres de mi confianza, más atrás, para evitar dar la sensación de andar juntos y de esta forma asegurarnos de que no aborten el atentado.

A Temístocles le pareció bien la idea de Remigio y aprovechó para solicitarle:

—Capitán, usted se encargará de la logística y la coordinación con Julio Angarita. Dónde se van a encontrar para bajar al aeropuerto. El sargento debe estar ahí cuando yo llegue con Alexis, para quitarle el celular y, luego, salen y esperan mi llamada, que les indicará que estoy dejando el terminal aéreo con José Quilarque.

Los tres se quedaron en silencio, como repasando la operación. Luego, el sargento Julio habló:

—Mi coronel, antes de usted bajar a La Guaira, nos llama y nosotros lo esperamos en la entrada del aeropuerto. Cuando lo vea con el grupo, yo me adelanto y hacemos lo que hemos realizado en otras oportunidades.

En la medida en que el plan se iba diseñando la tensión se fue apoderando de los participantes de la reunión y las mentes se les fueron agudizando. El sargento volvió a tomar la palabra:

—Mi coronel, ¿por dónde vamos a subir nosotros a la capital?

Temístocles le indicó:

—Ustedes tomarán la carretera vieja de La Guaira-Caracas y nosotros la autopista. Deben estar muy atentos, porque si Fernando Churio intenta otro atentado contra José Quilarque, enviará un escuadrón de motorizados a seguir la señal del celular.

El Coronel giró la cara hacia el sargento y le aconsejó:

—Julio, debes cuidarte mucho, eres el objetivo principal. Te buscarán por el pelo blanco de José Quilarque, y a la velocidad que van las camionetas y las motos no ven caras, sino de vaina la cabellera.

El silencio regresó al salón y nadie habló más del ataque de los sicarios a la caravana. El capitán Remigio hizo un comentario jocoso para romper con la tensión:

—Mi Coronel, usted no pudo buscar un mejor día para un operativo como este: «domingo primero de enero del 2012». Eso nos impone un fin de año abstemio. Además, vamos a tener que ir a la cama temprano ese día, para estar en la mejor forma posible, pues es seguro que vamos a tener una plomazón de las buenas.

Temístocles se quedó en silencio. Con todo el trajín del mes de diciembre, desde la llegada de José Quilarque, no se había percatado de las fechas, en especial de esta última. El coronel vio el reloj, marcaba un cuarto para la una de la tarde, y comentó.

—Remigio, estás en el tiempo justo para cumplir con tu otro compromiso, espero que sea mejor que este. Debemos finalizar la reunión para salir y que logres llegar a tiempo.

Los tres se levantaron y salieron en dirección al ascensor. En el camino, el sargento Julio Angarita hizo un comentario:

—Capitán, si está corriendo contra el tiempo, yo lo puedo llevar: cargo una moto, porque es el remedio para aliviar el problema de las colas, en especial en el centro de la Capital.

El ofrecimiento le pareció de maravilla al capitán y lo aceptó. Dejaron en libertad al coronel, quien tenía todavía muchas cosas en la agenda antes de finalizar el día. Una de las cuales era comunicarse con la Casa Militar para solicitar el permiso de usar la rampa cuatro, como lo había previsto José Quilarque.

Capítulo XVIII

Fiesta en el Country Club

En la quinta donde se alojaba la pandilla de falsificadores de dólares americanos, el 28 de diciembre había movimiento. En una parrillera se veían los carbones esperando por fuego para preparar las brasas y, al lado, había una mesa cubierta con puntas traseras, pechugas de pollo, chorizos, chistorras, morcillas y otros acompañantes. La cantidad de comida anunciaba la llegada de visitas. El día amaneció nublado y con una garua insistente. Fernando Churio buscó el estado del tiempo en internet para la capital ese día y el pronóstico anunciaba que pronto saldría el sol, eso le alegró la mañana.

Una de las muchachas de servicio apareció con una taza de café negro y la colocó sobre una mesa grande. Fernando Churio comenzó a tomárselo con tranquilidad mirando el jardín, que lucía impecable. Todo permanecía como lo diseñó el paisajista, alrededor de unos árboles altos, que existían desde que esas tierras pertenecían a las haciendas Blandin, La Granja y El Samán. La grama la habían cortado recientemente y la dejaron con una altura de dos centímetros, muy parecida a la utilizada en los estadios de futbol. El segundo hombre del grupo que apareció fue Carlos Millán y saludó:

—Bueno días, jefe.

Fernando contestó y a continuación preguntó:

— ¿Qué noticias tienes de Luis Peraza? ¿Viene a la reunión?

La respuesta de Carlos fue:

—Sí, estará aquí a las doce del día, acompañado de tres sicarios solicitados por usted.

Fernando Churio se quedó en silencio, mirando al jardín. Carlos recibía una taza de café negro de la joven de servicio. Le dio las gracias, comenzó a degustarlo y como su jefe no hacía comentario, hizo lo mismo, dirigió la mirada al patio. De reojo vio el reloj que marcaba un cuarto para las doce. El cielo comenzó a despejarse y la lluvia impertinente fue desapareciendo lentamente. El día volvió a sonreír. Otro del grupo apareció. En esta oportunidad, era Antonio Hernández. Saludó.

Fernando le respondió y con la mano derecha le indicó que se sentara a su lado. Volteó la cara y con voz baja le preguntó:

— ¿Cómo te va con la incursión en los sistemas electrónicos del Banco Central? ¿Has podido entrar?

La respuesta de Antonio fue rápida.

—Estoy trabajando, es cuestión de días. Trato de detectar fallas en el software y otra vulnerabilidad de los sistemas. Cuando aparezca una grieta o una puerta abierta, por ahí ingreso y podemos hacer y ver lo que queramos.

Al terminar de hablar Antonio, apareció Gustavo Tovar, saludó y no se sentó, sino que miró a Fernando y le comentó que regresaría a la entrada de la residencia, pues pronto llegaría El Galán, quien lo había llamado para avisarle que subía por la urbanización Campo Alegre y se encontraba a pocos minutos de la quinta. Dio media vuelta y se marchó. El jefe volvió a mirar al cracker y le dijo:

—Debes violentar esos sistemas lo más rápido que puedas, porque el tiempo se nos acaba. No pienso durar mucho aquí.

Antonio se comprometió con Fernando Churio:

—Jefe, este fin de semana debo tener eso listo, posiblemente antes, pero quiero darme un margen, para no quedar mal con usted. Eso se lo aseguro: ¡pronto estaremos viendo, por las cámaras, las bóvedas de oro del Banco Central de Venezuela!

Fernando regresó el cuerpo al respaldar de la silla y siguió pensativo. A Carlos le preocupaba, pues no lo había visto así desde la llegada a la quinta de Caraballeda. El jefe volteó hacia Antonio y le comentó:

—En estos días debe estar llegando otra vez a Venezuela José Quilarque y quiero conocer la fecha, y la hora de llegada a este país. La deuda crece y quiero cobrársela toda en cualquier momento, antes de irme del aquí.

La insinuación de Fernando Churio bastó. El cracker se levantó, se fue al salón donde tenía las computadoras y comenzó a realizar el mismo procedimiento de la vez anterior, para tratar de buscar en los sistemas de reservación el ticket aéreo de José Quilarque y la fecha de llegada a Venezuela. La sorpresa para Antonio fue mayúscula cuando vio en la pantalla saltar lo que buscaba. La información salió como si estuviera retirando dinero de un cajero automático. Imprimió una copia y regresó al grupo. Saludó, nuevamente, y le llamó la atención que la silla que dejó permanecía desocupada. Miró la cara del jefe, quien con un pequeño movimiento le indicó que podía sentarse a su lado. Ese gesto le permitió incorporarse a la reunión.

El Galán llegó con los tres sicarios, todos con caras duras, de asesinos. La conversación giraba en torno a José Quilarque. Fernando Churio hablaba:

—Tenemos al hombrecito de pelo blanco regresando a Venezuela. Hay otra oportunidad de oro para eliminarlo y despacharlo de este mundo.

Fernando Churio se volteó, miró a los ojos de Luis Peraza y le preguntó:

—¿El soplón infiltrado en el equipo de José te ha dicho algo de la llegada a Venezuela?

El Galán respondió:

—No. Hasta hoy, José Quilarque no se ha puesto en contacto con ellos. Al tener cualquier información se comunicará conmigo.

Antonio escuchó la respuesta de Luis Peraza y le pasó el papel a Fernando Churio, éste lo vio y al notar el nombre del enemigo se lo acercó más a los ojos hasta entender que se trataba del pasaje de José Quilarque. El itinerario, desde San Francisco a Miami y luego a Aruba, finalizaba en el aeropuerto Simón Bolívar, el día primero de enero, a las dos de la tarde. Vio la fecha de la venta del boleto y comprendió que solo había pasado media hora desde la emisión. El jefe volteó la cara a donde se sentó El Galán y le pasó la hoja. Él hizo lo mismo y, luego, lo único que expresó fue:

—Qué arrecha es la tecnología. En cuestión de minutos tenemos copia del pasaje de José Quilarque, con toda la información disponible.

Luis volteó la cara en dirección a Fernando Churio, le regresó el papel y le comentó:

—Ya tenemos el día y hora de llegada de José Quilarque a Venezuela, ahora vamos a hacer el plan. Aquí están los tres hombres solicitados. Son sicarios expertos. Los utilicé varias veces y he quedado satisfecho con el trabajo. Lo único malo es que no conocen al personaje y hace falta identificarlo para ejecutar tu plan.

Fernando sentía que la hora para eliminar a José Quilarque se acercaba. La cara le cambió y la luz le regresó al rostro, acompañado de un morbo asesino y comentó:

—Por eso no hay problema, Carlos lo conoce bien. Lo vio en la entrada del restaurante Tarzilandia y, además, tiene fotos del personaje saliendo de la camioneta. Él los puede acompañar cuando bajen a Maiquetía, al aeropuerto Simón Bolívar, y lo esperen a la salida de emigración. En ese momento aprovechan y lo eliminan.

Uno de los sicarios le sugirió:

—Mejol es cuando atraviesen la calle jefe, yo lo mato ahí, polque podemos volal en las moto y nos vamos pa' Catia la Mal.

Como los sicarios tenían experiencia haciendo el trabajo, Fernando Churio no quiso hacer ninguna objeción y les comentó:

—Para mí, lo importante es verlo muerto y que el lunes salga en los periódicos con una sábana blanca cubriendo todo el cuerpo.

A Fernando no le importó hablar directamente con los sicarios, era una oportunidad que se presentaba para despachar a José Quilarque. Aprovechó y se dirigió a El Galán:

—Les pagas bien por los servicios a estos muchachos.

Miró a Carlos y le pidió:

—Llévatelos y enséñales las fotos de José Quilarque y que se graben bien la cara. Luego, te incorporas, nuevamente, a la reunión.

Fernando Churio se levantó y caminó hasta el jardín invitando a El Galán. Se perdieron entre los árboles y le comentó:

—No quiero a ninguno de estos sicarios con vida una vez que finalicen el trabajo. La única persona que debe regresar es Carlos, por ser de mi entera confianza y jefe de mi seguridad. Eso debe quedarte claro.

Para El Galán, quien ya conocía la forma de actuar de Fernando Churio, eso no era nuevo. El personaje nunca dejaba rastro y tampoco daba la cara, siempre buscaba a alguien para el trabajo sucio. Entonces se acercó Rambo y se incorporó a la reunión. Fernando le repitió la orden dada a Luis Peraza:

—Carlos, tú conoces mi manera de actuar. No quiero testigos en este encargo. Ese día es domingo y primero de enero y debe estar muy solo el aeropuerto, por ser día de fiesta. Eso nos da una ventaja adicional, pues muchos de los hombres de seguridad no van a ir a prestar servicio, porque amanecerán trasnochados. El trabajo debe ser relativamente fácil y rápido.

Carlos aprobó con un movimiento de cabeza la orden del jefe. Pero no tenía claro dónde iba a matar a los sicarios, por ser muchachos peligrosos y acostumbrados a batirse a tiro con cualquier persona. Para él no iba a ser fácil despachar a los tres y se lo comentó a El Galán:

—Luis, ¿dónde ejecutaré la orden de Fernando para no dejar testigos?

El Galán explicó:

—No te preocupes, al terminar el trabajo van a ir a cobrar el cincuenta por ciento restante de los honorarios en el galpón de La Yaguara, y ahí los eliminamos. Eso déjalo por mi cuenta. El domingo vengo por ti a las diez de la mañana y te unes al grupo antes de bajar al aeropuerto.

Los tres regresaron a la mesa. Las muchachas de servicio aparecieron con una nueva ronda de café. Fernando Churio volvió a tomar la palabra:

—Luis, ya tenemos parte del procedimiento. Pero lo más difícil es lo que viene...

El Galán lo interrumpió y le explicó el plan:

—En esta oportunidad vamos a tener dos grupos de motorizados y si uno falla o lo deja herido, el otro lo remata. Vamos mejor preparados. Además, en la primera moto va como parrillero Carlos, el encargado de reconocer a José Quilarque, y que es experto en ejecutar este tipo de trabajo.

Fernando retomó la palabra y agregó:

—Además, es el hombre encargado de estar en contacto con nosotros, pues seguiremos toda la operación con Antonio desde la sala de computación. También Alexis estará con ellos y carga un celular.

Tenemos el número para ver cómo se mueven dentro del aeropuerto, por si se les ocurre hacer algo diferente a lo normal. Recuerden, buscamos a un hombre sumamente habilidoso, por lo que es difícil dar con él. El último atentado fue un momento único que no se va a repetir, porque lo agarramos desprevenido. Nunca pensó que en tampoco tiempo lo podíamos buscar para despacharlo al otro mundo. Ahora debe venir preparado. Este es un juego de ajedrez y gana el mejor estratega.

El Galán se levantó y pidió permiso para retirarse con los tres sicarios. Pero cuando llegó a la puerta de entrada de la quinta regresó para hablar con el jefe:

—Ya vuelvo con el otro encargo, déjeme llevar a estos muchachos a la Plaza de Altamira, donde los espera uno de mis choferes para trasladarlos al Valle. No se preocupe por ellos, porque antes de llegar aquí, di varias vueltas por las urbanizaciones vecinas al Country Club. Eso los despistó y no fijaron la dirección. Además, el domingo se despedirán de este mundo.

El Galán salió de la quinta y cruzó a la izquierda, buscando una de las vías para llegar a la Plaza Altamira y despistarlos nuevamente. Fernando Churio pidió que le trajeran su bebida preferida: una botella de whisky Buchanan's De Luxe. Se presentó el barman con la bebida, vasos y hielo. El jefe comentó:

—Vamos a brindar por la nueva oportunidad de eliminar a José Quilarque.

Miró a Rambo y se dirigió a él con firmeza:

—Espero que no tengamos ningún tipo de inconveniente en esta ocasión.

A Carlos no le agradó la forma como Fernando le habló, especialmente el tono de voz. Sintió que lo responsabilizaba en caso de no ejecutarse el plan según lo previsto. El grupo bebió el trago y los vasos quedaron vacíos. El barman procedió a reponerlos.

Fernando aprovechó y le solicitó a Carlos que llamara a una de la muchachas de servicio para que comenzara la preparación de la parrilla, pues las brasas se llevaban su tiempo para estar a punto. Sonó el celular de Gustavo, lo agarró, se levantó y caminó hacia el jardín para hablar con tranquilidad:

—Aló... aló...

Al otro lado El Galán dijo:

—Soy yo. En tres minutos estoy en la puerta.

El cerebrito salió para la entrada principal. Lo único que dijo al pasar cerca del grupo fue:

—Está llegando Luis Peraza, voy a recibirlo.

Caminó apurando los pasos para estar justo a tiempo cuando entrara El Galán. No entendía la razón por la cual regresaba. En su agenda no tenía previsto volver, o al menos él no tenía conocimiento de ello. Eso lo puso en alerta. Con su mano derecha acariciaba la cacha de la pistola que cargaba en la cintura. Sin embargo, Fernando Churio no se levantó de la silla ni dijo nada, seguro conocía algo y no lo comunicó. Se detuvo en la entrada de la quinta, a recibirlo. Luis Peraza estacionó la camioneta y de ella se bajaron cuatro chicas, cada una más bella que la otra y esperaron por El Galán. Gustavo se quedó en el sitio... ¡mudo! No sabía qué decir, les estrechó las manos y les indicó el camino hasta donde estaba el grupo. Ahora entendía la tranquilidad del jefe. El grupo, al ver las jóvenes se levantó con una sonrisa en la cara y las saludaron. El anfitrión pidió que buscaran champaña para brindar con las invitadas. Rápidamente, apareció el barman con dos botellas de Dom Perignon. Cuando todos tenían las copas llenas del espumante líquido en las manos, brindaron y pronunciaron la palabra mágica:

—Feliz navidad.

Luego, procedieron a tomar. Fernando miró a sus tres compañeros y volvió hablar:

—Este es mi regalo de navidad. Vamos a desconectarnos de todos los problemas para pasar un buen rato.

Miró hacia donde tenían el anafre con las brasas y vio a señora de servicio iniciar la preparación de la parrilla. Luego se acercó a El Galán y le comentó:

—Gracias por presentarte con este póquer de ases, no sé cuál es la más guapa. En este momento estoy recordando a Wiliam, que te pidió varias veces que le buscaras unas chicas.

A Luis Peraza le apareció una sonrisa en la cara y la movió lentamente, como recordando con nostalgia al sicario y comentó:

—Sí, yo también lo echo de menos, era todo un personaje. Pero en Caraballeda estaba muy reciente la fuga de ustedes de la cárcel de Tocorón y los buscaban por todas partes...

El Galán se detuvo, miró alrededor y le pidió a Fernando moverse un poco hacia el jardín, pues no quería que lo escucharan y comentó:

—Debemos tener mucho cuidado con todo lo que estamos haciendo, porque según los informantes, José Quilarque ha montado un comando formado por gente del Cicpc, la Embajada Americana, el Servicio Secreto de los Estados Unidos y oficiales de inteligencia del ejército venezolano. Ese grupo nos busca, no solo por querer interferir con el Banco Central de Venezuela y las autoridades, sino por ser falsificadores de dólares. Además, te recuerdo que entre el gobierno americano y el venezolano existe un convenio de Cooperación Contra la Lucha de la Delincuencia Organizada que incluye, entre otros delitos, la falsificación de los verdes. Cuidado si entre ellos aparece una negociación y nos entregan al imperio, allá pueden meternos varios años de cárcel. Además, de ahí nadie se puede escapar.

Fernando tragó grueso al oír lo comentado por Luis Peraza, su mano derecha en el negocio, pero continuó aferrado a su decisión desde la salida de la prisión y le dijo:

—Te he comentado en varias oportunidades: a la cárcel no regreso y mucho menos a una en los Estados Unidos. Te habló como Pablo Escobar: prefiero una tumba en Venezuela que una prisión en Norte América.

Ambos volvieron a la mesa, donde se encontraba el resto del grupo muy animado con las chicas.

En San Francisco, José Quilarque, una vez con los boletos en la mano, participó el itinerario al coronel Temístocles Caballero y luego llamó a Mauricio López al celular:

—Aló, soy José.

Al otro lado, en Caracas, le contestó el comisario.

—Sí, lo escucho.

—Estoy llegando el domingo al aeropuerto Simón Bolívar, en Maiquetía, a las dos de la tarde. Te llamo desde Aruba antes de abordar el avión. Con ustedes viene a buscarme el coronel Temístocles. Se ponen de acuerdo sobre dónde se van a ver con él para bajar juntos.

Mauricio le ratificó el plan:

—No se preocupe, jefe, al terminar de hablar, llamo al coronel y después hablo con Alexis y le informo de su decisión: los tres vamos juntos al aeropuerto.

José Quilarque continuó en el celular y volvió a intervenir:

—Además, escúchame muy bien: llévame un celular que no esté a tu nombre, porque el cracker de Fernando Churio nos localiza, igual debes hacer tú, búscate uno, pero asignado a otra persona o a una empresa inexistente, de esa forma no pueden seguirnos. Esta estrategia guárdatela y no la compartas con nadie, ni con Alexis, pues tengo una pequeña duda con él por dejar la cartera en mi apartamento, esto fue lo que nos llevó a regresarnos a buscarla, y ya sabes lo sucedido. Si hacemos estos movimientos, al grupo de Sonrisa le será difícil ubicarnos y podemos evitar otra emboscada y que caigan todos conmigo. A ese sujeto no le importa llevarse a cualquier persona por delante para lograr sus objetivos.

Mauricio se quedó en silencio, la cabeza comenzó a darle vueltas con lo escuchado. Algo le hacía ruido y le preguntó a José Quilarque:

—Jefe, queda pendiente el celular de Alexis, con él pueden ubicarnos y seguirnos.

José aclaró:

—No te preocupes, eso está resuelto. Lo importante es mantener toda esta estrategia en secreto, de lo contrario, si alguien conoce algo de esto, podemos salir jodidos. Ahora mismo te envío copia de los pasajes por internet y búscame como siempre. No debes dar ningún tipo de señal de estos cambios. Actúa normal e infórmale de mi llegada a Alexis, ya le participé al coronel Temístocles.

La reunión en la quinta del Country Club se animó al poner música. Los muchachos bailaban con las invitadas para hacerles agradable la tarde. Conociendo a Fernando Churio, no escatimaría en el monto a pagar por el servicio de las jóvenes. Lo malo era la decisión de costumbre: las mandaría a desaparecer una vez salieran de la mansión, pues no le gustaba dejar testigos. Siempre pensaba que si lo llevaban de nuevo a un juicio, conseguirían personas dispuestas a declarar sobre sus crímenes, que eran muchos.

Fernando se mantenía al margen del grupo, hablando con Luis Peraza y disfrutando un escocés. De repente sonó el celular de El Galán, quien pidió disculpas y se retiró un poco del grupo, donde la música sonaba y no permitía escuchar bien, y contestó:

—Aló... aló. Sí, soy yo. Luis.

Escuchaba con cuidado. Con un movimiento de cabeza daba a entender que entendía todo. Luego, se despidió:

—Gracias por la información, nos veremos pronto.

La conversación fue corta. Regresó a la mesa y le comentó a Fernando:

—Era Alexis para reportar el viaje de José Quilarque. Esa información ya la conocemos con todos los detalles gracias a Ramón. Lo único nuevo es que van a bajar al aeropuerto con el coronel Temístocles, quien contrató a José Quilarque para enviarlo a usted de vuelta a la cárcel cuando se supo que iba a atentar contra las instalaciones y autoridades del Banco Central para desacreditarlos.

Fernando escuchó con cuidado las palabras de Luis Peraza y se quedó pensando. Tomó otro trago de whisky y comentó:

—No me gusta este movimiento de José Quilarque. Él no da un paso sin analizarlo. Algo se trama.

Luis, para relajar un poco a Fernando comentó:

—Según información suministrada por Alexis, después del atentado, el coronel ha querido darle mayor protección personal a José Quilarque y estuvo con él hasta dejar el país. Ahora lo va a buscar para continuar con la labor. Eso lo expone a recibir, también, un plomazo, por estar en la corte de su enemigo.

Fernando caminó un poco hacia un lado del jardín, donde la música se escuchaba menos y podía razonar mejor y habló:

—No debemos perder de vista a ese asesor de seguridad. Él pertenece al servicio de inteligencia del ejército, es un grupo poderoso en este país y nunca trabajan solos, siempre actúan como un comando bien estructurado.

Ambos se quedaron en silencio. El mesonero llegó, les cambió los vasos y les participó que la parrilla estaba lista. Ninguno de los dos quiso comer, prefirieron continuar con el escocés y Luis comentó:

—Eso lo hemos hablado. José Quilarque ha estado preparando un comando de expertos para dar con nosotros. Si yo fuera usted, abortaría este atentado, me iría a otro país a descansar y volvería cuando nadie lo espere.

Esa última sugerencia de Luis golpeó el orgullo de Fernando Churio:

—Uno de mis defectos es que nunca me rajo. No le rehuyó a los retos y mucho menos ahora, cuando mi enemigo está a mi alcance. En este momento estoy analizando los movimientos de José Quilarque para ver cómo nos ajustamos y darle donde le duele. Eso no significa en nada un cambio y mucho menos pensar en escurrir el bulto y salir corriendo.

Luis Peraza sintió resteado a su jefe, supo que no lo iban a detener.

Antes de regresar adonde el grupo se veía animado, Fernando le comentó:

—El viernes vamos a ir a cenar al restaurante Il Caminetto, está aquí mismo, en la Castellana. Es italiano y uno de mis favoritos desde que lo fundaron en Las Mercedes.

El Galán se quedó en silencio. Miró a su jefe y le sugirió:

—Es una buena idea, a mí también me gusta la comida italiana. Pero tenemos que tener mucho cuidado, pues a ese lugar va mucha gente del gobierno y la policía de Chacao pasa cada ciertas horas por esa cuadra para darle seguridad a los visitantes. En esa calle hay por lo menos cuatro restaurantes, uno al lado del otro y más adelante está el centro comercial San Ignacio.

Fernando Churio lo tranquilizó:

—No te preocupes, ni tú me vas a reconocer. Sin embargo, te agradezco que envíes esa noche un par de hombres de tu confianza a cenar a ese restaurante, por si acaso a alguien se le ocurre meterse con nosotros.

Capítulo XIX

Visita a las bóvedas del Banco Central de Venezuela

José Quilarque no veía la hora de regresar a su país para continuar buscando a la pandilla de falsificadores de dólares americanos que se había convertido en un problema para el Banco Central de Venezuela y para el gobierno Americano. La reunión con su amigo del Servicio Secreto lo impresionó, imaginaba las cosas que podrían suceder a las instalaciones del Instituto Emisor si se daba un ataque cibernético de parte del Fernando Churio y sus hombres.

José se instaló en la biblioteca, miró el calendario sobre el escritorio y vio que faltaban pocos días para su regreso a Caracas. Sin embargo, sentía angustia por el tiempo que pasaba lento, muy lento. Para apurarlo, se puso a investigar sobre los delitos más sonados de los cracker, que eran muchos y masivos. Era posible llevar archivos completos de información confidencial, modificar sistemas electrónicos de instituciones, vaciar cuentas bancarias, entre otras violaciones, sin disparar un sólo tiro. Lo más grave era la imposibilidad de conocer quiénes lo hacían. Parecían magos: hacían desaparecer las cosas en la cara del público y no se veía hacia dónde volaban los objetos. Cada artículo que leía le ayudaba a entender un poco más las fechorías de estos nuevos delincuentes cibernéticos. Pero no sabía cuál era la solución ni la forma de detenerlos. Sentía sus manos atadas, sabía que dependía completamente de la asesoría del agente Ming, recomendado por Robert Johnson.

En la búsqueda de más información para comprender el nuevo fenómeno de los delitos informáticos, se topó con un reporte del Observador Venezolano de Violencia, en el cual, en pocas líneas, se hacía manifiesto el deterioro social registrado en Venezuela ese último año: «debemos informar al país que el 2011 concluirá como el año más violento de la historia nacional, como aquel en que se han cometido más homicidios, para un total de 19.336 personas asesinadas». Esa estadística fría, congelaba a cualquier humano. Para un policía, con la experiencia de José Quilarque, era un alerta. Lo hacía entender que Venezuela era otra, muy diferente a la dejada cuando decidió marcharse al norte. Continuó leyendo el artículo y frente a sus ojos pasaban cifras que endurecían aún más la información, hasta encontrar la más dramática: 53 asesinatos diarios.

José se levantó de la silla y se fue hasta la ventana de vidrio a ver hacia el horizonte para salir del impacto causado por el artículo del Observatorio Venezolano de Violencia. Caminó hasta donde tenía una botella de escocés y se sirvió un trago. Por su mente pasaron muchas cosas. Ese artículo le había parecido como un aviso para redoblar la seguridad y caminar con mucha malicia en su nueva visita a Venezuela. El whisky le cayó bien y lo relajó.

Esa mañana, entre la conversación sostenida con su gente en Venezuela, los artículos de la guerra cibernética y las estadísticas de asesinatos en el país, estaba alterado. Era imposible pasar por esas lecturas sin sentir algo. A cualquier ser humano, por duro que fuera, lo movía la realidad de la violencia.

La hija mayor de Quilarque entró a la biblioteca y lo invitó a bajar para que se acercara a compartir con un grupo de amigos venezolanos que visitaban la casa, festejando el día de los inocentes. Sin embargo, al verlo le preguntó:

—¿Qué te pasa? Se te nota la cara desencajada. Pareces asustado.

José Quilarque fue sincero con la hija y le comentó:

—Acabo de leer un artículo sobre la situación de violencia en Venezuela. Estiman, para el cierre de este año, 1611 asesinatos, en promedio, al mes. Eso equivale a dos muertos por hora. Es una noticia impactante para cualquier persona.

La hija se quedó mirándolo y le comentó:

—Eso te dice algo. No deberías ir a Venezuela hasta que mejore la situación social. Para cualquier persona con cinco dedos de frente se trata de una guerra civil. Muere más gente ahí que en Kosovo, cuando estuvo el conflicto bélico.

La hija insistió en la invitación a la reunión. El padre la miró como extrañado y le comentó:

—En este país, el día de los inocentes se festeja el primero de abril.

La hija lo veía moviendo la cara de arriba hacia abajo, varias veces y le respondió:

—Sí, eso es correcto. Pero nosotros, los venezolanos, lo festejamos el 28 de diciembre. Es nuestra tradición. Y también lo celebramos el primero de abril, para cumplir con los americanos, por ser el país donde vivimos.

José no puso más objeción, bajó hasta la sala y se encontró con el grupo de amigos festejando el día de los inocentes.

En la capital de Venezuela, el viernes 30 de diciembre se sentía la alegría en las calles, se acercaba el fin del año y muchos caraqueños se preparaban para recibir al nuevo en la plaza Altamira, con fuegos artificiales, champaña y música, como lo imponía la tradición de la última década. En la quinta del Country Club el entusiasmo obedecía a otros intereses, porque Antonio había podido entrar al sistema electrónico del Banco Central y navegó, a través de las cámaras, con plena libertad, por todos los rincones del Instituto. Fernando tenía cara de felicidad, lo que había esperado por muchos años se hacía realidad. Sentado cómodamente en una silla ergonómica frente a la pantalla gigante, con sus hombres, veía el oro recién llegado de Londres por la nueva política de la Revolución Bolivariana de tener todas las reservas áureas en la tierra de Bolívar, política expresada con un eslogan: ¡El oro es nuestro!

Antonio amplió la pantalla y fue posible apreciar las hileras de barras de oro con su brillo propio del metal, pues la superficie quedaba completamente lisa, sin ningún tipo de irregularidades, como un cristal, una vez refinado para colocarle el sello de calidad Good-Delivery, que permite negociarlo en cualquier mercado internacional sin ningún tipo de restricciones.

Las barras de oro estaban perfectamente alineadas, semejaban a la formación de un ejército de soldaditos vestido de amarillo en una parada militar. La cara del jefe permanecía inmutable y no decía nada. Se recreaba con la figura del metal y, de acuerdo a su estimación, el valor era desproporcionado. Miró al cracker y comentó:

—Te felicito. Me has regalado la mejor fotografía. Las reservas de oro del Banco Central a mis pies: aunque sea en sentido figurado, no deja de ser un espectáculo maravilloso.

El resto del grupo continuaba en silencio. El jefe volteó la cara, miró a Carlos y le solicitó:

—Llama a Luis Peraza, para ver si se puede acercarse rápidamente hasta aquí. Me gustaría que viera este espectáculo.

Carlos se levantó de la silla desde donde veía cómodamente sentado la montaña de oro. Tomó el celular y dejó el salón para hacer la llama.

Regresó, se paró al lado de Fernando y le comentó:

—Ya viene, jefe. Pronto está aquí.

El silencio regresó al salón donde Antonio tenía el centro de operaciones. No quiso mover la toma de la cámara para que El Galán pudiera ver parte de las reservas.

No habían pasado ni diez minutos cuando sonó el celular de Gustavo. Lo tomó, se levantó de la silla, se dirigió a Fernando y le comentó:

—Luis está llegando

Se paró y caminó hasta la salida del salón. Antes de dejar el lugar, Fernando lo llamó y le solicitó:

—Habla con el barman, queremos una botella de whisky, porque esto hay que celebrarlo.

El muchacho llegó con el escocés y los vasos para cumplir con la orden. Más atrás entró El Galán junto a Gustavo. Luis Peraza se detuvo al ver la bóveda con los lingotes el oro en la pantalla, que cubrían la mitad de la altura de la bóveda e iban de pared a pared. Miró a Fernando, lo saludó con un ligero movimiento de cabeza y recibió el whisky. Cuando todos tenían las bebidas, el jefe se levantó y con el vaso en mano comentó:

—Brindemos por la llegada a las puertas de las bóvedas del Banco Central de Venezuela. Esto se lo debemos al amigo Antonio, quien con audacia y genialidad nos ha permitido ver esta maravilla. Cientos de barras de oro apiladas en un solo lugar.

Al terminar de hablar, chocaron los vasos y, como era costumbre, bebieron. El mesonero los recargó. Luego, Luis preguntó:

—Fernando, ¿qué significa ese sello en la barra de oro?

El jefe se volteó, miró a El Galán y le explicó:

—El sello de calidad Good Delivery incluye una serie de reglas de cumplimientos obligatorias. Los lingotes deben tener 995 de oro fino y 5 milésimas de cobre. Un peso entre 11 y 13 kilogramos, con longitud de 210 y 290 milímetros, un ancho de 55 y 85 milímetros y un grosor de 24 a 45 milímetros. Esas características son básicas para ser aceptado en el mercado internacional.

La cámara seguía enfocando la bóveda. Luego, Fernando miró Antonio y le preguntó:

— ¿Cómo hacemos para llegar hasta ese lugar?

El cracker, una vez que logró penetrar el sistema electrónico del Banco, había navegado gran parte de las instalaciones del Instituto para dar con la bóveda donde tenían el oro almacenado. En esa investigación se enteró de que el lugar se encontraba a 3 sótanos de la planta baja y las puertas para llegar eran de seguridad: ¡una fortaleza! Eso se lo comentó a Fernando.

El jefe se quedó pensativo, porque había creído que el asalto sería más fácil y con un comando, manejado por expertos, podría entrar y salir con un cargamento de oro, como en las películas de Hollywood.

Antonio vio a Fernando Churio contrariado con la explicación y comentó:

—Tengo otro lugar donde no hay barras de oro. Pero hay cantidad de joyas de mucho valor y pueden tener un impacto terrible para lo que usted quiere, que es desprestigiar a las autoridades de Instituto.

Fernando, al escuchar al cracker, volteó la cara hacia Antonio y preguntó:

— ¿Qué otra sorpresa tienes?

Cerro Prendido cambió la cámara de lugar y pasó a enfocar el museo del Banco Central, en la mezzanina del Edificio Sede. Realizó entonces una toma por la exhibición de las joyas del Libertador, además, pudo apuntar hacia una colección de monedas de oro y otra de billetes y monedas de curso legal de países latinoamericanos. Fernando Churio se quedó impresionado. Se levantó y comentó:

—Este lugar es interesante, como dice Antonio. No hay lingotes de oro, pero hay un conjunto de joyas valiosas que representan mucho para la historia del país.

Todo el grupo se quedó en silencio al ver tantas joyas y monedas juntas. Eso solo lo podía hacer un banco central, con dinero suficiente para crear este tipo de museo, patrimonio nacional. Fernando Churio no conocía mucho sobre las joyas del Libertador y le solicitó al cracker que buscara información en internet.

Antonio, se metió en google y procedió a la investigación. En cuestión de minutos, de la impresora salían páginas con el logotipo del Banco Central de Venezuela y con el título «Joyas del Libertador». Fernando se levantó de la silla, se acercó y tomó las cinco hojas del dispensador de la máquina. Regresó y comenzó a leer el material. Los cuatro del grupo esperaban que dijera algo. Pero él leía y pasaba los folios lentamente. Luis, por la espera, le pidió al barman otra ronda de escocés.

Una vez que terminó de leer todo el artículo lo colocó sobre la mesa, Fernando tomó el vaso de whisky y bebió un trago. Miró a sus amigos con cara de satisfacción y comentó:

—Esto es lo que andaba buscando, algo con valor histórico, económico, custodiado por el Banco Central, y que nosotros podemos sustraer. Eso sería un golpe duro para la Institución y el personal que la administra. Parte de estas joyas del Libertador las compró el Gobierno de Venezuela en 1988 a la casa CHRISTIER´S, antes de que realizara la subasta en New York.

Fernando Churio tomó el artículo del Banco Central, miró a Antonio y le pidió:

—Enfoca la primera pieza que aparece en este documento, la Condecoración del Sol del Perú. El artículo dice así: «Realizada en brillantes e impuesta a Simón Bolívar por el ilustre protector del Perú, General José Martin, fundador de la orden del Perú».

Además, Fernando pidió ampliar la pantalla donde se exhibía la joya. Vio el papel y comentó:

—Voy a resumir un poco, porque el documento es largo. Realmente es un espectáculo: con veinte rayos grandes y veinte más pequeños, cubiertos de 500 brillantes, fijados a un centro, con una esfera incrustada con 66 brillantes, circundada por banda de oro esmaltado en rojo y blanco con el epígrafe: «El Perú a sus Liberadores».

Ninguno de los presentes quitaba la vista de la pantalla. Parecían hipnotizados por los rayos de colores desprendidos de los 566 brillantes, que integraban la joya.

Fernando volvió a pedir al cracker que hiciera un paneo a las otras prendas del Libertador. Antonio comenzó enfocando Los Cubiertos de Oro, la medalla de Sucre, la caja de Rapé de Oro del Rey Jorge, el Relicario de Charca, el Relicario de la Madre de Simón Bolívar, el Reloj de esfera y los Gemelos. Luego, giró la cámara lentamente hasta el otro lado del museo, para apuntar La Llave de Oro del Cusco y ahí se detuvo. El salón estaba en silencio viendo cada una de las pertenencias del Padre de la Patria. El jefe no se movió de la silla, se quedó en silencio. En su mente, seguramente, planificaba qué iba a hacer con esta información valiosa proporcionada por Antonio.

El cracker manejaba las cámaras a su antojo, enfocó una mesa donde exhibían unas colecciones de monedas de oro, cuyo valor numismático era inimaginable, superior al del metal. Pero Fernando se había quedado en las joyas del Libertador y volteó hacia Antonio, que conocía a fondo la seguridad del lugar, por haber viajado por las cámaras del Banco Central y le preguntó:

— ¿Cómo ves la posibilidad de asaltar este museo? Me gustaría ponerle la mano a varias joyas del Libertador y a la Condecoración del Sol del Perú.

Antonio respondió:

—Es el lugar más viable de todos, porque está en la mezzanina de Edificio Sede. Tiene una escalera mecánica desde la planta baja hasta el mismo lugar donde exhiben las joyas, así de fácil, pues es una zona de acceso al público, y en el museo no hay vigilancia. Tiene cámaras y alarmas, que podemos neutralizar desde aquí. La única barrera es la puerta principal del edificio.

La mirada de Fernando se quedó fija en la pantalla gigante, colgada en la pared, donde se podía ver la colección de monedas de oro. Sin embargo, no era seguro que él la viera: lo más probable era que analizara la explicación de Antonio sobre la seguridad del museo. Giró sobre la silla y quedó de frente a Gustavo Tovar, especialista en asaltar bancos, y le solicitó:

—Es tu momento de actuar. Preséntame un plan para robar el museo del Banco Central, quiero ponerle las manos a las joyas del Libertador. El próximo viernes debemos estar discutiendo este nuevo plan.

El cerebrito del grupo le comentó:

—Jefe cuente con eso. Pero debo visitar las instalaciones del Instituto, en especial las del museo, la entrada y todas las adyacencias del Instituto, para hacer el diseño de la operación.

Fernando Churio se sentía eufórico con todo lo visto y con el nuevo plan de Gustavo y comentó:

—De mi parte tienes luz verde y puedes disponer de financiamiento si necesitas contratar gente especializada y equipos para este trabajo.

Luego, viendo al cracker, le preguntó:

—Antonio, cuéntame, ¿cómo hiciste para entrar en el sistema del Banco Central de Venezuela?

Cerro Prendido le explicó:

—Desde que usted me pidió hackear los sistemas electrónicos de la Institución, para investigar los tesoros ocultos detrás de esas paredes de piedra, me puse a trabajar en el asunto y traté de entrar a través de algunos de los puertos disponibles…

El jefe lo interrumpió y le pidió:

—Explícame en un idioma sencillo, fácil de entender.

Antonio se quedó pensando cómo exponerle algo que era muy técnico de una manera coloquial y continuó:

—Eso es como si usted quisiera entrar en un edificio con varias puertas pero todas están vigiladas, y no le permiten pasar. Sin embargo, si consigue una libre, por esa se mete. En otras palabras, entré por un servidor del Banco sin vigilancia. Me costó después llegar al siguiente nivel de seguridad, donde tienen el sistema de las cámaras, que está aislado; sin embargo, ahí se me ocurrió una idea sencilla. Como tenía acceso a la lista de los correos del personal del Banco, busqué los empleados asociados al área y se prendió una luz en mi mente y les envié un mensaje electrónico tentador para que lo quisieran abrir. Les anuncié un bono de fin de año, pues la gente siempre, en esta fecha, está corta de dinero. Como era lógico, lo abrieron y entonces les instalé un «Caballo de Troya». Esta técnica me facilitó el camino y permitió un acceso remoto a esa estación de trabajo. Ya estando adentro, me moví como un pez en el agua.

Fernando se pasó la mano por la barbilla y comentó:

—La explicación dada parece fácil. Pero pocos seres humanos tienen la genialidad de lograr con el cerebro y la computadora lo que acabas de mostrar. ¡Te felicito!

Antonio le comentó a Fernando Churio, antes de salir de la oficina:

—Tengo otros lugares del Banco Central para mostrárselos. No dejan de ser interesantes. Por ejemplo, la bóveda donde se encuentra El Oro no Monetario. Además, la colección de cuadros del Instituto, que dejarían muy buenos dividendos si les ponemos la mano.

Fernando Churio escuchó a Antonio, miró el reloj y pensó el compromiso con El Galán de asistir al restaurante Il Caminetto a las siete de la noche, para cenar y le aclaró:

—No te preocupes, eso también lo vamos a ver. Tengo un compromiso y debo estar listo para cuando pase por mí, en un par de horas, el amigo Luis Peraza, quien también debe salir para estar listo a la hora convenida.

El Galán estuvo de acuerdo y partió hacia su residencia.

A las siete de la noche, Fernando Churio esperaba en la entrada de la quinta del Country Club a El Galán. A la hora convenida, entró la camioneta negra a la mansión y se estacionó al frente de la residencia. Sonrisa caminó, abrió la puerta y se colocó en el asiento de adelante. Saludó con una voz muy solemne:

—Buenas noches.

A Luis Peraza le pareció muy diferente el saludo, por la amistad que tenían por haber pasado toda la tarde juntos viendo las reservas en oro y las joyas del Banco Central de Venezuela. Además, la camioneta se llenó de un perfume agradable. Cuando giró la cara unos cuarenta y cinco grados a la derecha para ver al jefe, se encontró con otra persona: si bien tenía la apariencia de Fernando Churio, la cara lucía mucho más joven. Llevaba ropa oscura y alrededor del cuello una prenda blanca, igual a la usada por los sacerdotes. Sonrisa vio al amigo impresionado. Se volteó y le recordó:

—Te comenté que cuando me vieras de vaina me reconocerías. El disfraz de sacerdote es uno de mis favoritos, lo utilicé mucho en el pasado y hoy se me ocurrió por el lugar. En otras oportunidades cargo el de pelotero de las Medias Blancas de Chicago. Ese es bueno para salir de día, por lo práctico.

Luis no había arrancado la camioneta por el impacto al ver a Fernando vestido de cura y le comentó:

—No conocía esa habilidad suya, es un buen recurso para pasar desapercibido en cualquier lugar.

A Fernando le vino a la mente Caraballeda, cuando llegaron de la cárcel de Tocorón:

—Recuerda que nos mandaste las bragas de la empresa telefónica nacional para llegar a la quinta de Caraballeda y de esa manera evitar sospechas de los vecinos.

El Galán arrancó la camioneta y salió de la quinta del Country Club mientras respondía a Fernando:

—Eso fue algo muy sencillo. En cambio, el trabajo realizado en su cara esta noche es muy diferente. Es un maquillaje profesional. Se ve muy joven y parece un verdadero cura con esa ropa. Al punto de hacerme dudar por unos segundos de quién era el que se subía a la camioneta.

Fernando escuchaba a su amigo y le explicó:

—El maquillaje lo he aprendido con el tiempo y la ropa sí es la usada por los sacerdotes, porque esta noche cargo el cleriman, que es una prenda de vestimenta eclesiástica cristiana. Es un cuello desplegable que se coloca en la camisa clerical. Además, cargo un paltó negro que hace juego con las prendas. Con este disfraz nadie me reconocerá en el restaurante.

Conversando así llegaron al estacionamiento del restaurante, en la Castellana, muy cerca del Country. Un parquero se acercó para recibir la camioneta. Fernando se bajó, caminó hasta la puerta de entrada y atrás, lo seguía El Galán, quien no salía de la sorpresa al ver al jefe vestido de sacerdote, irreconocible por completo.

En la entrada lo recibió uno de los capitanes de los mesoneros y cuando vio al sacerdote, les ofreció una mesa. El Galán miró alrededor, buscando con la vista a los hombres enviados como guardaespaldas. Los muchachos se habían ubicado muy cerca de una pared de madera, a la derecha de la entrada, donde tenían una colección de vinos. Ahí se acomodaron ellos también, al lado de los matones contratados.

El capitán de mesoneros, una vez ubicados los comensales, les entregó el menú. Sin embargo, ofreció de memoria los platos del día. Comenzó por los pimentones rellenos con ternera, acompañados con ñoquis; luego, pasó a describir la pasta a la Frank Sinatra, los medallones de lomito al porto y la lengua a la pizzaiola. Fernando pensó y expreso decidido:

—Yo me voy por los pimentones rellenos de ternera, acompañados con ñoquis. Ese plato es especial, lo pido desde que tenían el restaurante en la Mercedes y lo atendían la dueña y su esposo, quien era el chef.

Al capitán de mesoneros le pareció interesante el sacerdote, pues recordaba dónde se había iniciado Il Caminetto y conocía los dueños de la empresa. Entonces comentó:

—Padre, ha escogido bien, el plato mantiene la misma calidad desde aquellos años y todos los viernes lo preparamos, nunca lo hemos dejado de ofrecer.

En ese momento, entraron dos agentes de la policía de Chacao y se acercaron hasta la mesa ocupada por Fernando Churio y Luis Peraza. Ellos se quedaron tranquilos, sin decir nada. Los policías buscaban al capitán de los mesoneros y lo llamaron por su nombre, pero, antes, se dirigieron al sacerdote:

—Discúlpeme, padre, lo molestamos por unos minutos. Necesitamos hablar con Franco algo muy importante.

Fernando lo miró a la cara y le habló despacio con una voz solemne:

—No se preocupe, hijo, adelante.

El policía se dirigió al capitán de los mesoneros y le preguntó:

— ¿Dónde está Julio, uno de sus mesoneros?, lo andamos buscando.

El personal de El Galán se puso en alerta, pero él los miró de reojo y con un movimiento lento de la cabeza y la mano derecha, les pidió tranquilidad. En las dos mesas se sentía la tensión. Uno de los pistoleros de Luis Peraza colocó la mano derecha debajo de la mesa y acarició la culata del arma. No dejaba de mirar a los policías y al jefe, sin mover la cabeza, solo los ojos.

Franco era un hombre alto, blanco y muy reposado, y le indicó a los dos policías:

—Chico, Julio no trabaja aquí, él viene de noche a buscar a uno de los muchachos cuando cerramos el restaurant, para irse juntos a sus casas, porque los dos viven en el Valle. Él presta los servicios en el restaurant del lado. Si van ahora lo encuentran, el turno de la noche finaliza a las diez.

Los dos policías, al oír a Franco, se voltearon y se despidieron del sacerdote. Uno de ellos le comentó:

—Disculpe padre. Un familiar de Julio llamó a la comandancia de policía de Chacao y le pidió al jefe de guardia que enviara a alguno de los agentes para avisarle el fallecimiento de su padre, en el hospital Universitario.

Fernando, en su papel de sacerdote, se conmovió y agregó:

—Eso es lamentable, la noticia debe ser muy dura para Julio. Por favor, dele mis condolencias.

Los dos policías abandonaron el restaurante y el capitán de mesoneros anotó el pedido de Fernando, se volteó hacia Luis Peraza y comentó:

—Disculpen el inconveniente con la policía. Ellos nunca vienen, hoy fue algo muy especial. Regresemos a lo nuestro, ¿qué va a comer?

Luis no dudo en pedir los pimientos rellenos de ternera con el mismo acompañante que solicitó Fernando, después de escuchar los años que tenían preparándolos en el restaurante. Franco anotó y luego miró al sacerdote y le preguntó:

—Padre, ¿quisiera acompañar la cena con un buen vino?

Fernando no dudo y solicitó:

—Si tiene un Merlot, se lo agradezco.

Franco salió y regresó con una botella y se la mostró al padre. Fernando la miró, le dio el visto bueno y pidió refrescarlo un poco.

Luis Peraza pasó un buen rato sin pronunciar una palabra hasta que comentó en voz baja:

—Fernando, esta noche, en tan poco tiempo, ha pasado de todo: la policía habló contigo, como si conversara con el padre de la iglesia de Chacao, con mucho respeto y consideración, y Franco te ofrece el vino como si fueras un cliente de muchos años. Eso significa que aprobaste el examen frente a la ley y el público, ahora te puedes mover sin problemas, solo nos faltó pedir una botella de whisky.

Fernando no hizo ningún comentario pero se le reflejó en la cara una sonrisa de satisfacción. A continuación, un mesonero se presentó con dos copas y la botella de vino y sirvió una pequeña porción al sacerdote para que la degustara. Fernando, con un movimiento de la cabeza, dio la aprobación y el mesonero procedió a llenarlas. Luego, apareció otro con la comida. Colocó el primer plato con los pimientos rellenos con ternera sobre una salsa de tomate y, al lado, otro con los ñoquis y los roció de queso parmesano. Ambos comenzaron a degustar la comida y las caras dieron señal de satisfacción. Cuando consumieron la mitad de lo pedido, apareció Franco e hizo la pregunta de rigor:

—Padre, ¿cómo han estado los pimientos?

Fernando levantó la cara hacia Franco y le confirmó:

—Tenías razón, la calidad se mantiene intacta.

Al terminar la cena, el postre y un café, Fernando y Luis regresaron satisfechos al Country Club. La noche había estado mejor de lo pensado.

Capítulo XX

La llegada de José Quilarque a Caracas

El domingo primero de enero del 2012, a las diez de mañana, apareció en la quinta del Country Club Luis Peraza, quien iba a buscar a Carlos Millán. En la entrada lo esperaba Gustavo Tovar, y lo guió hasta el comedor, al lado de la cocina, donde lo recibirían Fernando, Antonio y Carlos. El Galán dio los buenos días y todos respondieron. En el ambiente se sentía la tensión. Una joven del servicio se acercó con una taza de café, se la entregó en las manos, y abandonó rápidamente el lugar. Él procedió a tomarse el primer sorbo y aguardar a que alguien hablara. El jefe tomó la palabra, como era costumbre.

—Estoy conversando con Carlos sobre el trabajo de hoy, es muy importante salir de ese personaje para dedicarnos luego a lo decidido el viernes. Tenemos una semana fuerte, con la planificación y el asalto al museo del Banco Central.

El silencio retornó al escenario, Luis continuó tomando su café. Luego, colocó la taza sobre la mesa y comentó:

—Vengo a buscar a Carlos para llevarlo al galpón de La Yaguara a reunirse con los sicarios para bajar al aeropuerto. Luego regreso a seguir todos los acontecimientos desde la pantalla del computador de Antonio. En ese lugar nos veremos en la tarde, una vez finalizado el trabajo. Pago entonces el resto de lo acordado a los sicarios y traigo a Rambo a la casa. Espero que todo sea tan fácil como lo estoy exponiendo.

Fernando, que siempre tenía en mente la sagacidad de José Quilarque, se quedó en silencio cuando escuchó las últimas palabras de Luis Peraza y comentó:

—Yo también quisiera estar tan optimista como tú, Luis. Pero el hombre es difícil y el desarrollo de los acontecimientos nos lo dirá. Es muy importante el trabajo de la persona infiltrada en ese grupo. Nos puede llamar o enviar algunos mensajes a tu celular para orientarnos sobre cómo van las cosas. Además, contamos con la habilidad de nuestro cracker para seguirlos con el GPS por donde se metan.

El Galán se levantó, era la hora de partir; sin embargo, cuando vio a Carlos con una franela y una gorra de béisbol le comentó:

—Te recomiendo usar un chaleco antibalas y, para no llamar la atención, colocarte una chaqueta liviana encima. De esa forma te expones menos si hay un tiroteo. Los sicarios no toman en cuenta esas recomendaciones, porque son muy lanzados. Siempre piensan que no les va a pasar nada y van a salir sin un rasguño. Pero debemos recordar lo sucedido a Chupeta y a su amigo: se consiguieron con un buen tirador y los coció a plomo.

A Carlos la recomendación le pareció oportuna y fue hasta el salón donde tenían las armas y el equipo de asalto. Regresó con el chaleco y encima una chaqueta gris. Se colocó al lado de Luis y comenzaron a abandonar la mansión. Cuando pasaron frente al salón de computación, Fernando llamó a su jefe de seguridad y él volteó y le dijo:

— ¡Suerte!

Ese mismo día, a las once de la mañana, José Quilarque llegaba al aeropuerto de Aruba, desde la ciudad de Miami y necesitaba hacer los trámites para tomar el avión que lo llevaría al aeropuerto Simón Bolívar. Realizó las gestiones de aduana y, por ser un aeropuerto pequeño, en muy poco tiempo pasó a otra sala y se paró frente a la puerta de embarque del avión. Leyó el letrero que le confirmaba encontrarse en el lugar correcto. Miró el reloj, marcaba las doce del día, tenía suficiente tiempo. Caminó hasta la cafetería y pidió un expreso, se sentó y aprovechó para llamar a Venezuela, como había acordado con el personal que lo iba a buscar a La Guaira. Tomó el celular y marcó el número de Temístocles Caballero y el del comisario Mauricio López. Ellos, luego, se pusieron de acuerdo para verse a la una de la tarde en la plaza Altamira y bajar juntos al terminal aéreo en la camioneta del coronel.

Temístocles, al terminar de hablar con Mauricio, marcó el teléfono del capitán Remigio Tovar y le comentó.

—El hombre me llamó desde el aeropuerto de Aruba, viene de acuerdo con el itinerario previsto, ponte en movimiento.

El Capitán le respondió:

—Sí, mi coronel, esperaba la llamada. El personal ya está conmigo. Salimos de inmediato.

Temístocles quiso asegurarse si el sargento Julio Angarita se había incorporado al grupo y fue informado al respecto:

—Sí, mi Coronel, Mano de Seda está con nosotros.

El primer grupo que se presentó en el aeropuerto Simón Bolívar fue el que conformaban Carlos y los tres sicarios, en las dos motos. Rambo se bajó, pasó al interior del terminal aéreo internacional, caminó en dirección al lugar por donde salen los pasajeros y se detuvo frente al tablero para informarse sobre la llegada de los vuelos. El de Aruba estaba en tiempo, solo le faltaban quince minutos para aterrizar. Recordó las palabras de Fernando Churio al ver muy poca gente. Regresó al lugar donde permanecían los tres muchachos en las motos y les contó:

—El vuelo viene de acuerdo al itinerario, en una hora debe salir del terminal José Quilarque. Yo me voy a acercar nuevamente y cuando lo vea regreso por ustedes, nos preparamos y terminamos rápido con este trabajo.

Los tres sicarios se quedaron en las motos frente al terminal, en un lugar estratégico para evitar que la seguridad del aeropuerto les pidiera desalojarlo.

El otro grupo, dirigido por el capitán Remigio Tovar, llegó al terminal aéreo. Las dos camionetas se colocaron al frente del edificio, en la planta baja. El movimiento era escaso. Pero, cada cierto tiempo, llegaban diferentes vehículos a dejar personas con equipaje y eran auxiliados por los maleteros. El sargento Julio Angarita se bajó de la primera camioneta, antes de marcharse al interior, comentó:

—Mi capitán, voy a estar cerca de la escalera mecánica utilizada para subir a la planta alta del terminal. Si ve llegar a mi coronel, por favor, deme una llamada para estar atento. Al finalizar el trabajo regreso aquí.

El sargento se retiró y pasó al interior del edificio. Las dos camionetas no se movieron para esperar al suboficial. No había pasado un par de minutos cuando se presentó un guardia nacional y tocó la puerta del primer vehículo, por el lado donde se encontraba sentado el capitán Remigio, pidiéndole moverse. El oficial miró al militar y con la mano derecha le hizo una señal, para que se acercara hasta la ventana y le comentó:

—Soy capitán, pertenezco al servicio de inteligencia del ejército y estoy en una misión.

Simultáneamente, le presentó las credenciales para identificarse y el guardia nacional al verla se cuadró:

—Disculpe, mi capitán.

Y se retiró.

A las dos de la tarde, llegaban al terminal aéreo el coronel Temístocles, el comisario Mauricio y el agente Alexis. Los tres se bajaron rápidamente de la camioneta y pasaron al interior del aeropuerto. El capitán los vio, llamó a Mano de Seda y le informó.

Temístocles caminaba por el centro del salón principal del aeropuerto internacional con el comisario Mauricio López a su izquierda y el agente Alexis a la derecha. El sargento los vio y miró hacia la oficina del servicio de aduana, atendida por militares, el lugar por donde debería entrar el coronel a buscar a José Quilarque. Pensó si lo esperaba o lo encontraba en la mitad del camino y se decidió por la segunda alternativa. Levantó la vista hacia el centro del edificio. El espacio que lo separaba del grupo era grande. Entre ambos, estaba el piso con la obra de Carlos Cruz Diez, de colores brillantes, formada por líneas negras, rojas, amarillas y azules que le daban la bienvenida a los turistas al país, cuyo título es: «Cromointerferencia de color aditivo», y que se había convertido en un ícono del aeropuerto con fama a nivel internacional, pues los extranjeros que a diario visitaban el terminal, caminaban sobre ella y llevaban luego el mensaje sobre su belleza a sus países de origen.

El sargento se fue acercando al grupo. Esperaba por la señal del Coronel para saber a cuál de las dos personas debía intentar quitarle el celular. Cuando solo faltaban unos quince metros para cruzarse, Temístocles le tocó el hombro izquierdo a Alexis para indicarle algo en la planta alta del edificio, ambos disminuyeron el paso y observaron lo apuntado por el militar, luego continuaron caminando. Julio vio, apuró el paso, y miró hacia el lado izquierdo, como para dar la sensación de que venía distraído. Chocó levemente con el agente y el coronel reaccionó:

—Amigo, debe tener cuidado por dónde camina, ¿o está ciego?

El sargento no detuvo la marcha y continúo, pero en su retirada se le escuchó:

—Disculpe, señor, estoy retardado para tomar mi vuelo a Miami.

El coronel miró el reloj, eran las dos y cuarto de la tarde y pensó en José Quilarque, pues debería estar cerca del terminal y comentó a los compañeros:

—Apuremos el paso, el avión debe estar llegando a la puerta para desembarcar a los pasajeros. Eso ayudó a que no se hablara más del choque de Alexis con el pasajero del vuelo de Miami.

En la puerta de la oficina de aduana lo esperaba una señorita para prestarle el servicio solicitado por el coronel Temístocles a la Casa Militar. La joven los guió rápidamente por un pasillo, que muy poca gente conoce en el aeropuerto y en minutos llegaron a la puerta, por donde iban a desembarcar los pasajeros del vuelo de Aruba. Esperaron ansiosos por ver a José Quilarque.

El sargento Julio, al quitarle el celular al agente Alexis, caminó apresurado hasta dejar las instalaciones del aeropuerto y se acercó a la camioneta donde lo esperaban el capitán y el resto del grupo, y les mostró el teléfono. Remigio lo felicitó:

—Buen trabajo, sargento. ¿Alguna novedad?

Julio Angarita, con la cara de satisfacción por lograr el objetivo sin problemas, respondió:

—Ninguna, mi capitán. El coronel Temístocles dijo algo. Pero es parte de la estrategia utilizada para despistar a la persona a la que le sustraigo lo buscado. En este caso fue el celular, en otros es la cartera, la billetera o algún documento.

El capitán escuchó, movió la mano derecha lentamente y la pasó, de una manera muy discreta, por el bolsillo del pantalón, donde cargaba la billetera y la tocó.

El sargento se acomodó en la mitad del asiento de atrás de la camioneta. Agarró la ametralladora y la colocó sobre las piernas, para tenerla a la mano, porque ahora venía lo bueno. Ese celular que cargaba era el punto de contacto con los falsificadores por el GPS para dar con José Quilarque. Julio, con su acción, se colocaba en el lugar del visitante y sabía que lo buscarían a él los sicarios de Fernando Churio, por el pelo blanco.

Carlos no quitaba la vista del pasillo por donde debería salir José Quilarque. Se mantenía inmóvil, con la chaqueta gris cerrada hasta la altura de cuello. La gorra que cargaba, la tenía incrustada en la cabeza y le alcanzaba las orejas. Ocupaba la segunda línea del grupo de personas que esperaban a los familiares y amigos. Pero, como no lo vio, miró de nuevo el tablero iluminado, donde anunciaban la llegada de los vuelos y confirmó que el de Aruba había aterrizado a la hora prevista. Miró el reloj que marcaba la tres de la tarde. Pensó en darle un tiempo más para ver si salía el viajero. No se movió del lugar ocupado. Sin embargo, llamó a Fernando Churio por el celular y le reportó la situación. El jefe le ordenó:

—No te muevas de ahí, el hombre está en el aeropuerto y pronto debe salir.

La espera no se hizo larga, José Quilarque apareció en la puerta del avión, con su equipaje: el carry-on, la laptop y un bolso de cuero negro. El saludo fue rápido. La chica tomó el pasaporte del recién llegado y con la misma eficiencia, caminaron hasta el mostrador, donde el agente de aduana presta servicio a los diplomáticos, jerarcas del gobierno, incapacitados y los autorizados por la Casa Militar, entre otros. Le sellaron el documento. Faltaba solamente recoger la maleta, pero el visitante no traía. Este detalle hacía más fácil la salida. La misma persona los llevó hasta la Rampa Cuatro, donde lo esperaba el chofer del coronel Temístocles para salir rumbo a la capital.

Al agente Alexis le extrañó el cambio de procedimiento para la salida del aeropuerto y buscó el celular en la chaqueta para ponerse en contacto con El Galán, pero no lo encontró. Le vino a la mente el choque con el pasajero de Miami y pensó: eso no fue casualidad. No dijo nada, pero a su mente le vino algo más terrible: lo habían descubierto y sabían que trabajaba para el enemigo. Por eso le mandaron a robar el celular, para cortar cualquier comunicación.

La señorita encargada de todo el procedimiento de la llegada de José Quilarque los invitó a pasar al salón ejecutivo y les comentó:

—Mi general Montoya, el jefe de la Casa Militar, le envió al señor José Quilarque sus saludos y, además, me pidió darle un brindis de bienvenida, porque lo conoce a usted desde su desempeño como Gerente de Seguridad del Banco Central de Venezuela. Él era entonces mayor del ejército y trabajaron juntos en la Oficina Antidroga de Venezuela.

Al visitante le parecieron interesantes las palabras. No esperaba ese recibimiento, además, se había quedado impresionado por la eficiencia de la joven. Se acercó y se presentó:

—Mucho gustó, José Quilarque, por favor envíele mis saludos al general, y dele de mi parte las gracias por el recibimiento y el brindis. Siempre tengo buenos recuerdos de ese período en que trabajamos juntos, eso alimentó una buena amistad.

La joven aprovechó el momento e hizo lo mismo:

—María del Carmen Ayala, teniente del ejército, asignada a Casa Militar, allí estoy a sus órdenes.

La joven se acercó hasta el bar del salón, donde un mesonero esperaba instrucciones de ella para servirles a los invitados por la Casa Militar. Le dio la orden y él se acercó con una bandeja cargada de varios vasos de whisky. Todos recibieron el escocés, menos la teniente, ella se apartó del grupo para llamar por teléfono. José Quilarque aprovechó y sacó del bolso de cuero los llaveros preparados por el Servicio Secreto Americano, traídos de regalo. Se los entregó a cada uno, porque estaban identificados con los nombres. Temístocles agradeció:

—Gracias, José, es muy sobrio, lo usaré con la llave de la camioneta.

José, para animar a Mauricio y Alexis, les mostró el suyo. Llevaba en él las llaves del carry-on.

Sus colegas lo imitaron. José no dejaba de mirar con cierto disimulo al agente Alexis: ya no cargaba el celular, eso evitaría que la gente de Fernando Churio lo buscara al salir del aeropuerto o a la llegada a Caracas. El problema lo tenía ahora la gente del capitán Remigio, por cargar el celular. Pero, de acuerdo a lo planificado, debían haberse preparado para cualquier eventualidad, hasta la peor, que era un atentado.

Al grupo, la invitación al salón ejecutivo de la Rampa Cuatro, le permitió relajarse un poco de toda la tensión originada por un aeropuerto y en especial un domingo primero de enero. Sobre todo considerando las complejidades de sacar a José Quilarque ileso del lugar. Una vez finalizado el whisky, se despidieron de la temiente María del Carmen y abordaron la camioneta. Temístocles tomó el celular y llamó:

—Mi amor, vamos saliendo para Caracas, llego pronto.

Era la señal para que el Capitán y su gente arrancaran vía la carretera vieja de La Guaira–Caracas.

Además, el Coronel dio la orden al chofer para salir de la Rampa Cuatro hacia Caracas.

Alexis venía en el asiento de atrás de la camioneta, junto al coronel Temístocles y el comisario Mauricio López y entendió que todo era un plan. No se había enterado hasta llegar a la Rampa Cuatro del aeropuerto, y no podía hacer nada: le iban a tender una trampa al grupo de Fernando Churio, mandado a asesinar a José Quilarque, por seguir a la persona equivocada, quien cargaba su celular, pensando que el visitante iba en ese grupo.

Carlos volvió a mirar el reloj y vio que marcaba las tres y media de la tarde, tiempo suficiente para salir de la aduana del aeropuerto. El terminal se comenzó a quedar solo. Muy poca gente permanecía con él, esperando. Tenía más de hora y media en ese lugar. Decidió llamar al jefe, y éste le informó:

—El hombre acaba de salir del aeropuerto, va en dirección a la entrada de la autopista La Guaira-Caracas.

Ese reporte le pareció extraño a Carlos y le replicó:

—Pero, jefe, el hombre salió por otra puerta, porque no le he quitado la vista a ésta y por aquí no pasó.

Esa información puso en alerta a Fernando Churio. No le gustó el cambio, intuyó que algo se había inventado José Quilarque. Pero no quería perder la oportunidad de acabar con él en la autopista de La Guaira-Caracas, y le ordenó:

— ¡Síguelo con los sicarios, va rumbo a la autopista!

Carlos salió corriendo del lugar hasta donde estaban los motorizados y les dio la orden de que arrancaran vía la autopista. Encendieron las máquinas, le entregaron un casco y le dijeron:

—Póntelo, polquesino lo calgas, los tombos nos detienen.

Las dos motos volaron, no perdieron tiempo y en pocos minutos se montaron en la avenida, rumbo a la autopista.

A Fernando no le había gustado el cambio de José Quilarque, y le pidió a Luis Peraza:

—Llama a tu contacto y que te informe, porque algo no me cuadra.

El Galán tomó el celular y marcó el número, repico varias veces hasta que dejó de sonar.

El capitán Remigio giró el cuerpo, miró al Sargento y le comentó:

—Están preocupados, no les respondas. Ellos deben seguirnos. Si quieren a José Quilarque, deben insistir.

El celular de Alexis volvió a repicar con la misma suerte. Como no respondían, enviaron un mensaje: ¿dónde estás? ¿Qué está pasando?

Luis se dirigió a Fernando y le comentó:

—El celular está repicando. Pero no responde ni a los mensajes.

En ese momento, en la pantalla se veía la camioneta donde iban el capitán y el sargento, con el celular de Alexis, tomando la carretera vieja de La Guaira-Caracas. Ese cambio tampoco le gustó a Fernando Churio, llamó a Carlos y le ordenó abortar el operativo. Intuyó que le montaban una emboscada y podía caer Rambo. El salón se quedó en silencio, Fernando se volteó hacia Luis, comentándole:

—Como te dije, este personaje es muy escurridizo y astuto. Todo esto debe ser idea suya, por eso la sagacidad le abrió las puertas en el Servicio Secreto Americano. Algún plan montó para evitar otro atentado, y además preparó algo para acabar con nosotros.

Luis Peraza se quedó pensando y luego comentó:

—No entiendo por qué no contestó Alexis el celular ni el mensaje enviado.

Fernando, otro hombre astuto, le ordenó:

—Ese personaje ya no es útil ni para ti. José sabe que trabaja para nosotros y se las ingenió para quitarle el celular. Ese teléfono se lo entregó a alguien y nosotros estamos persiguiendo, posiblemente, a un comando del ejército ¡Nos prepararon una trampa! Yo te dije: ese coronel no me gusta, porque pertenece al servicio de inteligencia. Es la hora de eliminar a ese informante, porque nos puede traer complicaciones y te conoce. Además, Quilarque es un zorro viejo, debe estar relacionándolo conmigo.

Las palabras de Fernando Churio le cayeron a Luis Peraza como un baño de agua fría. Pero era una orden y debería cumplirla al pie de la letra. En la pantalla del salón se veía el movimiento de la camioneta a través de la carretera vieja de La Guaira y Fernando le ordenó al cracker:

—Antonio, apaga eso y tú, Luis, ve a buscar a Carlos, pronto va a llegar al galpón.

El coronel recibió un mensaje en su celular del capitán Remigio, le informaba la llegada a Caracas sin novedad. Él, enseguida, le escribió otro: «apaga el teléfono de Alexis. Nos vemos en mi oficina a las seis de la tarde. Gracias». Temístocles le comentó al chofer:

—Vamos a la Plaza Altamira a dejar al comisario Mauricio y al agente Alexis.

El chofer cumplió la orden del coronel y se dirigió a la Plaza Francia. Como el día en Caracas era de poco tránsito, por ser día de fiesta, rápidamente llegaron al lugar. José Quilarque se bajó y se despidió de sus dos asistentes con un apretón de mano y un abrazo y les informó que los llamaría el lunes para darles la dirección de la residencia buscada por Temístocles y para iniciar con una reunión en la embajada americana.

Alexis se mantuvo en silencio todo el trayecto y después de despedirse de José Quilarque, salió caminando a buscar el carro como si alguien lo esperara, lo tenía en el sótano del estacionamiento de la Plaza Altamira. No intercambió palabra con el comisario, solo se despidió. Mauricio pensó que tenía un evento familiar. Cuando el agente llegó al vehículo, buscó en la guantera del carro otro celular que tenía para alguna emergencia y llamó a El Galán. En ese momento, iba hacia el galpón de la Yaguara. Cuando vio el nombre de Alexis en el celular le preguntó:

— ¿Dónde estabas metido? Te llamé, te envié mensajes y no respondiste.

El agente intentó darle una explicación a Luis Peraza, pero él le indicó:

—Ven a mi oficina en el galpón para hablar personalmente de lo sucedido, porque es muy delicado tocar estos temas por teléfono.

El Galán cerró el celular, aceleró la camioneta y en pocos minutos llegó al galpón. Allí lo esperaban Carlos y los tres sicarios. Se bajó de vehículo, caminó en dirección hacia el grupo y les comentó:

—El plan se canceló porque Fernando Churio sospechó que José Quilarque, por los diferentes cambios, les montaba una emboscada a ustedes, en la carretera vieja de la Guaira-Caracas, con un comando formado por un grupo de inteligencia del ejército.

Los cuatro muchachos se quedaron en silencio y Carlos preguntó:

—¿Cómo se dio cuenta Fernando?

El Galán pensó por unos segundos y luego comentó:

—Primero, José Quilarque no salió por donde tú lo esperabas; segundo, se demoró mucho en dejar el aeropuerto; tercero, tomaron la vía de la carretera vieja de La Guaira–Caracas; y cuarto, la persona infiltrada en el grupo no contestó a mis llamadas al celular. Eso lo hizo tomar la decisión de abortar el atentado.

Todos se quedaron en silencio, no hicieron preguntas. Luis habló otra vez:

—Carlos, toma las llaves de la camioneta, Fernando quiere verte. Dile que yo voy mañana bien temprano, tengo un trabajo pendiente esta tarde.

Carlos se montó en vehículo y dejó el lugar.

Luego, Luis miró a los sicarios y les comentó:

—En pocos minutos va a llegar un informante. Viene a hablar conmigo. Al finalizar la conversación y él salga, ustedes los liquidan. Luego se llevan el cadáver y lo desaparecen, es un policía corrupto. El cincuenta por ciento que les debo por el trabajo no realizado, se los pago por éste. Es más fácil y lo van a ejecutar aquí.

El Galán terminó de hablar y caminó hasta la terraza que tenía en el galpón, a la altura de la mezzanina y se sirvió un vaso de whisky. Los sicarios se quedaron sentados en las motos esperando para cumplir con la orden de Luis. En la entrada de las instalaciones, en una garita, permanecían dos guardias con armas pesadas, vigilando la entrada y salida del personal, porque en el almacén había una flota de camionetas negras, un grupo de motos y cajas de madera bien embaladas. La puerta era de hierro macizo y se movía por control electrónico. El tiempo pasaba lentamente y Luis aprovechaba para disfrutar el escocés mirando la montaña mientras esperaba la llegada de Alexis. En el ínterin llamó a uno de los vigilantes y le dio unas instrucciones:

—Dile a tu compañero que deben matar a esos tres muchachos, una vez ellos liquiden al agente Alexis, quien viene hablar conmigo.

El Galán continuó disfrutando la bebida, sin inmutarse de las órdenes dadas. Vio llegar el carro de Alexis, quien lo estacionó, se bajó y caminó hacia él. Le abrió la puerta y lo atendió como siempre, con mucha cordialidad, le sirvió un trago, y comentó:

—Esto es para que te baje el estrés del día, no fue fácil. Cuéntame los acontecimientos.

—José Quilarque preparó todo el plan de hoy, porque el coronel no tiene esa astucia. El primer jodido fui yo. Un tipo me quitó el celular y no me di cuenta hasta llegar a la Rampa Cuatro, ahí busqué el teléfono para llamarlo a usted y no lo encontré. Entonces, entendí lo que sucedía

Alexis dejó de hablar y se tomó otro trago, se veía contrariado y nervioso. Luis Peraza le preguntó:

— ¿No sentiste nada cuando te quitaron el celular?

El agente, movió la cabeza de un lado a otro, respondiendo la pregunta anticipadamente:

—No, solo un pequeño choque con el tipo, que continuó caminando y se disculpó.

Luis aprovechó y siguió con el interrogatorio:

—¿Cuánto tiempo pasaron en la Rampa Cuatro?

—Un buen rato, porque la persona que buscó a José en la puerta del avión nos brindó un trago, por cortesía del jefe de la Casa Militar, amigo de Quilarque. Luego, dejamos la Rampa Cuatro en una camioneta negra, igual a la utilizada en la custodia del Presidente de la República y tomamos la vía de la autopista La Guaira-Caracas. Seguro mi celular lo cargaba otro grupo para despistarlos a ustedes.

Luis Peraza se terminó de tomar el trago, se levantó de su asiento y comentó:

—Para la próxima oportunidad debemos andar un paso adelante de José Quilarque. Es un hombre inteligente y se las trae. Gracias, Alexis, por tu información. Pronto te llamo y te aviso cuáles son los próximos pasos que vamos a dar. Tú continúa reportándonos los movimientos de ese tipo.

El Galán dio por terminada la reunión y Alexis salió en dirección al vehículo. Al terminar de bajar escalera, los tres sicarios sin cruzar palabras le dispararon y lo cocieron a plomo. Los vigilantes, que vieron desde la garita de seguridad lo sucedido, se acercaron y con las ametralladoras despacharon a los muchachos. Luego bajó El Galán y comentó a uno de los vigilantes:

—Revisa los bolsillos del agente y los muchachos y pásame lo que consigas.

El hombre de inmediato procedió y luego se presentó con el arma de reglamento, cartera, llavero, celular y unas facturas de restaurante, que constituían toda la posesión de Alexis y se las entregó a El Galán. Los sicarios solo tenían las pistolas.

El vigilante le preguntó:

—¿Qué hago con los cadáveres?

Luis, en la terraza, miraba con detenimiento el llavero. Le parecía una buena pieza para conservar. La esfera era de color verde manzana y se detuvo por unos segundos viendo el dibujo del mundo, con unos pequeños destellos de luces. Luego observó la placa de acero inoxidable, enmarcada en unas finas láminas de oro de dieciocho quilates. No le gustó el nombre grabado de Alexis. Pensó en eliminar ese problema: le mandaría la prenda a su joyero, con las instrucciones de colocarle su nombre completo. Miró al vigilante, quien esperaba por la orden, pues se había entretenido con la prenda del agente. Colocó el llavero en una caja de metal, la guardó en el bolsillo de la chaqueta, para enviarla a realizar el trabajo el lunes bien temprano. Regresó la mirada al hombre y dijo:

—Lo de siempre, desaparézcanlos en un lugar donde no los encuentren, porque en ese grupo hay un policía y lo buscarán.

Los vigilantes montaron los cadáveres en el carro de Alexis, uno de ellos se sentó en el volante y salió del galpón.

Capítulo XXI

Reunión en la Embajada Americana

El lunes, muy temprano, José Quilarque llamó al comisario Mauricio López y le pidió pasar a buscarlo por el hotel Tamanaco a las nueve y media de la mañana, para asistir juntos a la reunión con el grupo en la Embajada Americana:

—Te agradezco que llames al agente Alexis. Yo voy hacer lo mismo con el coronel Temístocles, para invitarlos a la reunión de hoy en la Embajada, pues es muy importante. Vamos a tratar temas de interés para todo el grupo, en especial la actividad del cracker de Fernando Churio. Ayer llegó en un vuelo privado el especialista del Servicio Secreto de los Estados Unidos, que conoce muy bien sobre ese tema, y estará presente.

Una vez finalizada la llamada. José marcó el número del coronel y le comentó:

—Nos vemos en la Embajada. Mauricio y Alexis vienen a buscarme para trasladarnos a la reunión.

Al Coronel no le cayó bien esa idea, pues iban a conocer dónde se hospedaba y eso lo colocaba de nuevo en la mira de Fernando Churio. Sin embargo, conocía a José Quilarque y comprendía su idea de tener al enemigo a su lado para mantenerlo vigilado. Le respondió entonces:

—Nos vemos en la entrada de la embajada antes de la diez de la mañana. Gracias al año nuevo, no hay mucho tráfico. El comercio viene abriendo las puertas a partir del quince de enero. Los caraqueños, por esta fecha, somos felices: les ganamos una a las colas.

Una vez cerrada la llamada, José Quilarque volvió a marcar, pero en esa oportunidad la persona que contestó era una dama:

—Aló… aló, ¿quién es?

José, cuando reconoció la voz, habló:

—José Quilarque.

La mujer se quedó muda, no podía creerlo. Pero la voz era inconfundible: en el teléfono estaba el hombre de las sorpresas, cuando ella menos las esperaba. La alegría le iluminó el rostro, los labios se le humedecieron y la obligaron a pasarse la punta de la lengua para calmar su pasión y le preguntó:

— ¿Dónde estás?

—En Venezuela.

La mujer preguntó:

— ¿Nos vamos a ver?

José tenía el mismo deseo de estar con ella y le respondió de una manera corta y precisa:

—Sí, en el lugar de siempre. El restaurante El Barquero, a las ocho de la noche.

Ella conocía muy bien al personaje. Ambos mantenían buenas relaciones desde hacía muchos años, pero, como buen policía, Quilarque era misterioso y se cubría muy bien las espaldas. Hablaba solo lo necesario. El celular le quedó en la mano y se lo pegó al pecho. Pensó en qué ropa debía usar para impresionar a José, pues tenía años sin verlo, a pesar de que parecía que habían pasado pocos días desde su último encuentro.

En la quinta del Country Club desayunaba el grupo de delincuentes y Luis Peraza explicaba a Fernando Churio la conversación con Alexis. El jefe movía la cabeza de un lado a otro, como dando a entender que no le cabía en el cerebro lo ocurrido a un policía experimentado: dejarse quitar el celular sin sentir nada, con tan sólo un pequeño empujón. Eso dio pie para que Sonrisa hiciera un comentario jocoso, dentro de la rabia causada por actuación del infiltrado:

—Luis, a ese estúpido le sacan la pistola de reglamento y tampoco se da cuenta. Además, no tuvo la puta idea de ir al baño y quitarle el celular prestado a cualquier tipo, porque hoy todo el mundo carga uno como mínimo: hasta las personas de limpieza tienen un cacharro. Eso se ve en las películas de policías, en televisión. Hubiera sido posible con sólo enseñar la placa. Hubiese podido llamar para ponernos al corriente de los acontecimientos. Ese tipo no merecía trabajar con nosotros ni con nadie. Gracias a Dios se me prendió el bombillo por los diferentes cambios que realizó el grupo de José Quilarque, porque de vaina matan a Carlos en la emboscada que nos prepararon.

Fernando continuaba con la cara sería y no movía un músculo por lo molesto que se sentía y volvió hablar:

—Me alegra saber que el tipo fue eliminarlo.

El Galán le comentó:

—Todos deben estar en el fondo de un barranco, convertidos en cenizas.

El silencio regresó al comedor cuando escucharon las palabras de Luis Peraza. Los que trabajaban con Fernando Churio no tenían segunda oportunidad. Si cometían un error, el verdugo era implacable. Esto sin mencionar a los testigos, pues corrían con la misma surte después de cada trabajo.

Fernando, para cerrar este capítulo, comentó:

—Lamento todo este episodio. Pero José Quilarque continúa con vida. En cualquier momento nos debemos encontrar cara a cara. Esa va a ser mi oportunidad de oro.

Fernando volteó hacia Gustavo y le preguntó:

—¿Cómo vas con el plan de asalto al museo del Banco Central de Venezuela?

El Cerebrito, conociendo al jefe, que era muy exigente con los trabajos, lo tranquilizó:

—Lo tengo muy adelantado, porque Antonio me ha dado una ayuda enorme al mostrarme, a través de las cámaras, el museo y las zonas adyacentes al Instituto. Solo me falta la visita al lugar. Tengo previsto hacerla mañana, y el miércoles, a más tardar, podemos discutir el plan.

Fernando continuaba muy interesado en lograr algo contra la Institución y comentó:

—Gustavo, voy acompañarte en ese recorrido, quiero verlo personalmente.

A Luis Peraza no le gustó esa idea e intervino:

—Fernando, no es bueno que vayas hasta el Banco, es como meterse en la boca del lobo.

El jefe replicó:

—Recuerda que estuve con el grupo para identificar a José Quilarque y no sucedió nada. Ahí sí era muy complicado, teníamos pocos días de habernos escapado de la cárcel de Tocorón.

Luis Peraza insistió:

—Sí, eso es correcto. Pero no existía todo el grupo formado por José Quilarque y la seguridad del Banco en alerta. Ahora se le ha informado incluso al presidente del Banco que tú intentas hacer un ataque cibernético a las instalaciones.

Fernando escuchó los argumentos de El Galán y le explicó:

—Tomaré en cuenta tu consejo. Todavía falta un día para ir al Banco. Entre hoy y mañana tomo la decisión definitiva.

Luis Peraza no hizo más sugerencia, conocía al personaje y sabía que cuando se le metía algo en la cabeza, era difícil convencerlo de lo contrario; sin embargo, le comentó:

—Si decides ir, los llevo en mi camioneta, porque en la avenida Urdaneta, ubicada entre las esquinas de Santa Capilla y Las Carmelitas, siempre hay mucho tráfico y ahí es donde está el Banco Central, justo frente a la Vicepresidencia de la República.

Fernando miró a El Galán y con un movimiento leve de la cabeza, aceptó la oferta. Luego, vio al cracker y le comentó:

—Antonio, el viernes pasado, cuando veíamos las reservas de oro y el museo del BCV, comentaste que había otros lugares interesantes. Recuerdo haberte escuchado del oro no monetario y una colección de Cuadros.

Cerro Prendido respondió:

—Sí, ese material lo tengo grabado y lo podemos ver cuando usted quiera.

Fernando miró el reloj, eran las nueve de la mañana, y expresó:

—Es buena hora.

Se levantó de la mesa e invitó al grupo a ver la presentación. Todos se trasladaron al salón donde Antonio tenía las computadoras y la pantalla gigante, y él prendió el equipo. Aparecieron las barras del oro no monetario, diferentes al monetario por ser un metal menos puro y con mayor contenido de otros, como plata, cobre, zinc y plomo, que le daban un color más oscuro. La superficie no era completamente lisa, se veían desniveles, lo que se explicaba porque las empresas encargadas de vaciar el metal, para darle la forma de barra, lo hacían en recipientes muy rústicos, por no tener la tecnología de las empresas autorizadas para colocarle el sello del Good Delivery. Fernando habló:

—Estas barras no tienen la pureza de las otras, pero no dejan de tener un valor importante en el mercado y, además, poseen ventajas a su favor: no les han colocado el sello famoso. Eso hace difícil que sean identificadas y pueden venderse fácilmente en caso de un robo.

El cracker pasó hacia otro grupo de obras de arte que había grabado. Comenzó por enseñar la colección de cuadros de famosos pintores venezolanos. El primero en aparecer fue Armando Reverón: Paisaje, óleo sobre tela. Luego,

Autorretrato, óleo sobre cartón piedra. El cracker continuó presentado cuatro trabajos más de mismo artista.

Fernando Churio se maravilló viendo las obras del Banco, por ser conocedor de pintura. Cuando era joven había estudiado diseño gráfico, pero luego tomó el camino de la falsificación de billetes americanos. En su juventud había intentado hacer el diseño de billetes y monedas, pero no tuvo la suerte de conseguir trabajo en alguna casa de monedas.

Antonio continúo con las obras de Manuel Cabré: El Ávila visto desde el Country Club, óleo sobre tela. En ese cuadro el jefe pidió detenerse para apreciarlo en toda su dimensión, por el desarrollo monumental donde se veía la montaña del Ávila que cubría todo el fondo del lienzo. Luego, Cerro Prendido pasó a otro: La Silla de Caracas, óleo sobre tela. El cracker siguió presentado el trabajo del pintor.

El grupo permanecía en silencio, sentían que visitaban un museo. En realidad, veían la Colección de Arte del Banco Central, formada a partir de 1.940, cuando se creó la Institución, en el gobierno del General López Contreras, quien quería modernizar al país después de muchos años de la dictadura del General Juan Vicente Gómez.

Antonio mostró las obras de otros pintores, escogidas especialmente para el jefe, como las de Cesar Rengifo, Carlos Cruz Diez, Mateo Manaure, Pascual Navarro, Pedro Centeno Vallenilla, Luisa Palacios y otras tantas que formaban parte de la gran recopilación del Banco.

Después de pasar un buen rato viendo una cantidad apreciada de cuadros, Fernando Churio comentó:

—Este tesoro no sólo es del Banco Central de Venezuela, sino del país y de la humanidad. Contra esta colección de Arte no levantaría la mano, espero que se mantenga intacta para las futuras generaciones.

En el lobby del hotel Tamanaco, José Quilarque esperaba por la llegada de los asistentes. A las nueve y media de la mañana la camioneta se estacionó frente a la puerta, el comisario bajó el vidrio y llamó al jefe. Quilarque se acercó, se montó en el vehículo, pero al no ver a Alexis preguntó:

— ¿Dónde está el amigo?

A Mauricio la cara lo delataba, tenía el rostro preocupado y contestó:

—Lo he llamado a todos sus teléfonos y no responde. Esta mañana hablé con su mujer y me comentó que no había pasado la noche en la casa, a pesar de que siempre avisa cuando va a pernoctar afuera.

A José Quilarque le pareció extraña la situación. Algo le pasó por la mente y le comentó a Mauricio:

—La estrategia realizada por el coronel y sus hombres en el aeropuerto, para quitarle el celular a Alexis, seguro no le agradó a la pandilla de falsificadores.

Mauricio, se quedó mudo y José volvió hablar:

—Espero que Fernando Churio no lo haya mandado a matar por eso. El tipo es malo. Vamos a hablar en la reunión con Genaro Conté, el comisario del Cicpc, para que ordene la búsqueda de Alexis.

El comisario Mauricio recordó lo sucedido la tarde del domingo, al bajar al aeropuerto con el coronel y Alexis para buscar a José y pensó en el choque del amigo con el pasajero del vuelo Miami. Además, recordó las instrucciones de Quilarque, de buscar dos teléfonos a nombre de otras personas, dejando sólo a Alexis su celular viejo. Ahí, entendió el plan: eso significaba que le habían tendido una emboscada a la gente de Fernando Churio. Mauricio continuó en silencio, pero un frío le recorrió el cuerpo y pensó en la sospecha del jefe. De ser cierta, lo habían mandado a matar.

El tiempo pasó rápido. En la entrada de la Embajada Americana los esperaba el coronel y, además, se incorporó al grupo Genaro Conté. Se saludaron.

El coronel preguntó por Alexis, por ser el único que faltaba del grupo y Quilarque le contó la conversación con Mauricio y su sospecha. Temístocles le respondió:

—Me gustaría que en esta oportunidad no tengas razón.

Quilarque giró, miró al comisario del Cicpc y le pidió:

—Genaro, te agradezco, si puedes usar tus influencias para buscar al agente Alexis, porque está desaparecido y si mi sospecha es cierta, es muy grave: ¡asesinaron a un policía! Esto no se puede perdonar, independientemente de que el tipo se cambiara de grupo, al pasar a formar parte de los malos.

Genaro accedió a la petición de José Quilarque, llamó para iniciar las averiguaciones, y le comentó:

—Lo malo de tus sospechas, José, es que siempre tienes la razón, espero que en esta oportunidad estés equivocado.

Antes de entrar al edificio de la embajada, el coronel se acercó a José y le comentó:

—A las cinco tenemos una reunión con el presidente del Banco Central, está confirmada. Nos vemos en el salón de espera del despacho del jefe máximo.

José le confirmó:

—Ahí estaré sin falta.

El grupo se dirigió a la entrada de la Embajada, donde lo esperaba un funcionario para facilitar el acceso. En pocos minutos lograron llegar a la sala de reunión. El jefe de seguridad, John Smith, en esta oportunidad, ya se encontraba con los nuevos especialistas: Ming Ling, el hacker; y Michael Brown, experto en tecnología.

Después de los saludos de rigor y la presentación de los nuevos integrantes de grupo, iniciaron la reunión recordando la agenda establecida en San Francisco, cuando se vieron en la casa de Robert. El primer punto era la preocupación de José por las instalaciones del Banco en una guerra cibernética iniciada por el cracker de Fernando Churio; el segundo, el tratamiento a dar a la persona infiltrada en el grupo de trabajo de Quilarque; y la tercera, la estrategia a diseñar para capturar la pandilla de falsificadores de dólares americanos.

John Smith se encargó de leer la agenda. Luego miró a José Quilarque, para que iniciara la reunión, porque había sido él quien le planteó el problema a Robert solicitando los expertos en la lucha contra la guerra cibernética.

José tomó la palabra y comentó:

—Sí, eso es correcto, y quiero abundar un poco en el tema, en especial para que el nuevo personal integrado al grupo tenga claro el panorama completo.

José agarró un vaso de agua y tomó un sorbo. Se notaba entusiasmado y continuó:

—Al hablar con Smith y enterarme de las complejidades de una guerra cibernética, y conociendo a Fernando Churio, quien es un delincuente sin escrúpulos, con una querella declarada contra el Banco Central y las autoridades de la Institución, llegué a la conclusión de que él podría realizar un ataque al Ente Emisor para destruir los servicios más importantes que éste presta al sistema financiero, entre ellos, la compensación bancaria y los pagos internacionales. Sólo pensar en esto me impacienta.

En ese momento, entró uno de los asistentes de John y José interrumpió el planteamiento de los motivos que lo llevaron a solicitar el apoyo del Servicio Secreto Americano. El joven se acercó y le comentó algo en voz baja y se retiró. El jefe de seguridad hizo un comentario:

—Disculpa José. Era una información importante, recuerda que no tenemos embajador.

Continúa con la explicación, que está muy interesante.

José buscó en su mente el párrafo exacto donde había quedado y continuó con su exposición:

—Igualmente, debo recordarles que Fernando Churio se escapó con un grupo de delincuentes escogidos por él y que dispone de varios especialistas en diferentes disciplinas del crimen organizado. Una de ellas es la de un cracker. Además, cuenta con un asaltante de bancos, otro de blindados y un sicario. Este grupo no apareció por casualidad. Esas son las personas que él necesita para ejecutar sus planes, de acuerdo a la estrategia diseñada antes de fugarse de la cárcel de Tocorón.

El grupo de personas escuchaba con atención la explicación de José Quilarque mostrándose sorprendidas por la sagacidad de Fernando Churio, pues tenía todo preparado antes de escaparse. Para finalizar, José hizo un comentario:

—Por la preocupación que tenía, desde San Francisco le hice llegar unas recomendaciones al coronel Temístocles, sugeridas por Robert Johnson, para poner en alerta al gerente de Seguridad y al de Sistema del Banco Central. Ahora tenemos con nosotros a Ming Ling, especialista en la materia, y nos puede ayudar a evitar que estos bandidos hagan un desastre en las instalaciones del Instituto. En especial en las áreas más sensibles.

Ming escuchó con atención la exposición, conocía la preocupación de José Quilarque de enfrentarse a una guerra cibernética sobre la cual todo desconocía, por ser algo nuevo en el mundo, y pidió la palabra:

—Señor, para ayudarlos debo tener una reunión con el gerente de Sistemas con el fin de conocer el hardware y software que tienen instalados en el Banco, para luego poder darles mis sugerencias.

A José Quilarque la cara se le descompuso, pues la respuesta de Ming Ling no le cayó del todo bien. Tal vez porque tenía la sensibilidad a flor de piel y, conociendo los protocolos del BCV, sabía que se iban a demorar un tiempo antes de darle toda la información al hacker del Servicio Secreto. Mientras que, por el otro lado, Fernando Churio estaría empujando para ir contra la Institución.

El coronel Temístocles permanecía atento a la conversación, e intervino:

—José, puedo persuadir al personal de la Gerencia de Sistema para entregarle la información a Ming Ling en poco tiempo. Recuerda que el personal del Banco debe conocer primero las necesidades del técnico. No debemos perder de vista que es una institución grande.

El jefe de seguridad de la Embajada entendió la necesidad de hacer un pequeño receso, porque la tensión había invadido la sala de reunión y se sentía en el grupo. Tocó un timbre, que tenía al lado de una carpeta de cuero, muy cerca de su mano derecha, en la mesa. Entraron dos mesoneros, uno con café y otro con té, para ofrecer a los asistentes. Eso disminuyó la tensión.

En ese receso, el celular del comisario Genaro repicó, él se levantó y se alejó unos pasos del lugar, para atender la llamada:

—Aló, sí, soy el Comisario…

La persona, al otro lado de la línea telefónica, no lo dejó identificarse, porque lo conocía. Genaro oía el mensaje. Se escuchó:

—Gracias, muchas gracias por tu información. Se la voy a trasmitir a José Quilarque.

El comisario cerró el teléfono y regresó a la mesa. La cara le había cambiado. Se tomó un trago de café y pensó: «falta un poco de ron para regresar a la normalidad», pues la la llamada lo había alterado. José escuchó su nombre, miró al comisario y supo que la información traía malas noticias, pero esperó oírlas de boca de Genaro.

—José, me acaban de avisar que encontraron el cadáver del agente Alexis Torres y de tres muchachos calcinados en un barranco en la vía al Junquito. Los detalles te los doy después de la reunión. Tenía la esperanza, en esta oportunidad, de que estuvieras equivocado, pero por desgracia no fue así.

La noticia cayó como un balde de agua fría al grupo, todos quedaron en silencio. La tensión regresó a la mesa de trabajo. Sólo se miraban la cara. José vio por última vez a Alexis en la Plaza Altamira y quiso hacer un comentario:

—No pensé en ese final para Alexis. Trabajó conmigo y el comisario Mauricio en este operativo. Y a la vez era un informante de El Galán, hombre con fuertes relaciones con Fernando Churio, según las pesquisas del Cicpc. Eso le costó la vida, porque se unió a un grupo dirigido por un hombre cruel. Además, el asesinato de los tres muchachos, confirma el intento de realizarme otro atentado a mi llegada a Venezuela, porque no hay razón para matar de esa manera a esas cuatro personas. Eso sólo lo hacen las mafias, para no dejar ningún testigo.

José aprovechó y le comentó al grupo el plan diseñado junto al coronel Temístocles de quitarle el celular a Alexis y despistar así a Fernando Churio, para evitar que volviera intentar asesinarlo. Explicó que nada de esto era suficiente motivo para matar al agente.

John Smith escuchó con detenimiento la explicación de José, y preguntó:

— ¿Ese es el hombre a quien se refiere Smith? ¿El que se había infiltrado en tu grupo?

José respondió:

—Sí, ese es.

El grupo se quedó en silencio, el comisario Mauricio fue el más golpeado por la noticia, pues tenía años conociendo Alexis Torres y tendría que informar a la mujer.

Para reanimar la reunión, José Quilarque se dirigió al especialista en ataques cibernéticos:

—Ming, estamos detrás de un grupo peligroso en todos los sentidos. Desde que se fugaron de la cárcel, hace menos de dos meses, han hecho de todo. Por eso mi insistencia de buscar un mecanismo rápido para evitar cualquier aventura loca contra el Banco Central de Venezuela. Luego puedes continuar analizando la información de forma más detallada con los técnicos del Instituto.

El hacker del Servicio Secreto, viendo la preocupación y la insistencia de José Quilarque, unida a los atentados y asesinatos realizados por la pandilla de falsificadores, entendió que eran peligrosos y que estaban dispuestos a cualquier fechoría. Miró a Temístocles Caballero y le solicitó:

—Coronel, ¿me puede conseguir ahora mismo, el acceso a los registros de los sistemas del Banco Central y el respaldo de los lugares considerados sensibles?

El coronel tomó nota de lo solicitado por Ming, pidió permiso y se retiró de la mesa de reunión para hablar por celular. Luego, regresó, se dirigió Ming Ling y le comentó:

—Ya me lo pasan a mi email.

El coronel miró al John y le pidió permiso para usar el computador que tenían en un escritorio, al lado de la mesa de reunión. El jefe de seguridad de la embajada, con un movimiento de la cabeza, aprobó. Temístocles invitó a Ming y lo acompañó a ver la información que le llegaba. Ambos se acercaron. El coronel se sentó frente a la pantalla, acceso a su email y, luego, Ming comenzó a analizar la información suministrada. Todo el grupo de los asistentes a la reunión miraba hacia el técnico americano, mientras él analizaba el material. La cara permanecía seria, sin ningún tipo de expresión y tomaba nota. Luego, se levantó y se acercó hasta la mesa de reunión, nadie dejaba de verlo y comentó:

—Malas noticias. Alguien penetró los sistemas del Banco y ha estado viendo el oro de las bóvedas. Se ha paseado por el museo del Banco y se ha detenido en los cuadros que exhibe la Institución en diferentes lugares.

La noticia cayó como una bomba en la mesa de reunión. El peligro que tanto había anunciado José Quilarque era una realidad. El cracker de Fernando

Churio había penetrado los sistemas del Banco. La pregunta en el ambiente fue: ¿qué hacer?

La gente se miraba la cara y de pronto todos coincidieron viendo al exgerente de seguridad del Banco, esperando que él diera respuesta a la interrogante que flotaba en el salón:

—Conociendo a la Institución donde trabajé por casi treinta años, no creo que se atrevan a bajar a los sótanos del Banco, porque hay muchas rejas de seguridad y la bóveda es una caja fuerte blindada: la puerta es de casi un metro de espesor, igual que las paredes. Esa vía la podemos descartar de entrada.

El que hizo una pregunta fue el jefe de seguridad de la embajada;

—José, ¿ni con un comando se puede llegar al lugar?

José Quilarque movió la cara de un lado a otro y luego comentó:

—Ni con un comando. Si, por arte de magia, pudieran llegar, tendrían que abrir la puerta de la bóveda, para lo que se requieren tres funcionarios, porque cada uno tiene una parte de la combinación.

El comisario Genaro preguntó:

—José, ¿qué otras cosas te preocupan?

—Una de ellas son las funciones del Banco Central. De meterse con ellas, pararán el sistema financiero y pueden crear un caos. Pero, según veo, no se han paseado por ahí, gracias a Dios. La otra es el museo, porque ahí están las joyas del Libertador, las condecoraciones del Padre de La Patria y colecciones importantes de monedas de oro.

El jefe de seguridad de la embajada intervino:

—José, ¿qué daño pueden hacer?

Quilarque ni pensó y respondió:

—Ahí es diferente, porque es un lugar abierto al público y no tiene vigilancias. Todo se hace por cámaras y alarmas. Pero recuerden que ellos tienen un cracker, seguro ya se paseó por todo eso, además, está en la mezzanina del edificio Sede, muy cerca de la entrada principal, que invita a una visita de cortesía a los malandros…

José se detuvo, agarró un vaso de agua, tomó un sorbo y continuó:

—Ahí exhiben ocho piezas de las joyas del Libertador que el gobierno venezolano adquirió a La Casa CHRISTIE´S antes de que fueran subastadas y las entregó en custodia al Banco Central. Yo fui comisionado por el presidente del Banco para ir a la ciudad de New York a buscarlas, pero en el ínterin apareció, en la oficina de la empresa, gente del mafioso Pablo Escobar, quien quería adquirir las prendas. Ellos triplicaron la oferta pero como ya las joyas habían sido vendidas a nuestro país, no pudo ser aceptada. Eso originó una presión para nosotros. Tuve que acudir a la ayuda de Robert Johnson, quien en ese momento trabajaba para el Servicio Secreto Americano en la ciudad de Miami. Él nos ayudó a diseñar un plan para cubrir toda la ruta, desde la oficina donde tenían las joyas en custodia hasta las bóvedas del Banco Central. Así evitamos en su momento que cayeran en manos del narcotraficante colombiano.

El grupo escuchaba con mucha atención la historia contada por José Quilarque, encontrándola interesante. El coronel preguntó:

— ¿No hubo ningún tipo de problema?

Quilarque le aclaró:

—Ninguno. Pero ahora me preocupa que la mafia de billetes esté pensando en apoderarse de las joyas de Libertador. Eso sería el colmo. Pero vamos a impedirlo, como hicimos con el grupo de mafiosos de Pablo Escobar.

Quilarque miró al coronel y le comentó:

—Temístocles, conociendo este primer reporte de Ming Ling, debes ir al Banco y reunirte con la gente del museo esta misma tarde para ponerlos en alerta.

El Coronel, que continuaba atento a lo hablado en la reunión, pensó en una estrategia simple pero segura y lo comentó:

—De aquí salgo para el Banco a reunirme con la gente de seguridad y con la gente del museo para que le pongan vigilancia, porque ahí no hay ningún tipo de seguridad, como comentó José Quilarque.

Ming, que seguía la conversación, hizo una observación:

—En los actuales momentos las cámaras no son de ninguna ayuda, porque esa gente puede apagarlas y el personal de seguridad no vería nada. Lo mejor es contar con vigilantes fuertemente armados en el lugar.

José también intervino y comentó:

—Temístocles, estudien la posibilidad de cerrar el museo por mantenimiento y guardar en las bóvedas las joyas del Libertador y las colecciones de monedas de oro, mientras pasa todo esto, que no debe ser tan largo. Pues colocar guardias fuertemente armados en la mezzanina va a llamar la atención y ustedes tendrán que dar explicaciones innecesarias.

John Smith, viendo los acontecimientos y la necesidad urgente del coronel de reunirse con la gerencia de seguridad del Banco Central, finalizó la reunión y los invitó a todos para volver a encontrarse al día siguiente a la misma hora, con la intención de continuar con la agenda. Aún faltaba discutir el tercer punto, muy importante, que consistía en conseguir la estrategia para detener a la pandilla de falsificadores. Todo el grupo se levantó. Michael Brown se acercó a José Quilarque, antes de retirarse, y le comentó:

—Tengo algo que mostrarle sobre los llaveros.

José le preguntó:

— ¿Han funcionado?

El especialista en tecnología agregó:

—Sí, y mucho, acércate, escucharás y verás sorpresas.

José se apresuró y se colocó frente a la pantalla de la laptop que tenía Michael sobre la mesa de reunión y vio tres puntos. Miró al especialista y le volvió a preguntar:

— ¿Falta uno?

Michel le confirmó:

—Sí, el de Alexis, que desapareció de la pantalla ayer, a la seis de la tarde. Ahora entiendo: lo mataron y luego lo quemaron.

—Explícame lo que me acabas de decir.

Michael se acomodó frente a la laptop y comentó:

—El llavero se salvó, porque lo tiene otra persona. Me gustaría que escucharas el audio y mostrarte las imágenes grabadas. No quise decirte nada en la reunión porque no conozco bien a las otras tres personas que trabajan contigo…

José lo interrumpió y le dijo:

—No, esos son de mi entera confianza, el único descarriado era Alexis y mira como terminó.

José llamó a los comisarios Genaro, Mauricio y al coronel Temístocles. Michel aprovechó e invitó al resto del grupo. Todos se acercaron y se colocaron alrededor de la laptop. El presentador continuó:

—El material que vamos a ver nos llevará al jefe de la pandilla de falsificadores. Escuchen el audio:

«—José Quilarque preparó todo el plan de hoy… El primer jodido fui yo. Un tipo me quitó el celular y no me di cuenta hasta que llegué a la Rampa Cuatro, pues busqué el teléfono para llamarlo a usted y no lo encontré. Ahí entendía lo que sucedía».

José se quedó sorprendido al escuchar la grabación y dijo:

—Esa es la voz del agente Alexis Torres.

Michael la confirmó:

—Sí, esa es la voz de Alexis, grabada por su propio llavero: lo cargaba cuando hablaba con una persona que vamos a ver más adelante. Pero oigamos a la segunda persona:

«— ¿No sentiste nada cuando te quitaron el celular?»

Ahora vuelve hablar Alexis:

«—No, solo un pequeño choque con el tipo, que continuó caminando y se disculpó»

Michel, explicó:

—De nuevo interviene la segunda persona:

«— ¿Cuánto tiempo pasaron en la Rampa Cuatro?»

Alexis respondió:

«— Un buen rato, porque la persona que buscó a José Quilarque, en la puerta del avión, nos brindó un trago…»

—Otra vez intervino la segunda persona y termina la conversación entre ellos:

«—Para la próxima oportunidad debemos andar un paso delante de José Quilarque. Es un hombre que se las trae…»

Michel observó al grupo que asistió a la reunión y les comentó:

—Ahora van a escuchar unos tiros de pistolas y, luego, los de una ametralladora. En los primeros disparos despachan a Alexis y, en los segundos, a los que mataron al agente. Eso es lo que deduzco de esta grabación, porque ahora van a oír la segunda voz:

«—Revisen los bolsillos del agente y de los muchachos, y pásenme lo que consigan»

Michael volvió a intervenir:

—Ahora aparece una tercera voz.

«— ¿Qué hago con los cadáveres? »

Michel analiza y comenta:

—Es claro que son varios los muertos y esta mañana el comisario Genaro confirmó que se trata de Alexis y los tres muchachos. Ahora van a ver al hombre que ordenó esta matanza, porque le entregaron el llavero de Alexis y él se quedó viéndolo. Eso permitió a la cámara de la esfera grabarlo.

Todo el grupo fijó la mirada en la laptop y apareció un tipo impecablemente vestido, con un sombrero panameño, una camisa a rallas y una chaqueta color crema.

Todos se quedaron en silencio viendo al hombre que dio la orden de matar al agente Alexis Torres y a los tres muchachos.

José Quilarque habló:

—Por la pinta, debe ser El Galán, la mano derecha y ejecutora de Fernando Churio.

José retiró la vista de la laptop y giró la cara hacia donde estaba el comisario Gerardo y le pidió:

—Por favor, sácale una foto y pídele al Cicpc que lo investigue. Ese es un asesino.

Mauricio no despegaba la mirada de la pantalla de la laptop, viendo al verdugo de su amigo.

Michel, advirtiendo que la mayoría del grupo estaba muy golpeada con lo visto, hizo un último comentario:

—Esto lo dijo el Galán antes de perderse la comunicación:

«—Lo de siempre, desaparézcalos en un lugar donde no los encuentren, porque en ese grupo hay un policía y lo buscarán».

La pantalla del laptop se quedó con puros puntos blancos y John Smith preguntó:

—Michel, ¿qué sucede, no lo podemos seguir?

El técnico respondió:

—Seguro El Galán guardó el llavero en una caja de metal que debe tener una lámina de plomo y corta la señal.

José Quilarque habló:

—Michel, esto ha sido una ayuda enorme, igual a la aportada por Ming, porque ahora, cuando tengamos la identificación de El Galán, vamos a poder seguirlo y nos llevará a donde esté enconchado Fernando Churio. Por favor, continúa vigilando hasta que aparezca de nuevo la señal: con suerte aparecerá pronto en tu laptop, pues él no sabe la tecnología de ese llavero. Parece una joya por su belleza, pero es un poderoso centro de trasmisión de información e imágenes. Nosotros debemos marcharnos, porque Temístocles tiene una reunión con la gente de seguridad del Banco para crear una estrategia que frene la posible incursión de la pandilla de Fernando Churio en el museo de Instituto.

En la salida de la embajada, el comisario Mauricio se disculpó con José Quilarque, porque debía ausentarse esa tarde: le parecía conveniente ir hablar con la mujer de Alexis para informarle de la muerte del marido y darle el pésame.

José estuvo de acuerdo y le comentó:

—Llévame al hotel y mañana pasas por mí a la misma hora de hoy. Te agradezco darle de mi parte el pésame a la mujer de Alexis, no le comentes lo sucedido entre nosotros.

Capítulo XXII

Visita al museo del Banco Central de Venezuela

A la hora convenida, aparecieron en la presidencia del Instituto José Quilarque y Temístocles Caballero y la secretaria los hizo pasar inmediatamente. El Presidente los esperaba y el coronel presentó al invitado. Después del apretón de manos y de dar sus respectivos nombres, el jefe los guió a tomar asiento en el juego de muebles de cuero negro de la oficina.

El Presidente inició la conversación:

—Cuéntenme, ¿cómo está la situación con Fernando Churio y la pandilla? Es un grupo peligroso que tiene atemorizadas a las autoridades del Instituto después de conocer el atentado que le hizo a usted.

Temístocles y José se vieron las caras, la pregunta había sido muy directa, sin un preámbulo antes de entrar en el tema. Quilarque decidió intervenir para calmar un poco los temores del Presidente:

—Señor presidente, Fernando Churio es un delincuente profesional muy astuto. Manejó un imperio de falsificación y distribución de billetes americanos desde la cárcel. Lo conozco desde hace muchos años y lo tenemos cercado. En mi viaje de regreso a Venezuela quiso intentar asesinarme de nuevo y el coronel Temístocles y yo, adelantándonos, hicimos un plan que fue apoyado por el equipo de inteligencia del ejército y logramos neutralizarlo.

La noticia le cayó de sorpresa al presidente, pues no la conocía, y preguntó:

— ¿Cuándo y cómo fue eso?

Temístocles le respondió:

—Eso fue ayer en la tarde, día de fiesta nacional. José llegaba desde San Francisco y, para evitar que intentaran hacerle algo, confundimos al cracker de Fernando Churio con un celular y los sicarios iniciaron la persecución a un grupo formado por comandos del cuerpo de inteligencia del ejército mientras nosotros llegamos a Caracas sin novedad.

Al presidente no le quedó clara la explicación del coronel y José intentó darle más detalles de los acontecimientos:

—Temístocles se las ingenió con el sargento que apodan Mano de Seda y le quitaron el celular al agente Alexis, quien había sido el chofer de mi camioneta desde el año pasado, cuando usted me contrató. Resulta que este tipo era un informante y trabajaba para El Galán, quien es la mano derecha de Fernando Churio. Nosotros sabíamos que pertenecía a su nómina, por un error que cometió. Era el único de nosotros con un teléfono conocido por los delincuentes a través del cual nos podían seguir por GPS. Sabiendo esto, cuando se lo quitamos, se lo pasamos al grupo de inteligencia del ejército....

El presidente interrumpió, porque la estrategia le pareció brillante, y preguntó:

— ¿Entonces se fueron detrás del comando del ejército?

José explicó:

—Sí. Los sicarios salieron detrás del grupo que cargaba el celular de Alexis. Pero, estoy seguro, al ver los diferentes cambios realizados, Fernando Churio sospechó y abortó el atentado. Como le dije, ese tipo es astuto. Esto se ha convertido en un juego de estrategias. El que pagó los platos rotos fue el agente Alexis, quien apareció calcinado con los tres sicarios.

El presidente sintió un escalofrío cuando escuchó el final de la explicación, pero José Quilarque continuó hablando:

—Ahora nosotros estamos mejor preparados para enfrentar a esta pandilla, porque tenemos un respaldo de tecnología superior a ellos. Eso nos permitió conocer a la mano derecha de Fernando Churio, el hombre que ejecuta las órdenes del jefe y maneja el dinero del cartel, producto de las ventas de los dólares falsos en el mercado venezolano. Un error más y lo capturamos o eliminamos.

La cara del presidente cambió, las palabras de José Quilarque lo motivaron y se sintió mejor. La tensión de la reunión se dispersó y el jefe del despacho comentó:

—Manténganme informado, eso permite alimentar las esperanzas: pronto vamos a salir de esta pesadilla. Tienen las puertas de la oficina abiertas, cuando deseen hablar conmigo.

Los tres se levantaron, el presidente acompañó a los visitantes hasta la salida del despacho y se despidió. Temístocles invitó a José hasta su oficina para comentarle los resultados de la reunión con los técnicos del Banco sobre la situación del museo. Rápidamente, pasaron del edificio Sede a la Torre

Financiera, tomaron el ascensor ejecutivo y en pocos minutos se vieron cómodamente sentados. El coronel tomó la palabra:

—Estoy sorprendido por lo sucedido esta tarde en la reunión, porque el personal del museo no cree que puede ser objeto de un asalto tipo comando, como estamos pensando que intentará realizar el grupo de Fernando Churio. Uno fue muy sarcástico, incluso, al comentarme la influencia de las novelas policíacas en el razonamiento de un evento como ese, alegando que en los setenta y un años del Banco Central funcionando nunca ha sucedido nada parecido.

José Quilarque movió la cabeza lentamente de un lado a otro y luego comentó:

—Ese es el Banco, la gente es jodida para cambiar, recuerda que los banco-centralistas son personas sumamente conservadoras. Te lo digo yo, que trabajé en esta Institución por casi treinta años… ¡cómo me costaba modificar la manera de pensar! ¿Decidieron algo?

El Coronel, que tenía una cara desencajada comentó:

—Nada, no quieren a la gente de seguridad vigilando el museo, ni guardar por unos días las joyas del Libertador y las colecciones de monedas en las bóvedas. Tampoco están de acuerdo en usar la palabra de "mantenimiento". Se cerraron a cualquier sugerencia.

José Quilarque le respondió:

—Deberías habérselo contado al presidente del Banco cuando nos reunimos con él.

Temístocles pensó para responderle a José y luego comentó:

—Al principio, vi muy nervioso al presidente. Cuando le explicaste con lujo de detalle la situación de ayer mejoró su estado anímico y no lo quise preocupar con esta situación. Pienso hablar con el gerente de Seguridad para proponerle redoblar la vigilancia de la entrada del edificio Sede. Eso lo hago mañana en la tarde, después de la reunión en la embajada Americana. Esto debe ayudar a tener mayor presencia de personal uniformado en el área en estos días, mientras pase el peligro, porque pienso, igual que tú, esto tiene un final muy pronto.

José Quilarque miró el reloj y vio la aguja acercarse a las siete de la noche. Recordó que tenía una cita a las ocho. Le dijo al Coronel:

—Por favor, llévame al restaurante el Barquero, tengo una cena a las ocho de la noche y no quiero llegar tarde.

Al coronel Temístocles, la solicitud de José lo agarró de sorpresa, pero no le dijo nada sobre su seguridad personal, aunque el día había sido duro y lo menos que le pasaba por la mente era una cena fuera del hotel. Por la hora, se levantaron de la mesa y bajaron al sótano, tomaron la camioneta y salieron en dirección a la Cota Mil para bajar por Altamira. Llegaron al restaurante y se despidieron tras recordar verse en la reunión de la Embajada Americana a las diez de la mañana.

José Quilarque entró al Barquero y se dirigió al bar, cuando vio hacia la esquina de la barra, donde siempre lo esperaba la amiga, notó que ya se encontraba ahí. El corazón se le aceleró, las piernas se movieron más rápido de lo normal y lo empujaron hasta ponerse al lado. Se dieron un fuerte abrazo, se quedaron unidos por unos segundos. Luego, se sentaron y, como ambos tenían un vaso de whisky servido, brindaron por el reencuentro. Él la miró, como tratando de indagar si los años la habían maltratado, pero a su entender seguía siendo la mujer hermosa que había conocido. El pelo negro, la piel canela, perfilada y unos senos apetitosos, como si hubieran crecido con el tiempo. José le hizo un alago:

—Te ves tan bella como siempre.

Ella le correspondió con una sonrisa que podía desarmar al más peligroso de los bandidos perseguido por José. Sin embargo, le dijo:

—Gracias, tú tan galán como siempre. Espero, que tengas unos días agradables en tu país. Recuerdo los momentos felices juntos.

José Quilarque la escuchó con cuidado y no quiso comentarle las situaciones difíciles vividas en el poco tiempo que había pasado en el país, mucho menos la última vez, tan complicada que no la pudo llamar porque fue objeto de un atentado. Aprovechó para tomarse un trago y le comentó:

—Yo siempre te tengo presente.

José miró alrededor de la barra, la vio bastante sola, y comentó:

—Veo el restaurante un poco solo. Esta barra lo hacía esperar a uno para conseguir dos puestos, aunque fueran de pie.

La amiga se quedó en silencio y luego comentó:

—Es la situación económica, en los últimos años se ha deteriorado. Muchas empresas han cerrado, el desempleo se incrementó y los sueldos han perdido el valor real. Pero hay que seguir viviendo y nosotros, con los pocos días que tenemos para estar juntos, no vamos arreglar al país

José Quilarque entendió el mensaje, el tiempo era siempre corto y le comentó:

—Tienes razón, vamos a vivir el momento, tú como siempre dices la última palabra.

La amiga le brindó una sonrisa, le apretó la mano y le comentó:

—No sé cuáles son tus planes, pero los míos son muy claros, nos bebemos este trago y salimos para mi apartamento, nos espera una noche especial.

José entendió el mensaje. Milagro era muy clara y no se andaba con rodeos. Él le dijo:

—Estoy hospedado en el hotel Tamanaco y tengo una reunión mañana a la diez. Te invito a pasar la noche conmigo. Así no tengo que salir muy temprano de tu apartamento y, además, podemos desayunar juntos.

Milagro, con un movimiento de cara, accedió y con la misma velocidad desapareció el whisky del vaso. José solicitó la cuenta y ella le comentó:

—No te preocupes, los tragos están pagados.

Agarró la cartera, se levantó de la silla y José la siguió. Por la hora y el día, dos de enero, la ciudad permanecía sola. En poco tiempo llegaron a la habitación del hotel. Quilarque se acercó al bar para servir un par de whisky y, cuando dio la vuelta para llevarle el trago a Milagro, la vio completamente desnuda, colgando la ropa en el perchero. Él se detuvo y se encantó con el perfecto cuerpo que tenía en frente. El pelo negro le llegaba a la mitad de la espalda, una cintura envidia de una quinceañera, nalgas carnosas y fuertes y piernas bien torneadas. Con el espectáculo, carraspeó la garganta para llamar la atención de la amiga y ella giró. El primer impacto fueron los hermosos senos, que permanecían tensos, grandes y finalizaban en unos pezones negros. Luego vio, más abajo, un estómago musculoso. Quilarque entendió que no era necesario tomar otro trago y se acercó. Sintió el deseo de la mujer intacto, igual a la última vez que estuvieron juntos. Se dejaron caer en la cama, que los recibió para ser un testigo silencioso del amor de esa noche.

A las nueve y media de la mañana apareció Mauricio en la puerta del hotel a buscar a José Quilarque. Él de inmediato abordó la camioneta, lo saludó y le hizo la pregunta obligatoria:

—¿Cómo te fue con la mujer de Alexis?

El comisario se retardó para responder la pregunta, pues la situación no había sido fácil, sin embargo le comentó:

—A la esposa la encontré muy llorosa y me hizo muchas preguntas. Para evitar dar explicaciones, le respondí lo de siempre: que realizaba una misión muy difícil y que yo no la conocía. No quise explicarle el cambio experimentado ni que Alexis había tomado el camino equivocado, con personas muy peligrosas. Hablé además con el detective, mi colega, el que trabaja con el comisario Genaro, para evitar inmiscuirme en la investigación, porque ellos conocen la situación.

José se quedó en silencio y luego comentó:

—Son cosas de la vida. Uno ve a una persona bien y no sabe cómo piensa ni actúa hasta que comete los errores o aciertos. Alexis se convirtió en un informante del cartel y terminó mal.

En el trayecto a la embajada no volvieron a hablar, al llegar a la oficina de John Smith, saludaron al resto del personal de la reunión. José se acercó a Michael y le preguntó si había logrado contacto con el llavero de Alexis y él con un movimiento de cabeza le respondió negativamente, sin embargo, le comentó:

—No se preocupe, la señal regresará. Esa es una corazonada. He visto de nuevo las grabaciones de ayer y observé con detenimiento a la persona que lo tiene, El Galán. Sé, le gustó mucho el llavero. Seguro de pronto nos sorprende cuando menos lo esperemos.

Todos volvieron a ocupar el mismo lugar usado el día anterior. John Smith volvió sobre la agenda para hablar del tercer punto, que era muy importante, en especial para el Servicio Secreto. Antes de abordarlo miró al Comisario y le preguntó:

—Genaro, ¿qué noticias nos tiene de la investigación a realizar sobre El Galán?

Todas las miradas convergieron hacia el Comisario. Él se acomodó en la silla y habló:

—La información suministrada es la siguiente: el nombre del tipo es Luis Peraza, un importador de camionetas. Tiene un concesionario en la Yaguara. Ordené buscarlo para detenerlo, por ser uno de los autores intelectuales de la muerte del agente Alexis y de los tres sicarios, según se desprende de la grabación que nos presentó Michel...

José Quilarque quería oír algo más del personaje, que permitiera vincularlo con la pandilla de Fernando Churio, y preguntó:

— ¿Qué más averiguaron?

—El hombre moviliza capitales periódicamente a bancos ubicados en las islas de Curazao y Aruba. Están profundizando más la investigación, porque puede estar lavando dinero producto de las ventas de los dólares falsos...

Intervino José Quilarque:

—Eso es correcto, porque si fuese por la venta de droga tuviera a la DEA investigándolo.

Michel comentó:

—Apareció el llavero de Alexis. Esperemos: alguien debe hablar o enfoque a una persona. El vehículo, en este momento, se está moviendo alrededor de la avenida Urdaneta.

Esa noticia congeló al coronel Temístocles. Miró a José Quilarque y después pasó la vista hacia donde estaba Michel y le solicitó:

— ¿Puedo ver las imágenes?

El técnico le indicó:

—Ve la pantalla que John colocó en la pared, voy a enviar la señal para allá.

Todo el grupo volteó la cara y notó cómo se veía con claridad que el vehículo se movía alrededor de la manzana donde quedaba el Instituto Emisor, como haciendo tiempo para recoger a alguien. El coronel se sorprendió y comentó:

—Están alrededor del Banco Central de Venezuela.

Se levantó rápidamente, llamó por celular a la gerencia de seguridad y habló con el jefe de investigación:

—Acércate, por favor, al museo del Banco rápidamente y me comunicas si ves algo extraño o si alguno de los guardias ha observado personas raras visitándolo y lo reportas.

El coronel Temístocles regresó a su lugar en la mesa de reunión, y siguió en la pantalla al vehículo dando vueltas alrededor del Banco. Ninguno quitaba la vista del punto que se movía lentamente, pero de pronto se detuvo y, luego, continuó el movimiento, cruzó en la esquina de Las Carmelitas y siguió derecho, en esta oportunidad no cruzó, sino que pasó por el lado del Ministerio de Educación y luego giró a la izquierda, buscando la avenida Baralt y se dirigió a la Cota Mil. En ese momento se escuchó una primera voz que preguntó:

«— ¿Cómo les fue?»

Michel comentó:

—Esa es la voz de El Galán.

Una segunda voz responde:

« —Bien, me agradó el museo. Es pequeño y se recorre rápidamente. Podemos sustraer las joyas del Libertador con facilidad»

Se escuchó de nuevo la segunda voz:

«— ¿De dónde sacaste ese llavero? Enséñamelo.»

Alguien lo agarró, lo miró con detenimiento y la cámara lo enfocó. Era un sacerdote. José lo vio con cuidado, le parecía conocido, pero no lograba identificarlo. Pensaba en ello mientras el cura veía el llavero y de pronto reconoció la cara y exclamó:

—¡Ese es Fernando Churio en uno de sus disfraces! ¡Bingo, lo tenemos!

Luego, Fernando le pasó el llavero a otra persona, que iba atrás y lo miró. El comisario Genaro lo identifico:

—Ese es Gustavo Tovar, asaltante de bancos, uno de los escapados con Fernando Churio de la cárcel de Tocorón.

El celular del coronel Temístocles repicó. Era el jefe de investigación de la gerencia de Seguridad del Instituto:

—Coronel, le tengo la información: el museo lo visitó un sacerdote acompañado por un señor. Lo atendió el encargado y le dio una explicación sobre las joyas del Libertador. Las dos personas se fueron muy satisfechas y le dieron las gracias.

Al coronel la información le fue útil y cerró la llamada. Se acercó a la mesa de reunión y comentó:

—Fernando Churio y Gustavo Tovar visitaron el museo del Banco.

Michel continúo siguiendo el vehículo con del GPS hasta que llegó a un lugar en la calle Cumaná, en el Country Club y se estacionó.

José habló:

—Señores tenemos al hombre más buscado por la policía y los servicio de inteligencia de

Venezuela y, ahora, por los Estados Unidos. Conocemos el lugar donde está enconchado.

Luego, miró a Michel y le dijo:

—Es aquí cuando necesitamos la ayuda del satélite, para ver con exactitud cómo está distribuida el área dónde están enconchados y preparar el plan para ir por ellos.

El técnico indicó:

—Pronto me pongo en contacto con la central en San Francisco para que nos facilite el servicio del satélite y nos envíe fotos del lugar.

Luego, José miró a John y le comentó:

—Este es el punto a tratar hoy. Tenemos la mesa servida.

José miró a Michel y a Ming, diciéndoles:

—Gracias por la tecnología, pues hace el trabajo más fácil. De no contar con ese recurso, Fernando Churio y su gente hubiesen podido hacer con el Banco cualquier cosa.

De pronto, aparecieron en la pantalla fotos del Country Club y lo primero que se vio fue el campo de golf y, luego, la mansión, en el punto localizado en el GPS.

El grupo, reunido alrededor de la mesa, miraba con detenimiento el área de la vivienda, que era amplia y tenía dos entradas: una por la calle Cumaná y otra por el barrio El Pedregal.

José rompió el silencio y se dirigió a Michel:

—Por favor, que nos envíen otra con mejor resolución de la entrada de la mansión.

Apareció entonces el lugar solicitado por José: la entrada era amplia y tenía varios vehículos estacionados. Se veían dos hombres con armamento pesado cerca de la caseta de vigilancia y otro al frente de la vivienda. Luego, el satélite envió otras de la parte trasera de la mansión, donde aparecía el jardín y el pasillo que conducía hasta el final de la parcela, que era grande y finalizaba en una pared de piedra, de varios metros de altura y, en el tope, una serpentina de seguridad. A la derecha, pudieron ver un estacionamiento con otro vehículo, pero sin vigilantes. Esa salida daba a un callejón y comunicaba con el barrio El Pedregal.

Mientras el grupo observaba las fotos enviadas por el satélite, sin perder detalle, apareció una voz que venía del llavero:

« —Nos vemos mañana».

A continuación, apareció otra voz:

«—Sí, a la diez, para escuchar la presentación que nos va a hacer Gustavo, nuestro especialista en asaltar bancos, sobre el plan para ejecutar el robo en el museo ».

Regresó el silencio. El grupo esperó la salida de la persona. En cuestión de minutos apareció en la foto del satélite El Galán, identificado por ellos porque siempre usaba un sombrero: era el mismo que había dado la orden de matar a Alexis. Tomó la camioneta y se retiró de la mansión. Michel lo seguía con GPS.

John Smith habló:

—Tenemos todo para darle el golpe de gracia a la pandilla de Fernando Churio. Nos toca ahora a nosotros hacer el plan para asaltar mañana la mansión donde se encuentran enconchados, mientras ellos hacen el suyo para robar la joyas del Libertador.

Luego, habló el comisario Genaro:

—Con mi gente del Cicpc, a las diez de la mañana, estoy listo para entrar a la mansión, no quiero que se escapen.

El coronel Temístocles también habló:

—A esa hora, con un comando de inteligencia del ejército, entro por la puerta del callejón de El Pedregal. De esta forma no tienen escapatoria.

José advirtió:

—Comisario Genaro, di a tus investigadores que no vayan a detener a Luis Peraza, porque de eso se enteraría Fernando Churio y volaría del escondite. Queremos tenerlos a todos juntos mañana. El comisario Mauricio y yo nos unimos al grupo del coronel Temístocles para estar presentes en la detención de estos bandoleros

José se dirigió a John y le comentó:

—Tú y los técnicos nos confirman vía celular que el grupo está todo junto en la mansión para iniciar el operativo. Mantengan el satélite disponible, por cualquier cosa. No espero nada extraño, pero no quiero encontrarme con una sorpresa que no podamos manejar. No olvidemos: buscamos a un hombre difícil.

John estuvo de acuerdo; sin embargo, hizo una acotación:

—Una vez finalizada la reunión, me pongo en comunicación con Robert Johnson y le informo de lo sucedido en estos dos días: mucho en tan poco tiempo, pero es la realidad.

Capítulo XXIII

La Intervención policial en el Country Club

El martes tres de enero, José Quilarque pasó la noche feliz en compañía de Milagro Perdomo. Se veía relajado, tomó el desayunó con la amiga en la habitación del hotel Tamanaco. A las ocho y media de la mañana recibió una llamada, agarró el celular y caminó en dirección a la ventana, desde ese lugar podía contemplar el Ávila mientras hablaba:

—Aló…aló. Sí, soy yo.

Al otro lado, el coronel Temístocles le indicó:

—Lo paso buscando a la nueve y media de la mañana para ir juntos hasta el callejón de El Pedregal. Dígale a Mauricio que deje su camioneta en el estacionamiento del hotel y se viene con nosotros. Mi gente nos esperará. Van tres hombres conmigo. Con seis de nosotros es suficiente. Hablé con el comisario Genaro y supe que ellos son cinco. Espero que hoy, cuatro de enero, sea un día de suerte para nosotros.

José escuchó al coronel sin interrumpirlo y agregó:

—Te agradezco que lleves dos chalecos antibalas, porque no sé si Mauricio los trae y te recuerdo tener algo para abrir la puerta que da al callejón, la vimos en las imágenes del satélite. Vamos a entrar por ahí, para no estar brincando la pared que es muy alta y tiene una serpentina de acero inoxidable que corta con solo mirarla.

Temístocles respondió:

—No te preocupes, voy con un comando preparado para estas situaciones. Ellos llevan un ariete metálico de dos mangos y pueden derribar cualquier puerta. Nos vemos pronto.

José cerró el celular, se acercó hasta la mesa y terminó de tomarse el café. Milagro le preguntó:

— ¿Quién era?

—Un colega, vamos juntos a una reunión a las diez de la mañana a la Embajada Americana. Ponte tu mejor traje esta noche, porque estás invitada a cenar en el restaurante Tarzilandia, a las ocho.

La amiga le indicó:

—No visito ese lugar desde tu viaje al Imperio, porque me trae muy buenos recuerdos, de las tantas veces que comimos juntos ahí, en especial la barra, que es muy silenciosa y acogedora.

José Quilarque dejó la mesa, recogió la chaqueta, se puso la pistola en la cintura, le dio un beso a Milagro y salió. En el lobby lo esperaba el comisario Mauricio y él aprovechó para contarle lo que había hablado con Temístocles. Se acercaron a la entrada del hotel y a las nueve y cuarto se presentó el coronel. Abordaron la camioneta y salieron.

En el trayecto hacia el lugar de destino, sonó el celular de José, lo agarró y al otro lado apareció Michel:

—Lo llamo para informarle que todo el grupo ya está reunido en la mansión, esperando por ustedes.

José le manifestó:

—Gracias, vamos en camino.

Cerró el teléfono y marcó a Genaro:

—Comisario, todos están reunidos en la vivienda.

La respuesta fue rápida:

—Ya vamos hacia allá, en un cuarto de hora estaremos frente a la puerta de la residencia.

José cerró el celular y comentó:

—En quince minutos cada grupo está en posición para entrar.

Fernando Churio y la pandilla oía las explicaciones de Gustavo:

—Vamos a necesitar cuatro motos de alta cilindrada, cada una con dos hombres para llegar y salir del Banco. En el momento en que estemos entrando, deben ser las nueve de la mañana. Contamos con la ayuda de nuestro cracker, quien se encargará de cortar la luz de los edificios y de la planta de emergencia: eso permite inhabilitar los ascensores y las puertas eléctricas. Nadie puede bajar ni subir a los pisos. Además, tumbará la señal de las cámaras, así la gente de seguridad no verá nuestro movimiento. Espero que la caída de las imágenes se la carguen a la fallas de energía. Uno de los cuatro hombres que formará el escuadrón de asalto se encargará de desarmar a los dos vigilantes de la entrada del Edificio Sede, otro se colocará donde están las enormes puertas de acero para cerrar el paso. Sólo con decir: no hay luz, es suficiente para enviar a los visitantes a la Torre Financiera.

Fernando Churio intervino:

—Ese asalto no debe tardar mucho tiempo, porque la gente se impacienta y tratará de bajar por las escaleras.

Gustavo continuó con la explicación:

—Sí, el tiempo en estos operativos es muy importante, por eso el tercer hombre que va a subir conmigo al museo debe cortar el vidrio donde están las joyas del Libertador rápidamente. Las retiramos, las colocamos en los morrales y salimos como entramos. Nos montamos en las parrilleras de las motos y nos perdemos. Las cuatro Yamaha van a tomar caminos diferentes. A la Yaguara yo llego con el botín. En ese lugar me recoge Luis Peraza.

El grupo de Genaro se aproximaba a la mansión en el Country Club en una camioneta de la empresa de comunicaciones del Estado. El comisario llamó a José y le informó:

—Estamos listos para entrar en acción.

La respuesta fue corta:

—Nosotros también. Adelante.

De la camioneta, se bajaron dos agentes usando ropa de la empresa telefónica. Uno tocó la puerta y se presentó:

—Somos técnicos, hay una avería de las líneas telefónicas en esta calle y venimos a chequear si fue aquí donde se produjo la falla.

El vigilante levantó el auricular del teléfono colocado sobre una pequeña mesa, que formaba parte del mobiliario de la caseta de vigilancia y notó la falta de tono, pero no abrió la puerta, llamó a su compañero y le comentó:

—En la puerta están dos técnicos de la empresa telefónica y quieren entrar, porque hay una avería en las líneas de esta calle y piensan que es aquí donde está el problema.

Ambos dudaron en dejar entrar a los empleados. Sin embargo, al de la ronda alrededor de la mansión no le pareció extraño y les recomendó que permitieran el paso. El de la caseta de vigilancia que manejaba el suiche para abrir la puerta no quería hacerlo, pero conocía del problema. Sin querer tocó el botón y la puerta se abrió. De inmediato ingresó el comando del Cicpc, con las pistolas en las manos y raspó al vigilante de la ronda, porque lo consiguieron de frente. Uno de los dos hombres de la garita, antes de cerrar la puerta, disparó contra el segundo agente, le pegó el tiro en la pierna y cayó. El resto de los acompañantes del comisario Genaro pasó al interior de la residencia, al lado del jefe.

En la puerta, ubicada al fondo de la mansión, sucedía algo parecido pero más sencillo. El comando del ejército la tumbó de un golpe sólido y entraron. Se internaron en el jardín, cubriéndose con los árboles.

Al escuchar los primeros disparos, Fernando y la pandilla salieron de la oficina con las pistolas en las manos. Carlos, rápidamente, se puso al lado del jefe y le indicó que se dirigiera al jardín, para buscar esconderse en los árboles y salir por la puerta que daba al callejón del barrio El Pedregal, con ellos iba El Galán.

Gustavo, en cambio, tomó el camino de la sala, donde quedaba la entrada de la mansión y se consiguió con Genaro, quien le disparó en el pecho y lo vio caer al piso. No le dio tiempo de responder, pues cuando pudo levantar la pistola, uno de los detectives que acompañaba al comisario lo remató. Todos siguieron hacia el interior de la vivienda, buscando al resto de los delincuentes. En la oficina donde tenían todo el apoyo técnico de computadoras, encontraron al cracker sentado y lo detuvieron, lo esposaron y continuaron caminando con mucho cuidado, para dar con el jefe de la pandilla.

En el jardín, el comisario Mauricio vio a El Galán: el hombre que dio la orden de matar y quemar a su amigo Alexis. No dudó y le disparó. El primer proyectil lo alcanzó en una de las piernas y el tipo se desplomó. El segundo disparo fue mortal, porque se alojó en el pecho de Luis Peraza. Solo quedaban Fernando Churio y su guardaespaldas, Carlos, quien iba adelante guiándolo y se enfrentó al comando del ejército. Pero tampoco él tuvo tiempo de nada, porque lo cocieron a plomo.

Fernando no sabía por dónde escaparse y quiso resguardarse en los arbustos del jardín. Allí apareció José Quilarque, quien lo llamó por su apodo:

—Sonrisa, detente, no tienes por dónde escapar, la mansión está rodeada.

Fernando Churio escuchó, nuevamente, la voz del archienemigo y le vino a la mente el recuerdo del momento en que lo detuvo en el aeropuerto internacional de La Chinita, en Maracaibo, unos años atrás. Giró sobre sus tacones para dispararle a José Quilarque, pero el asesor del Servicio Secreto, conociendo a su rival, no dudó y le disparó. El proyectil lo alcanzó en la frente. Fue un tiro certero y se desplomó de espalda. Esa última descarga puso fin a la pandilla escapada de la cárcel de Tocorón.

Los dos grupos de comandos, que entraron a la mansión del County Club por lugares diferentes, se encontraron en el comedor. La tranquilidad regresó a la vivienda y apareció el personal de servicio y el barman. José Quilarque aprovechó y llamó a John Smith, que seguía los acontecimientos desde la sala de reunión de la Embajada Americana con los dos técnicos:

—Aló, soy José.

Del otro lado de la línea telefónica apareció el gringo:

—Sí, te escucho. Soy John.

—Te llamo para informarte que la misión fue un éxito. La pandilla de Fernando Churio fue liquidada, solo quedó Antonio Hernández con vida, el cracker del grupo.

John estaba feliz y le propuso a José reunirse con el grupo al día siguiente. Quilarque estuvo de acuerdo:

—Nos vemos mañana, a la misma hora.

José no había terminado de hablar, cuando recibió una llamada del Michel:

—Le agradezco que recupere el llavero que le quitó El Galán al agente Alexis y me lo traiga, porque ese aparato tiene mucha tecnología moderna en poco espacio. Igualmente, el suyo y el del resto de su equipo, porque ya cumplieron con su función.

José Quilarque aceptó:

—No te preocupes, ya procedo.

Luego se acercó al comisario Genaro y comentó:

—Te agradezco que le quites el llavero a El Galán y me lo entregues, porque es propiedad del Servicio Secreto Americano.

El comisario se acercó al cuerpo de Luis Peraza en el jardín y le quitó el llavero del bolsillo de la chaqueta y se lo acercó a José.

Quilarque le dio las gracias y le preguntó a Genaro:

— ¿Qué vamos a hacer con los galpones de la Yaguara?

El comisario le indicó:

—Ya ordené los allanaran y también a la agencia de camionetas. Además, expliqué que deben buscar información que nos permita desmantelar la banda de distribuidores de billetes falsos. En algún lugar deben tener los nombres de esos tipos.

A José le pareció interesante la decisión de proceder antes de que volaran los que trabajaban con la pandilla. Además, preguntó:

—¿Qué vamos hacer con los muertos y el personal que encontramos en la mansión?

Genaro le comentó:

—Ya vienen a levantar los cadáveres y a llevarse a los dos vigilantes atrapados en la garita, que deben ser personal de El Galán, y al personal de servicio, para interrogarlos; pero no creo que ellos tengan relación con estos rufianes.

Se acercó el coronel y se dirigió al Comisario:

—Genaro, yo me llevo al cracker. Lo colocas entre los desaparecidos, porque voy a negociar con él para que trabaje para mi equipo como hacker. Es un tipo sumamente inteligente. Si regresa a la cárcel otro malandro, jefe de alguna mafia, lo va a usar. Nosotros lo podemos enderezar. Le vamos a cambiar el nombre y le sacaremos una nueva cédula de identidad.

Al comisario Genaro no le pareció mala la idea y aceptó. A José Quilarque le agradó la propuesta del coronel Temístocles. Luego comentó:

—John nos invita a una reunión mañana en la Embajada a la misma hora de siempre.

Los dos hombres, con un movimiento de la cabeza, aceptaron. El coronel comentó:

—José, nos queda pendiente la reunión con el presidente del Banco Central para informarle lo de hoy. Se va a contentar mucho, porque le quitamos un peso de encima. No debemos esperar, pues puede conocer la noticia por otro canal. El hombre es del círculo del comandante Chávez, y están bien enterados de los sucesos en el país, eso nos impone darle la noticia en caliente. Nos vemos a la cinco de la tarde en la oficina de la presidencia.

José Quilarque aceptó, miró el reloj y vio que marcaba las doce del día. Buscó con la vista al comisario Mauricio y lo vio ayudando al agente de Cicpc herido en la pierna, se acercó y se cercioró de que la bala solo lo rozó. En ese instante llegaba la gente de la Margen de Bello Monte para realizar el levantamiento de los cadáveres. Regresó a la oficina de la mansión, donde encontró a Genaro, le preguntó por el coronel y le respondió:

—Él y sus hombres lo esperan cerca del jardín.

José continúo caminando para ubicar al grupo y los encontró charlando alrededor de la mesa del comedor. Al cracker lo tenían esposado. Temístocles se levantó y le comentó:

—Es hora de marcharnos, el resto del trabajo le corresponde a la gente del Cicpc.

José le pidió esperar:

—Falta Mauricio, está ayudando a uno de los agentes de Genaro, al que le dieron un tiro en la pierna.

No había terminado de hablar cuando apareció el Comisario, después de auxiliar al detective de Genaro. José aprovechó para pedirles el llavero a Temístocles y a Mauricio.

El grupo se despidió y se volvieron a recordar la reunión que tenían al día siguiente en la Embajada.

El coronel Temístocles los llevó hasta el hotel Tamanaco, donde los había recogido esa mañana y, antes de retirarse, se despidió y le recordó a José que debían verse a las cinco de la tarde en la oficina del presidente del Banco.

Los dos se bajaron de la camioneta, José invitó a Mauricio al bar del hotel y le comentó:

—Me hace falta un buen whisky, porque lo de esta mañana fue estresante. No es fácil enfrentar a una banda de malhechores de ese calibre, con gente especializada en el uso de armamento pesado. La ventaja fue la sorpresa y eso se lo debemos agradecer a la tecnología que nos facilitó el jefe del Servicio Secreto de San Francisco, el amigo Robert Johnson, de lo contrario el choque hubiera sido duro, con otro saldo de muertos.

Se acercaron al bar del hotel Tamanaco, muy elegante, ubicado en la entrada, al lado del lobby, y se colocaron viendo hacia el cerro del Ávila. Pidieron dos whisky y unos tequeños. Notaron que el mesonero les sirvió el escocés bien cargado, pues se veía muy amarillo. Ambos brindaron por haber terminado el trabajo iniciado varias semanas atrás con éxito. Mauricio aprovechó para disculparse con José Quilarque por la forma tan violenta utilizada para matar a El Galán, pues pensó que con el primer disparo el hombre quedaba fuera de acción y lo hubiera detenido, pero el odio, de solo recordar lo que hizo con su amigo, lo llevó a disparar por segunda vez. El jefe le explicó:

—No te disculpes, con esa gente no se debe tener consideración ni dudar en un momento como ese, porque son asesinos y la vida de un ser humano para ellos no tiene valor. Si hubieras vacilado por un segundo, el difunto serías tú.

La respuesta tranquilizó a Mauricio, quien siguió disfrutando su whisky y tomó un par de tequeños. José hizo lo mismo. El tiempo se consumió y finalizaron la bebida. Quilarque se levantó y le comentó al comisario:

—Pásame buscando a las cuatro y media para estar en el Banco Central a las cinco, pienso relajarme por un par de horas.

Se despidieron. José Quilarque subió a la habitación y encontró una nota de Milagro que decía: Nos vemos en la barra del restaurante Tarzilandia a las ocho de la noche, espero que la reunión tenga un final feliz, besos. Te recuerdo mucho.

A las cinco de la tarde, José Quilarque y el coronel Temístocles entraron en la oficina de la presidencia del Banco Central y se acomodaron en el juego de muebles negros. El que inicio la conversación fue el presidente:

—No esperaba verlos tan pronto, deben tener noticias muy importantes sobre el caso de Fernando Churio.

Los dos visitantes se vieron la cara y el coronel le insinuó a José Quilarque que informara:

—Presidente, esta mañana en un operativo relámpago, con personal del Cicpc y un comando de la inteligencia del ejército, dirigido por el coronel Temístocles, liquidamos la pandilla de Fernando Churio.

El presidente abrió los ojos y pegó el cuerpo al respaldar del mueble, porque la información lo tomó por sorpresa y comentó:

—No esperaba tan pronto una noticia como ésta. Ayer nos vimos y hoy me vienen a decir que liquidaron a la pandilla completa. No puedo hacer otra cosa sino felicitarlos por tener un grupo de malhechores menos en circulación.

La cara del presidente cambió, se vio aliviada, como si un peso de pronto desapareciera de sus hombros. José Quilarque aprovechó y le comentó:

—Esto fue posible gracias al trabajo realizado, desde mi llegada el año pasado, con el coronel Temístocles, con personal del Cicpc y de la Embajada Americana. Además, detectamos que la pandilla de Fernando Churio nos superaba en tecnología. Eso me llevó a buscar apoyo en el Servicio Secreto Americano, que nos facilitó equipos de última generación para la investigación y nos apoyó con un satélite. De otra forma, hubiera sido difícil haber finalizado esta búsqueda de la pandilla de Fernando Churio tan rápido y sin muertos por el lado de nosotros.

El presidente volteó la cara hacia donde estaba sentado el coronel y le comentó:

—Gracias, Temístocles, por toda tu actuación. Eso evitó que este grupo de delincuentes atacara al personal directivo y a las instalaciones del Banco Central. Gracias, además, por persuadirme contratar a José Quilarque para este trabajo.

Los tres se levantaron de sus respectivos asientos, se dieron un apretón de manos y se despidieron. Pero, antes de retirarse José Quilarque, el presidente le comentó:

—Estoy muy agradecido por sus servicios, cuente con un amigo aquí, en Venezuela.

José mostró una sonrisa en su cara y le respondió:

—Cuando usted requiera de mi ayuda, solo llámeme. Estaré de nuevo aquí para apoyarlo a usted y la Institución. Recuerde, esta fue mi casa por casi tres décadas. Ayudé a construirla para que fuese lo que es hoy en día.

Ambos salieron del área de la presidencia del Banco y se dirigieron al estacionamiento. En el camino, José miró el reloj y vio que eran las seis de la tarde, muy temprano para dirigirse al restaurante. Mauricio lo esperaba en el sótano de la Sede del Instituto. Se despidió de Temístocles, abordó el vehículo y le comentó al comisario:

—Llévame al hotel y me dejas ahí. Recuerda, a las diez de la mañana tenemos una reunión en la Embajada Americana.

A cinco para las ocho de la noche, José Quilarque llegaba en un taxi al restaurante Tarzilandia y pasó al bar que se encontraba solo. El barman, muy atento, se le puso a la orden. Sin pensar, solicitó un whisky. Mientras esperaba, se quedó mirando la cantidad de botellas de escoceses colocadas sobre una mesa pegada a la pared. Contó doce tipos diferentes. Le colocaron la bebida. Miró el reloj, faltaban dos minutos para las ocho. Se tomó un buen trago, el día había sido muy agitado, y esperó por la llegada de Milagro, quien era una persona muy puntual.

Sintió entonces unos tacones moviéndose apresurados en la entrada del restaurante, que se silenciaron en la puerta del bar. Era ella, con una sonrisa seductora que le cubría toda la cara. Solo una persona con el deseo de estar con otra podía mostrarla. Él se quedó viéndola, lo volvió a cautivar la mirada expresiva de su amiga, con las cejas levantadas un poco, como queriendo preguntar algo. La seducción flotaba en el ambiente y los labios rojos abrieron un espacio en forma de corazón, llenos de amor, para dejar ver la dentadura blanca, que formaba parte de la belleza de la cara.

Ella se mantuvo en el mismo lugar por un instante, mientras veía a José extasiado mirando su figura, como recordando los buenos tiempos de los años que habían quedado en el pasado y que esa noche pretendían revivir. José seguía observando la figura esbelta mientras su vista bajaba por la cabellera negra, que le acariciaba parte de la cara y se ondulaba cuando llegaba a la piel morena de los senos, al descubierto, porque la blusa blanca dejaba ver gran parte de su hermosura. La melena finalizaba al nivel de una estrecha cintura y le daba el toque de juventud que toda mujer desea.

La bella figura de Milagro lo hizo viajar al pasado, cuando una noche como esa, se topó, por primera vez, con su amiga y ella lucía un traje blanco, como el usado en esta oportunidad. Ahora entendía por qué quería que la esperara en el bar de los recuerdos. Se levantó de la silla, donde estaba cómodamente sentado, para ir a recibirla. El abrazo no se hizo esperar y se fundieron en una sola persona.

Al finalizar el rito del saludo, ambos pasaron al interior del restaurante a degustar una buena cena acompañada de un tinto de la casa Rioja.

Al día siguiente, a las nueve y media de la mañana, apareció el comisario Mauricio. José Quilarque abordó la camioneta y aprovechó para despedirse del Comisario:

—Mauricio, hemos finalizado otra misión juntos. Esta para mí ha sido una de las más difíciles: por poco pierdo la vida. Pero no dejó de ser interesante, por el conjunto de cambios en el camino y el uso de nuevas tecnologías. Lo único que lamento es la muerte del agente Alexis. Pronto volvemos a trabajar en otro caso de los que estamos acostumbrados a investigar.

A la hora de la reunión, todos se encontraban en el salón de la Embajada Americana. El ambiente era otro, menos frío. Los saludos con el grupo de americanos eran más cordiales, seriedad había quedado atrás. Solo esperaban por la llegada de John Smith. Cuando apareció, a diferencia de otras oportunidades, la sonrisa se asomaba en su cara. Todos tomaron asiento y las primeras palabras fueron:

—Quiero felicitar a todo el equipo en nombre del jefe del Servicio Secreto de San Francisco, Robert Johnson y el mío propio, por la eficiencia demostrada para eliminar a la pandilla de falsificadores de billetes americanos de Fernando Churio. Ahora nos queda por terminar con los intermediarios, para sacar esta mafia de raíz.

El comisario Genaro habló:

—John, sobre eso estamos trabajando, porque en los allanamientos realizados ayer se encontró mucha información sobre las personas que trabajan con esta mafia. Espero poner a todos, o a casi todos, bajo rejas pronto.

Luego, John miró a José Quilarque y le preguntó:

— ¿Qué piensas hacer ahora?

José se acomodó en la silla, pensó por unos segundos y luego comentó:

—Voy a tomarme unos días de vacaciones y visitaré las playas de Chichiriviche, en mi estado natal, Falcón. El próximo lunes salgo para San Francisco, porque me espera Robert, quien tiene una nueva misión para mí en la frontera de México con los Estados Unidos…

José hizo una pausa y luego retomó la palabra:

—John, quiero darte las gracias por toda tu colaboración y hacer extensivas estas palabras para Ming Ling y Michael Brown, por sus maravillosas tecnologías que nos hicieron fácil algo difícil. Igualmente, aprovecho este momento para pedirle al hacker de ustedes que siga apoyando al coronel Temístocles, porque la guerra cibernética es una realidad y pronto la tendremos en tierra venezolana.

José Quilarque volteó la cara y se digirió al comisario Genaro:

—En este viaje fue un placer para mí conocer al comisario Genaro, quien en todo momento colaboró decididamente y apoyó las iniciativas del grupo. Para ti muchas gracias por todo.

John movió la cara aprobando la solicitud de José, le dio las gracias por los reconocimientos realizados a todo el grupo de trabajo y, luego, comentó:

—El coronel Temístocles tiene todo el apoyo de mi gente y, además, cualquier otra asistencia necesaria. Las puertas de la Embajada están abiertas para él y el comisario Genaro, independientemente de las discrepancias políticas de nuestros países.

Luego, John se levantó, el grupo lo siguió y pidió:

—Vamos aplaudir las palabras de José Quilarque y felicitarlo por el ingenio para analizar las situaciones más complicadas. Su agudeza nos llevó a solucionar muchos de los problemas presentados en el desarrollo de esta investigación.

José Quilarque los miró a todos y comentó:

—Muchas gracias, John, por tus palabras y a todo el grupo por sus aplausos. Creo que el esfuerzo de todo el equipo nos llevó a esta victoria contundente.

De nuevo aplaudieron todos a José Quilarque y, luego, comenzaron a despedirse, porque la reunión había llegado a su fin.

Made in the USA
Las Vegas, NV
20 June 2021